묵향 9
외전-다크 레이디
크로나사 전기(戰記)

묵향 9
외전-다크 레이디

초판 1쇄 발행일 · 2007년 6월 22일
초판 4쇄 발행일 · 2020년 12월 30일

지은이 · 전동조
펴낸이 · 유용열
기　획 · 김병준
편　집 · 김은희, 유지원
펴낸곳 · 도서출판 스카이미디어

주소 · 서울시 동대문구 용두동 234-35번지 대명빌딩 202호
전화 · (02)922-7466
팩스 · (02)924-4633
E-mail · skymedia62@hanmail.net
출판등록 · 제6-711호

Copyright ⓒ 전동조 2020

값 9,000원

ISBN · 978-89-92133-14-2 04810
ISBN · 978-89-92133-00-5 (세트)

※ 온라인상의 불법 복제물의 유포나 공유는 저작자의 재산권을 침해하는
　중대한 범죄 행위로 관련법에 의거해 처벌 대상이 됩니다.
※ 작가와의 협의에 의하여 인지는 생략합니다.
※ 잘못된 책은 본사나 구입하신 서점에서 교환해 드립니다.

DARK STORY SERIES II

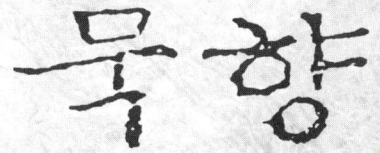
묵향
외전-다크 레이디

전동조 장편 판타지 소설

9
크로나사 전기(戰記)

차례
크로나사 전기(戰記)
•
•
•

위대한 그랜드 마스터의 상대 ·················7
판타지 영웅의 대결 ···························21
나는 약속을 지켰다 ···························34
여러 제국들이 얽히는 힘의 시대 ···········40
이제 우리 적은 코린트가 아니야 ··········54
드래곤 아빠의 걱정 ···························76
키에리 공작의 운명 ···························85
내 친구의 원수 ·······························111
이상한 유령의 도시에 가다 ··············121
후작을 호위하는 공작 ······················131
평화 협정 ·······································136
훨씬 인간적인 무림(武林) ·················145
죽는 그 순간까지 기사이고 싶다 ········154
닭대가리 사령관 ·····························167

차례
크로나사 전기(戰記)

•
•
•

꿈을 이루어 가는 것 ·····················175
뚱뚱이의 패배 ···························184
영구적인 동맹 조약 ·····················195
유령 기사단의 출현 ·····················206
모두가 다 옳은 일은 아니었어 ··········216
괘씸한 놈들 ·····························222
헤즐링은 아닐 거야 ·····················240
검술을 배운 드래곤 ·····················258
황무지 위의 썩은 시체들 ················267
전쟁과 창녀의 관계 ·····················279
바람과 같은 여자 ·······················290

[부록] 마법과 타이탄 그리고 타이탄 전후 제국들의 체제 ······297

위대한 그랜드 마스터의 상대

　다음 날 새벽, 크루마 동맹군 사령부에서는 몇몇 고급 장교들이 마법진 주위에서 웅성거리며 알렌 방면에서 오랜 시간 쉬고 있던 동맹군을 기다리고 있었다. 이윽고 마법진 위에서 밝은 빛이 잠시 나타났다가 사라졌을 때 1백여 명에 가까운 인물들이 모습을 드러냈다. 살라만더 기사단이었다. 그들은 알렌 왕국에서 전투를 끝낸 후 척후로 쓰기 위해 수십 명의 기사들과 또 그들을 보조할 마법사들과 신관들이 추가되었기에 처음 크루마에 파견된 인원보다 훨씬 더 늘어나 있었다.
　소수의 의장대(儀仗隊)가 검을 빼어 들고 인사를 보내는 가운데, 두툼한 로브로 전신을 가린 동맹군들은 자신의 숙소를 향해 바쁘게 움직이기 시작했다. 오기 전에 대충 식사는 했지만, 진지 전체를 이동하는 것이었기에 서둘러 자신들의 짐을 정리할 필요가 있었던 것이다. 만약 보통 기사단들처럼 하인이나 하녀 따위를 거느리고 있다면 그들만 짐을 들고 숙소로 이동하면 되었겠지만, 이들의 경우 아무도 거느리고 있지 않았다. 심지어 기사단장인 공작마저도 하인이 없을 지경이었으니까 말이다.

"어서 오십시오. 먼 길에 수고가 많으셨습니다. 켄타로아 공작 전하께서 기다리고 계십니다. 기사단장께서는 저를 따라 오십시오. 그리고 나머지 분들은 스칼을 따라가서 짐을 푸시기 바랍니다."

의장대를 이끌고 온 기사는 동맹군 일행을 향해 누구라고 꼭 짚어서 말하지 못하고 대충 이렇게 얼버무릴 수밖에 없었다. 누가 이 기사단의 단장인지 행색만 보아서는 도저히 알 수 없었고, 또 미네르바로부터도 살라만더 기사단장 로니에르 공작의 생김새에 대해 들은 바가 없었기 때문이다.

기사의 말이 끝나자 네 명이 앞으로 쓱 나섰다. 기사는 순간 당황했지만, 전투를 앞둔 작전 회의에 참모들을 대동하는 것은 당연하다는 생각에 그들을 모두 안내하여 미네르바가 기다리고 있는 작전 회의실로 향했다.

작전 회의실에는 수많은 기사들과 수련 기사, 마법사, 수련 마법사들로 득실거리고 있었다. 거대한 지도 위에는 양군의 주둔 상황이 면밀하게 기록되어 있었고, 도처에 깔려 있는 거의 1백 개가 넘는 정찰조들의 위치가 작은 깃발로 세심하게 표시되어 있었다. 미네르바는 작전 회의실 안으로 들어서는 네 명의 기사들 중에서 자신이 밤새 기다려 왔던 인물이 포함되어 있는 것을 확인하고 재빨리 그쪽으로 다가갔다.

"마중 나가지 못해서 미안해. 새벽녘부터 벌써 정찰조들 간의 전투가 시작되었기에 매우 바빴어. 이제 조만간 타이탄들이 투입되겠지."

"그건 정해진 수순이고. 뭐 달라진 것은 없어?"

그들을 안내해 온 기사는 로브의 모자를 깊숙이 눌러쓴 네 명의 동맹국 기사들 중에서 가장 키가 작은 인물이 대답을 했다는 것에, 그리고 그 인물의 목소리가 매우 맑고 곱다는 것에 매우 의외라고 생각했다. 크라레스에서 파견되어 온 공작도 미네르바와 같은 여성, 그것도 대단히 젊은 여성이었기 때문이다.

"아직까지는 없어. 어제의 전투에서 녀석들은 완전히 자신감을 회복해 버렸기 때문에 오늘 전투는 아마도 정면 대결로 이어질 공산이 커. 사실 키에리가 코란 근위 기사단을 이끌고 앞장선다면 막을 방법이 없다는 것은 사실이니까."

"흐음, 코란 근위 기사단이 가진 타이탄이 아마도 흑기사, 맞아?"

"당연하지. 코란 근위 기사단의 타이탄이 흑기사라는 것을 모르는 사람은 없어. 이틀에 걸친 전투에서 우리는 흑기사 12대를 파괴했지. 하지만 그 대가로 내 오른팔인 루엔을 잃었고, 또 에프리온 18대와 안티고네 16대를 잃었어. 이제는 키에리가 없다고 하더라도 놈들의 근위 기사단을 막는 것조차도 벅찬 상황이야."

"상당히 상황이 안 좋군."

"말대로야. 하지만 네가 키에리를 막아 낼 수만 있다면 어떻게 해 볼 수는 있어. 네 기사단으로 그 녀석을 상대해 줘."

미네르바의 말에 다크는 어두운 로브 안에서 사악하게 미소를 지었다. 협상 과정에서 스웨인 지방을 뺏어낸 것도, 또 오늘 미네르바와 만났을 때의 일도 어젯밤 충분히 토지에르와 상의가 되어 있었던 것이다. 미네르바의 말이 토지에르가 예측한 것과 거의 차이가 나지 않는다는 것이 다크로서는 꽤나 재미가 있었다. 다크는 어젯밤 토지에르가 부탁한 대로 말하기 시작했다.

"키에리만 막는다면 충분히 승리할 수 있다는 말처럼 들리는데?"

미네르바는 씁쓸한 표정으로 말했다.

"힘들겠지만…, 어제처럼 치욕스런 패배는 당하지 않을 자신이 있지. 남은 안티고네와 카마리에를 상당수 그쪽으로 돌리면 어떻게 해 볼 수는 있을 거야."

"좋아, 주문이 그렇다면 승부가 날 때까지 키에리를 막아 주지. 네가 약속한 것에 비하면 조건이 너무 작은 것 같은데, 그 외의 주문은?"

상대의 자신감 있는 말에 미네르바는 슬며시 미소 지으며 답했다.

"아니, 더 이상의 주문은 없어. 혹시 힘이 남는다고 생각한다면 놈들의 후방이나 좀 교란시켜 줘. 살라만더 기사단에 로메로가 몇 대 있다고 들었는데, 아마도 그것들은 키에리와의 전투에서는 별로 도움이 안 될 테니 모두 후방 교란 쪽으로 돌리면 되겠지."

미네르바의 말에 다크는 살짝 고개를 좌우로 저었다.

"아니, 로메로는 한 대도 없어."

"뭐? 나는 있다고 들었는데? 정보가 잘못 되었나?"

"아니야, 물론 있긴 있었지. 하지만 모두 본국으로 보냈어. 그쪽에서 필요하다고 해서 말이야. 지금 내가 가진 타이탄은 45대가 전부야. 대신 로메로 11대 분량만큼의 후방 교란은 약속하기로 하지."

"좋을 대로 해. 하지만 이건 꼭 명심해 둬. 키에리는 결코 만만한 상대가 아니라는 것 말이야."

"명심하지. 나는 그가 소문대로 그렇게 대단한 사람이기를 빌고 있으니까 말이야."

다크는 뒤로 돌아서서 작전 회의실을 나가며 말을 이었다.

"녀석들이 타이탄을 투입하면 알려 줘."

상관이 밖으로 나가자 남은 세 명도 그 뒤를 따라 걸음을 옮기기 시작했다. 로브 자락을 펄럭이며 작전 회의실을 나서는 네 명의 뒷모습을 바라보며 미네르바가 중얼거렸다.

"과연, 그를 막아 줄 수 있을까? 하기야 타이탄을 45대나 거느리고 있으니 내가 까뮤를 해치울 때까지 시간을 끌어 줄 수 있을지도 모르지. 두 시간 정도만 그 악마를 잡아 주면 된다구. 그러면 총력을 다해 놈들을 밀어붙일 테니까."

이때 통신을 담당하던 마법사들의 우두머리가 비명을 지르듯이 외쳤다.

"전방을 중심으로 정찰조들 간의 전투가 격화되고 있습니다. 적의 증원군 포착, 이쪽도 증원을 원하고 있습니다."

마법사의 말에 거대한 지도를 들여다보고 있던 노장군 한 명이 외쳤다. 바로 이 노장군이 작전 담당관, 줄여서 작전관이었다. 이 시대의 모든 전투는 타이탄으로 결말을 짓게 되는 것이 정석이었다. 그렇기에 사령관인 기사는 대부분의 경우 오너(The Owner of the Titan : 타이탄의 주인)였고, 자신의 타이탄을 타고 전투에 나가게 된다. 그렇게 되면 사령관이 없는 상황에서 남은 부대들을 지휘할 인물이 따로 한 명 더 필요하게 되는 것이다. 작전 담당관은 타이탄들을 지원하는 모든 부대들의 전술 기동에 대한 권한을 가진 인물이었는데, 후방에서 작전 지휘를 담당하게 되므로 기사가 임명되는 경우는 극히 드물었다.

"각 기사단에 통보하라. 모든 기사 및 수련 기사 투입. 대기 중인 각 사단들은 대타이탄 전투 2급 대비 상태 유지."

명령에 따라 수많은 마법사들은 마법진을 이용해 하부 부대로 지시를 전달했고, 모두들 좌우에서 외치는 대로 그 상황을 거대한 지도에 표시한다고 정신이 없었다. 지금 전방에는 타이탄이 아닌 보다 원시적인 무기들로 무장한 기사들에 의해 피 튀기는 전투가 벌어지고 있을 것이다. 원래 타이탄들끼리의 전투가 벌어지기 직전, 타이탄을 지급받지 못한 그래듀에이트들이 주도하는 정찰조들끼리의 격투는 더욱 치열할 수밖에 없었다. 상대방 정찰조를 쓸어버리고 전장을 장악하면 상대의 눈과 귀를 어둡게 할 수 있기 때문이다.

얼마의 시간이 흘렀을 무렵, 통신을 담당하던 마법사가 외쳤다.

"제342정찰조에서 적 타이탄 포착!"

그 말이 떨어지자 작전 담당관이 외쳤다.

"각 기사단의 모든 오너, 전투 대기 상태 돌입! 후방의 각 사단에 통보. 대타이탄 전투 1급 대비 상태 유지. 적들의 퇴로 차단에 주의하라."

미네르바는 작전 담당관의 목소리를 뒤로하고 밖으로 나간 후 자신의 타이탄을 꺼냈다. 어젯밤 떨어져 나간 헬 프로네의 왼팔을 수거해 붙여 놨기에 공간을 열고 모습을 드러낸 헬 프로네는 완벽한 형태를 유지하고 있었다. 하지만 어제의 전투로 인해 군데군데 페인트들이 벗겨져 나갔기에 몇몇 문장들은 형체도 알아보기 힘들 정도로 지워져 있었다.

"후훗, 너도 주인을 잘못 만나서 팔이 떨어져 나가는 고생을 하는구나."

자조 어린 그녀의 말에 타이탄 크라이넨이 묵직한 음성으로 답했다.

〈상대는 크로테아의 주인이다. 태어난 후 서로 처음 만났는데 그 정도 피해조차 없다면 말이 안 되지. 아쉬운 것은 크로테아의 주인이 너보다 훨씬 더 강하다는 것뿐. 오늘도 크로테아와 싸워야 하나? 네 실력으로는 무리일 텐데?〉

묵직한 음성에 미네르바는 살짝 미소를 지었다. 약간 깔보는 듯한 어조로 크라이넨은 말했지만, 그 안에 감춰진 주인을 향한 걱정을 알아차리지 못할 정도로 눈치 없는 그녀는 아니었다. 크라이넨은 무뚝뚝하고, 또 예의 타이탄 특유의 묵직하면서도 탁한 음성으로 투덜거리지만 오랜 시간 함께하다 보니 그녀는 녀석의 본심을 잘 알게 되었던 것이다. 처음에는 그 건방진 말투에 속상한 적도 많았지만 세월이 흘러 녀석의 본심을 이해한 후, 그녀는 크라이넨이 자신의 약한 부분을 허세로 메우려고 드는 사람처럼 생각되어 내심 귀엽게까지 느끼고 있었다.

"아니, 오늘은 그 녀석과 대신 싸울 사람이 있어. 자, 머리를 열어."

크라이넨은 머리를 위로 꺾어 올리며 중얼거렸다.

〈나의 첫 번째 주인은 정말 좋은 사람이었다. 내가 태어난 후 아버지는 주인을 찾아 떠나라고 했고, 오랜 시간 찾아 헤매다가 내가 처음 택한 인물이었지. 나는 그의 실력보다는 곧고 바른 마음씨에 끌려서 주인으로 삼았었다. 하지만 그 때문에 그가 빨리 죽자 될 수 있다면 강자를 찾아야겠다고 생각하게 되었지. 나는 주인이 빨리 죽는 것을 원하지는 않아. 내 기대에 부응해 줄 수 있겠지?〉

미네르바는 의자에 차분히 앉으며 중얼거렸다.

"네가 전 주인에 대해 말하는 것은 처음 듣는군. 첫 번째 주인은 누구였지?"

〈크로멜, 크로멜 반 엘렉시아.〉

크로멜 반 엘렉시아라면 미네르바도 잘 알고 있는 사람이었다. 크라이넨은 그가 실력이 별로 없는 것처럼 말했지만, 그는 헬 프로네의 주인이 될 수 있을 만큼 뛰어난 실력을 지닌 기사로서 이름이 나 있었다. 오죽하면 1백여 년 전의 인물을, 그것도 타국 사람을 미네르바가 기억하고 있겠는가.

지금이야 헬 프로네의 주인이 누군지 알기 위해 모든 국가가 정보력을 총동원하여 찾지만, 과거에는 달랐다. 일반적으로 타이탄의 명성은 그 제작 국가와 제작자에 의해 알려지게 된다. '어느 국가에서 누가 근위용으로 타이탄을 새로 설계하여 제작했다' 하는 정보가 새 나오면 모두들 그 타이탄을 집중적으로 조사하게 된다. 근위용으로 제작되는 타이탄의 경우 그것을 사용하게 될 주인들도 그 국가에서 고르고 고른 정예들이었지만, 타이탄 자체도 '근위용(近衛用)'으로 제작되는 경우 국력을 총동원하여 제작한 최고급품이었기 때문이다. 그렇기에 근위 타이탄의 경우 그 제작 국가의 국력도 한몫한다는 것은 당연한 사실이다. 원래 강대한 국가에서만 강력한 타이탄을 만들 수 있는 저력이 있기 때문이다.

하지만 헬 프로네는 근위 타이탄도 아니었고, 처음 제작되었을 때 그 존재에 대해서 소문이 나기 시작한 것도 아니었다. 그야말로 크루마 제1궁정 마법사였던 안피로스가 자신의 흥미 위주로 제작한 녀석이었으니까 말이다. 그렇기에 헬 프로네는 그야말로 어느 날 갑자기 전장에서 모습을 드러냈고, 그것을 지닌 주인들의 실력이 너무나도 뛰어났기에 인정을 받게 된 것이었다. 그리고 원체 타이탄의 성능이 대단했었기에 그 제작자의 이름도 모두들 상당한 시간과 노력을 투자해서 추적한 후에나 밝혀낼 수 있었다.

대부분의 경우 근위 타이탄의 명성이 이렇듯 갑작스레 만들어지는 것이라면, 헬 프로네의 명성은 하루아침에 만들어진 것이 아니라 차곡차곡 세월을 거듭하며 이룩된 것이라는 점에서 엄청난 차이를 가지고 있었다. 그렇기에 헬 프로네의 주인이 누군지 기록에 남아 있는 것은 요 근래 50년도 채 안 된다. 바로 이 50년쯤 전에서야 헬 프로네의 성능과 그 소유주들의 실력이 완전히 공인(公認)된 것이라고 볼 수 있다. 지금에 이르러서는 헬 프로네의 주인이라는 것 하나만으로도 세계에서 열 손가락에 꼽힐 정도의 실력자라는 칭송을 받을 정도니까 말이다.

미네르바는 크로멜이 한창때의 나이에 권력 암투에 휘말려 자신의 측근에 의해 독살당했다는 것을 기억해 내고는 부드러운 목소리로 크라이넨을 위로했다.

"슬펐겠구나."

크라이넨은 미네르바의 말을 단호하게 부정했다. 자신은 절대로 인간 따위의 죽음에 슬퍼하지 않는다는 듯 더욱 무뚝뚝하게 말했다.

〈누가 인간 따위가 죽었다고 슬퍼했겠나? 나는 그런 추상적인 감정을 알지 못해.〉

하지만 미네르바는 아마 이 녀석이 인간이었다면, 얼굴이 약간 빨개지지 않았을까 생각하며 혼자 키득거렸다. '보면 볼수록 귀여운 녀석이란 말이야' 하고 생각하며 미네르바는 전방을 주시했다. 미네르바는 잘 몰랐지만, 이 크라이넨의 성격이 좋은 것은 첫 번째 주인의 영향이 아주 컸다고 할 수 있었다. 물론 타이탄이 처음 태어났을 때는 슬픔이나 기쁨 따위의 추상적인 감정을 알지 못한다. 그러나 주인을 선택해서 오랜 시간 그와 함께 생활하면서 그런 감정들을 배우게 되는 것이다. 사람의 세 살 버릇 여든까지 가듯, 타이탄도 그 첫 주인을 누구를 만나느냐에 따라 지대한 영향을 받게 된다. 자부심이 강한 인물이라면 그렇게, 정의감이 투철하다면 또 그렇게, 아주 지독한 악당이라면 또 악한으로……. 그렇지만 갓 생산된 타이탄이 아니라면 주인을 여러 명씩 맞이하게 되면서 각자에게 약간씩 간섭을 받아 차츰 원만한 성격으로 바뀌게 되는 것이다. 아마도 그걸 생각한다면 크로멜은 겉으로는 당당한 척해도 속마음은 아주 여린 인물이었던 것 같다.

바로 이때 크라이넨이 미네르바에게 경고를 보내왔다. 통상의 타이탄에 비해 헬 프로네들의 경우 미스릴을 입히지 않아 시각의 폭이 매우 넓었기 때문이다.

〈뒤에서 엄청난 녀석이 다가오고 있다.〉

미네르바는 타이탄의 허리를 돌려 뒤에 뭐가 있는지 확인했다. 그곳에는 생전 보지도 못한 엄청나게 큰 검은색 타이탄이 지축을 울리는 굉음을 내며 천천히 다가오고 있었다.

"세상에, 저게 크라레스의 신형 근위 타이탄인가? 엄청나게 크구나."

〈덩치만 큰 게 아니다. 무지막지하게 강력한 엑스시온이 탑재되어 있다.〉

"어느 정도지? 전에 루엔이 봤다는 2.3 정도인가?"

〈아니 3.01 정도다.〉

상대방의 능력이 얼마나 대단한지 숙련된 고수가 더욱 잘 알아보듯 타이탄도 마찬가지였다. 그런 데다가 헬 프로네의 경우 미스릴까지 입히지 않았기에 자체적인 시각이 매우 넓어 미스릴을 입힌 타이탄보다 훨씬 정밀한 측정이 가능했다. 이것만 봐도 탑승할 기사들을 위해 입혀 놓은 미스릴이란 것이 얼마나 타이탄에게는 족쇄가 되는지 알 수 있다.

청기사는 워낙 급하게 만들어졌기에 성능이 완벽하게 서로 같지는 않았다. 만약 똑같은 재질의 드래곤 하트를 썼다면 동일한 성능을 냈을 테지만, 처음 제작한 네 대와 뒤에 제작한 여덟 대의 출력은 미세한 차이가 있었다. 앞의 것이 정확히 2.9972 정도이고, 뒤에 제작한 것은 3.0124로 조금 뛰어났다. 그것은 토지에르의 작전에 의해 탈취한 드래곤 하트의 재질이 앞에 것보다 훨씬 뛰어났기 때문이었다.

"세상에…, 3.01이라고? 크라레스는 도대체 코린트에 복수하기 위해 얼마나 많은 준비를 한 거지? 믿어지지가 않는군. 첫 번째 전투에서 승리를 얻은 것은 결코 우연이 아니었어……. 정말이지 무서운 국가야. 저런 괴물을 숨겨 두고 있었으니까 키에리를 해치울 수 있다고 호언장담을 했겠지."

〈저 녀석이 크로테아와 싸울 것인가?〉

"응."

미네르바가 경악을 하건 말건, 그 거대한 타이탄은 땅을 쿵쿵 울리며 천천히 다가오더니 헬 프로네 옆에 섰다. 거대한 뿔 세 개가 돋아 있는 전체적인 모습은 안 그래도 위압적인 거대한 흑색 타이탄을 더욱 위압적인 모습으로 보이게 했다. 그런데 특이한 것은 뿔 세 개 중의 두 개는 윗부분이 파랗게 칠해져 있고, 방패나 전체적인 외장 장갑도 군데군데 색이 벗겨져 파란색이 드러나고 있다는 것이었다. 미네르바는 어느 정도 놀라움이 가라앉자 상대를 향해 말했다.

"왜, 혼자 왔지? 나머지는 아직도 준비 중인가?"

그녀의 물음에 상대는 언제나 그랬듯이 감정이 별로 섞이지 않은 말투로 답해왔다.

"키에리를 상대하는 데는 나 혼자서도 충분해. 나머지는 지금 공간 이동 준비를 하고 있지."

"네 타이탄을 보니 어쩌면 가능성이 있을지도 모르겠지만, 키에리는 타이탄 성능이 좀 좋다고 이길 수 있는 상대는 아니야. 이번에 싸워 보니 확실히 알겠더군. 그랜드 마스터만이 완성할 수 있는 검술을 키에리는 갖추고 있었어. 그랜드 마스터의 앞에서 타이탄 성능이 얼마나 좋으냐는 거의 무의미해. 검이 빛나는 그 순간 아무리 강한 장갑판이라도 잘려져 나가거든. 괜히 배짱부리지 말고 부하들을 다시 불러 모아."

미네르바의 친절한 조언에도 불구하고 돌아온 것은 퉁명스런 대답이었다.

"아니, 사양하겠어."

"제기랄, 좋을 대로 해라. 하지만 이건 명심해! 꼭 그를 막아 내야 한다는 것 말이야."

"아, 그건 당연히 지켜 주지. 나는 내가 뱉은 말에 대한 책임은 꼭 지키는 사람이야. 그리고 너의 부탁대로 후방을 휘저을 로메로 열한 대분의 역할을 할 여덟 대의 타이탄은 남겨 뒀어. 아마 전투가 시작된 후 조금 지나서 코린트군의 후방으로 공간 이동을 할 거야."

그러면서 다크의 타이탄 안드로메다는 손목에 부착되어 있던 거대한 방패를 땅바닥에 떨어뜨렸다. 12톤이나 나가는 거대한 방패가 땅바닥과 부딪치며 엄청난 소리를 냈다. 그 소리에 미네르바는 또다시 힐끗 다크 쪽을 바라보며 입을 열었다.

"왜 방패를 버리는 거지?"

"필요 없으니까. 전에 한 번 써 보기는 했지만, 별로 도움이 되는 것 같지는 않더군. 오히려 수준 있는 상대를 만나면 방해만 되지."

상대의 말에 미네르바는 기가 차다는 듯 대꾸했다.

"방패를 한 번밖에 써 본 적이 없다고? 그렇다면 어떻게 타이탄 조종을 배웠지?"

"아, 전에 내가 가지고 있던 '도로니아'는 네가 가지고 있는 녀석처럼 소드 스토퍼만 달려 있었지. 나는 방패는 필요 없다고 말했는데, 그 녀석이 자기 마음대로 붙인 거였어."

"훗, 이상한 녀석이군. 그렇게 육중한 타이탄을 조종하면서, 왜 방패를 쓰지 않는 거지? 집단적으로 얽힐 때는 방패가 있는 편이 훨씬 도움이 되는데."

"글쎄…, 이것도 다 사연이 있다구. 이 녀석은 내가 얼떨결에 선택했었는데, 도대체가 나중에 계약 해지를 해 주지 않아서 말씀이야. 안 그랬다면 도로니아를 끌고 왔겠지. 사실 나한테는 도로니아가 더 맞는 것 같아. 말도 잘 듣고……."

이때 전방의 전령이 뒤쪽 사령부에서 보내오는 수신호(手信號)를 보고 붉은 깃발을 흔들며 외쳤다.

"적이 타이탄을 투입했습니다!"

전령의 말을 듣지 못한 기사들도 있었지만, 그들은 붉은 깃발만을 보고 일제히 앞으로 돌진해 들어갔다. 그 덕분에 미네르바는 다크가 나중에 중얼거렸던 말을 거의 이해하지 못하고 넘어갔다. 이렇게 해서 가므 왕국에서는 세 번째 타이탄 전투가 벌어졌다.

판타지 영웅의 대결

"놈들이 어디로 갔는지 아직도 알 수 없어?"

제임스의 채근에 리카는 난처한 표정으로 말했다.

"알 수 있는 방법이 없습니다. 모두들 새벽에 한꺼번에 공간 이동해 버렸습니다. 오늘은 유난히 일찍 일어나서 식사 준비한다고 난리를 치기에 뭔가 일이 일어날 줄은 알았지만, 몽땅 공간 이동할 줄은 저도, 스타키도 미처 예상하지 못했습니다."

제임스는 난처해하는 리카에게서 시선을 돌려 큼직한 마법진 두 개를 살펴보고 있는 스타키를 보고 말했다.

"뭐 좀 알아낸 것이 있나?"

"예, 저기 있는 마법진은 초장거리 이동용입니다. 저쪽에 쓰인 문자가 지시하는 방향으로 봤을 때 아마도 저건 크라레스로 이동하기 위한 것 같습니다. 만든 지 꽤 된 것처럼 보이는데, 아마도 본국에 뭔가 보내기 위해 만든 거겠죠. 그리고 여기 있는 게 오늘 아침에 만든 겁니다. 장거리 이동이기는 하지만 그렇게 먼 거리는 아닙니다. 그리고 저쪽에 쓰인 문자로 봤을 때 북쪽으로 이동했습니다."

제임스는 스타키의 추리를 듣고는 옆에 서 있는 까미유를 향해 말했다.

"북쪽? 혹시 가므가 아닐까?"

하지만 까미유도 그걸 정확히 알 수는 없었기에 난처한 듯한 표정을 지어 보이며 자신의 생각을 말했다.

"글쎄, 잘 모르겠는데. 그런데 그녀를 이렇게 추격할 필요가 있을까? 모두들 로브를 깊숙하게 눌러써서 누가 누군지 알 수가 없었잖아? 며칠 동안 잠복해서 감시했지만 아무런 성과도 없었어. 대상을 두세 명 정도로 압축하기는 했지만 원체 마법 트랙들이 널려 있는 데다가, 감시가 치밀해서 숨어들 수도 없었잖아. 내 생각에는 지금은 돌아갔다가, 전쟁이 끝난 후에 그녀를 다시 추격하는 것이 좋을 것 같아. 또 그녀를 추격한 덕분에 크루마를 도와준 국가들 중에 크라레스도 끼어 있다는 의외의 소득도 얻었고 말이지."

"너는 아버지의 성격을 잘 몰라서 그래. 한 번 뱉은 말은 꼭 실천하시고야 말지. 우리가 만약 수색을 포기하고 돌아간다면 죽이려고 드실걸?"

"그렇다면 어쩔 수 없군. 계속 추격하는 수밖에. 일단 스타키의 말대로 가므 왕국에 가 보자. 뭔가 단서가 있겠지."

제임스가 고개를 끄덕여 동의를 표시하자 까미유는 리카를 향해 말했다.

"이봐, 리카."
"예, 백작님."
"본국에 통신해서 가므에서 전쟁이 벌어지고 있는 좌표를 알려 달라고 해. 그리로 이동해서 상황을 지켜보기로 하지. 참, 그리고 제임스."
"왜?"
"여기 크라레스의 기사단도 침투를 못 하고 기회만 봤었는데, 크루마군의 최대 집결지라고 할 수 있는 가므 왕국에서는 접근이 더 어렵지 않을까?"
"아닐 수도 있지. 여러 나라의 군대가 모이다 보면, 상대방의 기사들 얼굴을 잘 모르게 되니까 침투의 여지는 더 클 수도 있지. 일단 본국에 연락해서 위치를 파악한 후, 시내로 가서 살라만더 기사단의 복장을 구하자. 쓸 만한 옷 가게에 주문한 후 돈을 좀 많이 준다고 하면 빨리 만들어 줄 거야. 그런 다음 가므에 가서 살라만더 기사단인 척하면서 탐색하는 거야. 어때?"
"흐음, 그게 좋을 것 같군. 이봐, 리카. 빨리 본국에 연락해 봐."
"예, 백작님."

그날 아침, 태양이 떠오르는 것을 신호로 양 군대의 격돌이 시작되었다. 물론 태양을 등지는 크루마 기사단에 비해 그것을 마주 보는 코린트의 기사단이 약간 불리했다. 하지만 서로의 대치가 완전한 동서는 아니었기에 약간의 각도가 있어서 정면으로 해를 마주 보는 것도 아니었고, 그래듀에이트에 이르는 고수들에게 있어 태양빛을 마주 보는 것은 그렇게 큰 문제가 되지도 않았다. 거기에다가 전투 직전에 태양빛을 어느 정도는 가려 주는 신성 마법에 의한 도움까지 있었기에 두 시간가량은 태양이 내뿜는 강렬한 빛 때문에 지장을 받을 염려는 없었다.

양 군(兩軍)은 근위 기사단을 중심으로 격돌했다. 그리고 그 근위 기사단의 가장 선두에는 양 군 모두 최고의 검술을 지닌 인물들이 앞장서고 있었다. 키에리 드 발렌시아드 대공은 지축을 울리며 다가드는 엄청난 수의 타이탄들 앞에서 달려오는 거대한 검은색 타이탄을 볼 수 있었다. 한 발 한 발 땅을 디딜 때마다 땅이 푹푹 파이며 비명을 질러 대고 있었다.

키에리는 앞에서 자신을 향해 달려오는 엄청난 덩치의 타이탄을 보며 놀랍다는 듯 중얼거렸다.

"정말 인간의 능력으로 불가능한 게 없다는 것이 저 큰 덩치를 보니까 느껴지는군. 안 그래?"

주인의 말에 크로테아는 묵직한 저음으로 답했다. 크로테아의 경우 예전의 주인들이 누구였는지 모르지만 꽤나 입이 거친 타이탄들 중의 하나였다.

〈맞아. 네 녀석도 안목이 제법이군. 적기사를 봤을 때 정말 놀랐었는데, 저 타이탄의 엑스시온은 그보다 더 출력이 커. 아마도 내 느낌이 틀리지 않는다면 3.01 정도일 거야.〉

"하! 3.01이라고? 정말 대단하군. 그라세리안은 절대로 2.5 이상의 타이탄은 만들어질 수가 없다고 했었는데, 저걸 만든 놈은 도대체 누구야?"

키에리가 투덜거리는 와중에도 양 군은 급속도로 간격을 좁히고 있었다. 그리고 그 순간 크로테아의 검에서 푸른색 빛줄기가 검은색 타이탄을 향해 날아갔고, 그 검은 타이탄의 검이 타오르듯 엄청난 광채를 뿜어낸 것은 거의 동시에 벌어진 일이었다. 검은색 타이탄은 크로테아가 뿜어낸 빛줄기를, 간단하게 타오르듯 빛을 발하는 검을 이용하여 허공으로 튕겨 낸 후 그대로 뛰어올랐다. 아니 엄청난 덩치에 어울리지도 않을 정도로 먼 도약 거리를 생각한다면 뛰어오른 게 아니라 날아올랐다고 보는 게 옳았다.

파칭!

큰 검은색 타이탄이 헬 프로네를 향해 뛰어들면서 순간적으로 검과 검이 부딪치며 엄청난 소리를 뿜어냈다. 특이한 점은 양쪽의 검이 모두 타오르듯 엄청난 빛을 뿜어내고 있다는 것이었다. 하지만 양쪽이 부딪침과 동시에 크로테아는 엄청난 충격에 뒤로 쭉 밀렸다. 거의 90톤이나 나가는 헬 프로네가 긴 자국을 내며 뒤로 밀려난 것은 순전히 상대방의 무게가 훨씬 더 무거웠기 때문이었다. 그냥 휘두르는 검을 막았다고 해도 충격이 컸을 텐데, 그 무게를 온전히 다 실어 도약해 오는 상대의 검을 막았으니 그건 당연한 결과였다. 검은색 타이탄은 방패가 없는데도 불구하고 헬 프로네보다 거의 60톤이나 더 무거웠던 것이다.

〈제기랄! 엄청난 압력이야. 저렇게 무지막지한 무게가 실린 검은 처음이다.〉

크로테아가 투덜거리자 키에리도 거기에 맞장구를 쳤다.

"그건 나도 알고 있어. 정말 아찔하군. 육중하게 생겼으면서도 원체 먼 거리를 뛰어오르기에 혹시나 적기사처럼 중공장갑(中空裝甲)으로 만든 것이 아닌가 하는 생각을 했었지. 그런데 그게 아니야. 저거 완전히 통짜 쇠라구. 그런데도 어떻게 저런 속도를 낼 수 있는 거지?"

적기사는 두터운 방패가 없다는 약점에서 생기는 방어력 저하를 우려하여, 어깨와 등 부분에 아예 방패 역할을 할 수 있는 2차 장갑판 위에 방패 역할을 하도록 상당한 거리를 띄어 놓고 3차 장갑판을 붙여 놨다. 그래서 얼핏 보면 상체에 상당히 두터운 중장갑을 걸친 1백 톤이 넘는 타이탄처럼 보이지만 실지 무게는 95톤이었다.

물론 그렇게 해 놓은 이유는 적을 기만하기 위한 것이 아니라 충격 흡수에 훨씬 더 유리했기 때문이다. 이것은 적기사가 각종 비밀 임무를 수행하게 되는 만큼, 다양한 상황의 전투에 고루 사용할 수 있도록 코타스 공작이 고안한 최신 기술이었다. 그 덕분에 적기사는 일대일뿐만 아니라 다 대 일의 집단전에서도 상당한 위력을 낼 수 있는 꽤나 다목적 타이탄이 될 수 있었다.

〈처음에 말했잖아, 이 멍충아. 저 녀석의 엑스시온은 믿어지지 않을 정도로 출력이 높다고. 최소한 이쪽보다 50톤은 더 나가는 것 같다. 검을 정면으로 부딪치는 것은 위험해.〉

서로 간에 말을 주고받으면서도 격투는 계속되었다. 처음에는 간단한 탐색전의 형식으로 몇 번 검을 교환했지만, 서로가 결코 만만한 상대가 아니라는 것을 깨닫는 데는 그렇게 많은 시간이 필요하지 않았다.

"엄청난 실력이군. 저런 놈을 상대하라고 페트릭과 크리스틴을 보냈으니, 가서 죽으라고 한 것과 똑같았지. 제기랄!"

〈젠장! 압도적으로 불리하다. 이쪽이 조금 속도에서 우세하다고 해도, 저쪽은 무게가 월등하게 무거워. 그리고 덩치에 어울리게 키

도 크고, 검의 길이도 길다.〉

 "그 정도는 벌써 파악하고 있어. 도대체가 뭐 저런 놈이 다 있지?"

 키에리는 자신이 알고 있는 모든 기술을 총동원하여 상대를 공격했다. 하지만 적과의 실력은 거의 대등한 상태. 오히려 속도를 제외하고는 모든 것에서 유리한 적에게 은근히 밀리는 기색까지 보이고 있었다. 실컷 칼부림을 하다가 어쩔 수 없이 검과 검이 부딪쳤을 때는 중심을 잃지 않기 위해 크로테아는 상당한 노력을 해야만 했다.

 전장의 모든 타이탄들은 언제부터인지 전투를 멈추고 있었다. 엄청난 두 고수들끼리의 격전이 전장의 한가운데서 벌어지고 있었기 때문이다. 그 둘의 대결은 사실상 이번 전투의 승패를 쥐고 있는 것이나 다름이 없었다. 만약 검은색 타이탄이 승리를 거둔다면 총사령관을 잃은 코린트의 패배로 끝날 것이고, 키에리가 승리를 거둔다면 두 명의 마스터를 상대할 수 없는 크루마의 패배로 끝날 것이다.

 "호호홋! 제법 쓸 만한 녀석이군. 제법인데?"

 자신의 공격을 재빨리 피해 내는 적을 보면서 느낀 다크의 솔직한 감상이었다. 하지만 그녀의 그런 태도가 안드로메다는 별로 마음에 들지 않았다.

 〈참견 안 하려고 했지만 도저히 참고 있을 수가 없다. 네가 전력을 다했다면 벌써 저 녀석을 박살 낼 수 있었다. 그런데 왜 자꾸 시간을 끄는 거지?〉

 "멍청하기는 이게 바로 재미라는 거야. 카렐 외에는 상대가 없다고 생각했었는데, 제법 쓸 만한 상대가 또 나타났잖아. 그냥 죽여 버리기는 솔직히 좀 아까운 놈이군."

〈원래 격투라는 것은 승자와 패자가 나뉘게 되어 있다.〉

"그건 나도 알앗!"

캉!

또다시 양쪽의 검이 굉음을 토해 내며 부딪치자 이번에도 헬 프로네는 형편없이 뒤로 밀려 나갔다. 그리고 그와 동시에 검은색 타이탄이 도약을 했다. 물론 끝장을 내기 위해 앞으로 도약한 것이 아니라 뒤로 도약한 것이었지만.

"머리 좀 들어."

다크의 말에 안드로메다는 기가 차다는 듯 되물었다.

〈뭐? 지금은 전투 중이다.〉

"상관없으니까 들어. 내 말 안 들을 거야?"

마지못해 안드로메다의 머리가 뒤로 확 젖혀졌다. 그리고 그 안에 타고 있던 사람이 모습을 드러냈다. 두터운 로브의 모자가 깊숙이 눌려져 있어 얼굴을 알아보기 힘들었지만, 곧이어 모자를 뒤로 젖히자 그녀의 청순한 얼굴이 드러났다. 그리고 키에리 또한 상대가 자신을 향해 도약해서 끝장 낼 생각을 하지 않고 타이탄의 머리를 드는 것을 본 후, 자기 타이탄의 머리 또한 열어젖혔다. 키에리는 드러난 상대가 의외로 어린 소녀라는 것에 잠시 놀란 듯했지만, 곧이어 입을 열었다.

"당신은 누구인가? 나는 대 제국 코린트의 총사령관이자 근위 기사단장, 키에리 드 발렌시아드 공작이다."

키에리의 힘 있는 목소리가 끝나자, 뒤이어 예쁜 목소리가 들려왔다.

"나는 다크 폰 로니에르라고 하지."

"다크 폰 로니에르? 가만있자…, 크라레스에서 갑자기 등장한 총독 이름이군. 그대는 크라레스에서 왔는가?"

키에리의 말에 다크는 놀랍다는 듯 대꾸했다.

"기억력이 대단하군. 나 같으면 기억도 못 할 텐데……."

"크라레스에 당신 같은 인재를 키워 낼 만한 능력이 남아 있었는가? 그리고 그런 타이탄을 제작해 낼 저력(底力)도."

상대의 말에 다크는 생긋 미소 지으며 대답했다.

"크라레스 따위가 나를 키워 낼 수는 없지. 나는 다만 약속 때문에 도와주고 있을 뿐이야."

"도와줄 뿐이라고? 그대 같은 인재가 우리 코린트를 도와준다면, 크라레스 국왕이 약속한 것의 열 배는 더 줄 수 있다. 어떤가? 그대가 몸담기에 크라레스는 너무 작은 나라가 아닌가?"

다크는 살며시 미소 지으며 답했다.

"작다면 크게 만들면 되겠지."

"대단한 자신감. 거기에다가 실력까지 있으니 어쩌면 가능할지도 모르겠군. 살라만더 기사단은 그대 휘하의 기사단인가?"

그 말에 다크는 고개를 가로 저었다.

"이번 전투를 위해 황제가 잠시 빌려 줬을 뿐, 나는 치레아 총독일 뿐이야."

"오래전부터 퍼져 나오던 의문이 사실이었군. 아무리 계산해도 노획한 타이탄 수가 맞지 않았기에, 치밀하게 조사를 했었는데도 용하게 그걸 숨기고 있었군."

"그거야 내가 한 게 아니니 잘 모르겠군. 자…, 이제 다시 싸워 볼까? 관중들이 승부가 나기를 기다리고 있잖아."

청기사의 거대한 머리통이 제자리를 찾는 순간, 청기사의 거대한 덩치는 정말 믿을 수 없을 정도로 빠른 속도로 상대를 향해 달려들었다.

모든 대결이 그러하듯 키에리와 다크의 대결도 종반으로 치닫고 있었다. 키에리는 그랜드 마스터인 자신이 알고 있는 모든 기술을 총동원하여 상대를 공격했고, 또 방어했다. 하지만 안타깝게도 점차 시간이 지날수록 자신보다는 상대가 조금 더 뛰어난 고수라는 사실을 인식하지 않을 수 없었다. 엑스시온의 출력 차이에서 오는 단순한 파워 부족이 아니라, 검객으로서의 기술이 상대에게 떨어진다는 것이 자부심 높은 키에리에게 상당한 좌절감을 주는 것이었다. 하지만 지금 자신의 어깨에는 국가의 존망이라는 커다란 짐이 지워져 있었다. 바로 그 짐이 키에리로 하여금 패할 가능성이 높은 격투라는 것에 개의치 않고 능력 이상의 실력을 뿜어내게 만들고 있었다.

퓨캉!

거대한 검이 가로지르는 생사의 갈림길에서 크로테아가 소드 스토퍼로 간신히 막은 것은 좋았는데, 그 엄청난 무게에 밀려 한순간 중심을 잃고 흔들렸다. 중심을 잃고 순간적인 무방비 상태에 빠졌을 때, 상대의 발이 중심을 잡기 위해 애쓰고 있는 크로테아의 오른발을 가격했다. 크로테아는 이제 완전히 중심을 잃고 굉음을 울리며 땅바닥에 나뒹굴었다. 그리고 다음 순간 거대한 검이 쓰러져 있는 크로테아의 몸통을 노리고 수직으로 날아왔다.
 키에리는 나뒹굴어지는 그 충격에 몇 군데 멍이 들었지만, 그것이 아프다는 생각을 할 겨를도 없었다. 크로테아의 검보다 1.5배는 크고 두 배는 두터운 것 같은 검이 쏜살같이 거리를 좁혀 오고 있었기 때문이다. 키에리는 반사적으로 크로테아를 움직여 뒤로 뒹굴었다. 하지만 상대의 검이 미치는 범위는 키에리의 예상보다 더욱 넓었다. 상대의 공격권을 채 벗어나기도 전 키에리는 허리에서 엄청난 통증이 불로 지진 듯 뿜어 나오는 것을 느끼며 비명을 지를 뻔했다. 상대의 검이 크로테아의 왼팔을 거쳐 2차 장갑과 1차 장갑을 관통한 것도 모자라서 본체를 뚫고는 키에리의 옆구리를 훑고 지나간 것이다.
 키에리는 이제 자신이 끝장났다는 것을 깨달았지만 그래도 포기할 수는 없었다. 그 상태에서 몇 바퀴 더 구른 후 재빨리 몸을 일으켰을 때 어느 결에 상대 또한 자신을 향해 다가와서는 높이 검을 들어 올리고 있었다. 절망적인 상황. 하지만 키에리는 자신이 처한 상황에서 탈피하는 것이 얼마나 가능성이 없는 것인가 따위를 생각할 정신이 아니었다. 그의 몸은 거의 본능에 가깝게 움직이고 있었다.
 크로테아가 자신의 공격권에서 벗어나는 그 순간까지도 웬일인지 검은색 타이탄은 검을 든 채 동작을 멈추고 있었다. 몇 초 되지도 않는 짧은 시간이었지만 키에리가 탈출하기에는 충분한 시간이었다. 언제 상대가 다시 공격해 올지 모르는 상황이었기에 키에리는 상대의 공격권에서 벗어난 후 방어 자세를 취했다.
 바로 이때, 키에리의 눈에 이쪽을 향해 거추장스러운 크루마 타이탄을 베어 버리며 맹렬한 속도로 달려오고 있는 시뻘건 색의 타이탄 세 대가 보였다. 격투에 정신이 팔려서 그들이 다가오는 것을 키에리가 미처 파악하지 못했지만 적기사들은 그 검은 타이탄과의 거리를 맹렬한 속도로 줄여 오고 있었다. 아마도 그 검은색 타이탄이 마지막 일격을 키에리에게 먹이지 않은 것은 그 붉은색 타이탄들의 존재를 눈치 챘기 때문인 듯 느껴졌다.

"크크크…, 나도 아직 죽을 때는… 아닌 모양이군."

키에리가 자조 어린 씁쓸한 미소를 짓고 있을 때, 붉은색 타이탄들은 이미 도착해서 검은색 타이탄을 향해 검을 날리고 있었다. 무작정 뛰어든 것처럼 보였지만 붉은색 타이탄 두 대는 검은색 타이탄의 좌우로 뛰어들며 양쪽에서 검을 날렸고, 또 다른 한 대는 엄청난 높이로 도약하여 위에서 아래로 검을 내리꽂았다.

하지만 거대한 검은색 타이탄은 도저히 덩치에 어울리지 않는 엄청난 속도로 위로 도약했다. 두 개의 검이 자신이 있던 위치를 훑는 그 순간 검은색 타이탄의 몸은 허공에 있었고, 자신을 향해 날아오고 있는 붉은색 타이탄을 걷어차 버렸다. 굉음을 토해 내며 흉갑 부위를 걷어차인 붉은색 타이탄은 위쪽으로 붕 날아가서 요란한 소리를 울리며 땅바닥에 나뒹굴었다. 바로 이때 두 대의 붉은색 타이탄은 헬 프로네의 좌우에 자리를 잡았다.

"빨리 피하세요, 아버지. 여기는 저희가 어떻게 막아 볼게요."

제임스의 외침에 키에리는 터져 나오는 기침을 참으며 중얼거렸다. 깊은 상처에서 계속되는 출혈로 인해 지금 그는 점차 의식이 흐려져 가고 있었지만 강력한 의지의 힘으로 자신의 존재를 겨우 지탱하고 있었다.

"쿨럭…, 헛소리. 너희들이나 피해라. 도, 도저히 너희들의… 상대가 아니야."

제임스는 뒤에 나뒹굴었던 타이탄이 다시 몸을 일으키는 것을 보고는 그쪽을 향해 말했다.

"오스카, 아버님을 부탁한다."

"예, 대장!"

오스카가 헬 프로네를 향해 걸어가는 그때 제임스와 까미유는 적을 향해 검을 겨누고 있었다. 그들은 부상을 당했을 것으로 추측되는 키에리가 전역(戰域)에서 이탈할 때까지 저 괴물을 잡아 둬야 했다. 마나를 끌어 모으자 붉은색 타이탄이 가지고 있는 두 개의 검에서 푸르스름한 기운이 퍼져 나오고 있었다. 한 검은 가슴을, 한 검으로는 머리 부분을 보호하며 상대의 허점을 노리고 있을 때, 어이없게도 검은색 타이탄은 그 거대한 검을 천천히 아래로 내리고 있었다. 어느 순간 타오르듯 광채를 뿜어내던 그 거대한 검은 빛을 감추어 버렸다. 그리고 바짝 긴장하고 있는 상대들을 뒤로한 채 크루마군의 진영으로 천천히 걸음을 옮기기 시작했다.

나는 약속을 지켰다

 다크는 한가로이 앉아서 자신이 매우 즐기는 술인 '레드 드래곤'을 마시고 있었다. 잔이 비면 옆에 서 있는 기사가 재빨리 채워 넣고 있었다. 이때, 미네르바가 땀에 후줄근하게 젖은 채 씩씩거리며 달려왔다. 그녀는 한가롭게 술을 마시고 있는 다크를 보고 더욱 열불이 치솟는지 검을 뽑아 들고는 다크를 향해 겨누면서 차가운 어조로 말했다.
 "왜 키에리를 살려 보낸 거지? 중간에 불청객들이 끼어들었다고 하지만 너는 충분히 그럴 실력이 있었어. 추격전에 참가하지도 않았다는 것은 처음부터 키에리를 죽일 생각이 없었던 것 아냐?"
 그때의 상황은 미네르바가 따질 만도 했다. 다크의 실력은 그녀의 예상을 훨씬 뛰어넘고 있었다. 그 이름만으로도 상대에게 공포를 심어 주는 키에리와의 격투를 시종 유리하게 전개해 나가다가 드디어는 헬 프로네의 왼쪽 깊숙한 곳에 검상을 만들었다. 그 정도 검상이라면 장갑판은 물론이고, 본체를 거쳐 그 안에 타고 있던 키에리에게까지 검상을 입혔을 가능성이 크다는 것을 미네르바는 알고 있었다. 그야말로 단 한 번만 더 검을 들이대면 키에리의 목숨은 끝장이었던 것이다.

그런데 이때 세 대의 붉은색 타이탄이 나타났고, 황당하게도 다크는 그들과의 전투를 포기해 버렸다. 총사령관이 중상을 입은 관계로 이때를 기점으로 코린트 기사단은 후퇴를 시작했다. 하지만 상대가 후퇴를 하는데도 불구하고 미네르바는 더 이상 전과를 확대할 수 없었다. 붉은색 타이탄들과 흑기사들을 중심으로 크루마 군의 추격을 저지하는 상태에서 벌어진 매우 질서 있는 후퇴였기 때문이다.

원래가 전과가 가장 극대화되는 시점이 정면 대결이 아닌 후퇴하는 적에 대한 추격전이다. 그렇기에 미네르바는 강력한 방어진을 형성하면서 후퇴하는 적들을 향해 무리하게 공격을 감행했다가 상대방 붉은색 타이탄 두 대한테 걸려서 목숨까지 잃을 뻔한 후 열이 뻗쳐서 돌아온 것이다.

다크는 '레드 드래곤'을 다시 한 모금 마신 후 잔을 천천히 내려놓으면서 차가운 어조로 말했다.

"검을 내려놔. 죽고 싶지 않다면……."

미네르바는 순간 온몸에 소름이 끼치는 것을 느꼈다. 도저히 그 순진해 보이는 얼굴에 어울리지 않을 정도의 힘과 광기가 그녀의 눈동자에 서서히 떠오르는 것을 느꼈기 때문이다. 미네르바는 황급히 검을 집어넣었다. 상대는 키에리도 당할 수 없었던 검의 고

수. 타이탄이라도 가져다가 기습 공격을 하지 않고서는 없앨 가능성이 없었다. 미네르바가 검을 집어넣은 후에야 상대의 눈동자는 서서히 정상으로 돌아왔다. 다크는 또다시 잔을 입으로 가져가 한 모금 마신 후 약간 비웃는 듯한 어조로 말했다.

"훗, 나는 분명히 약속을 지켰다. 너는 분명히 상대를 밀어붙일 때까지 키에리를 막아만 달라고 했다. 그리고 나 또한 약속했었지. 키에리를 막아 주겠다고 말이야. 틀렸나?"

"그건 그렇지만……."

"그래서 나는 막아 줬어. 나로서 할 일은 다 한 거야. 키에리를 죽이든 살리든 그건 약속의 내용에는 처음부터 포함되어 있지 않았어."

"그렇게 억지 부리지 마. 그 녀석이 살아 있다는 것은 우리들에게 엄청난 위협이 돼. 앞으로 세울 모든 작전에 키에리의 전투력이 포함되어야 하니까."

그 말에 다크는 피식 미소를 지었다. 하지만 그녀의 입에서 나온 말은 상당히 부드러웠다.

"자, 자……. 그 녀석을 내가 살려 주고 싶어서 살려 준 것은 아니었어. 너도 봤겠지만 격전의 와중에 그 시뻘건 놈들만 끼어들지 않았다면 아마 죽일 수 있었겠지. 너도 상대해 봤다면 그 녀석들의 실력이 어느 정도인지는 알 텐데?"

미네르바는 자신의 앞을 막아선 두 대의 적색 타이탄의 모습이 떠올랐다. 그리고 상대방의 실력도……. 그때 미네르바는 하마터면 목숨을 잃을 뻔했던 것이다.

"그건 알아. 둘 다 마스터급. 그리고 한 명은 거의 마스터에 근접

한 인물이었지."

"그런 패거리들을 뚫고 들어가서 키에리를 죽이라는 것은 나한테 조금 무리한 부탁이 아닐까?"

물론 상대의 말을 믿을 정도로 미네르바는 순진하지 않았다. 그렇기에 미네르바는 찬찬히 상대의 눈을 쏘아봤다. 맑고 투명한 눈, 도저히 무술을 익혔다는 것 자체가 믿어지지 않을 정도로 순진해 보이는 눈이었다. 일단 상대의 의도가 뭔지 모르겠지만 지금은 후퇴하는 것이 좋을 듯했다. 괜히 동맹국끼리 자중지란을 일으킬 수는 없었기 때문이다.

"좋아, 그건 내가 잘못했어. 사과하지."

"그 사과는 받아들이지. 오늘은 정말 멋진 날이었어. 키에리를 위해 건배."

또다시 술을 입속에 털어 넣고 있는 소녀를 보며 미네르바는 잠시 생각했다. 그러고 나서 서둘러 말했다.

"너무 많이 마시지는 마. 나는 이만 가 볼 데가 있어서 말이야."

"어디 가는데?"

"왜 붉은색 타이탄들이 우리 쪽 진영에서 뛰어나왔는지 알아 봐야지."

총총히 사라지는 미네르바의 뒷모습을 보며, 다크는 천천히 잔을 들어 올렸다. 그녀는 미네르바의 뒷모습을 향해 잔을 살짝 쳐들면서 말했다.

"열심히 노력하는 만큼 수확도 함께하면 좋을 텐데 말이야. 꿀꺽!"

다크가 빈 잔을 내려놓자 옆에 서 있던 기사는 또다시 잔을 채워 넣고 있었다. 그런 기사를 지긋이 바라보며 다크가 말했다.

"자네는 어떻게 생각하지?"

"무엇을 말씀이옵니까? 전하."

"이번 전쟁의 끝은 어떻게 되겠느냐고."

"소신은 잘 모르겠사옵니다."

"모를지도 모르지. 술수가 이렇듯 판을 치니 뒤 수를 읽기가 참 힘드니까……. 통신 마법진을 준비하라고 일러라."

"옛, 전하."

잠시 후 그 기사는 준비가 다 되었다고 전하러 달려왔다. 그는 자신의 상관이 천천히 일어서서 술이라고는 전혀 한 방울도 마신 것 같지 않은 걸음걸이로 막사를 향해 걸어가는 것을 도저히 믿을 수 없다는 표정으로 바라봤다. 소녀가 이 자리에 앉아서 마신 술은 거의 한 병이나 되었기 때문이다.

"오, 까만 토끼. 웬일인가? 자네가 통신에 다 나오고 말이야."

토지에르는 싹싹하게 미소 지으며 말했다.

"예, 전하. 일은 어떻게 되셨사옵니까?"

"뭐 어떻게 되기는…, 키에리는 지금쯤 상처 입은 야수가 되어 있을 테니 조심하는 게 좋겠지."

"승리하셨군요."

"당연히."

"축하드리옵니다, 전하."

"축하할 필요는 없어. 원래 저런 녀석은 죽여 버려야 개운한데 말이야."

"잘하셨사옵니다. 제가 드린 부탁을 잊어버리지 않으셨군요."

토지에르는 미소를 띠고 말했지만 다크의 대꾸는 매우 퉁명스러웠다.

"뭐, 마지막 순간에 운이 좋아서 떠오른 것뿐이야. 그때 잠시 멈칫하니까 코린트의 신형 타이탄들이 달려들어서 녀석을 구출해 갔지. 그건 그렇고, 전황은?"

"예, 크로아 공작 전하께서는 전선을 돌파하고 맹진격 중이십니다. 전황이 매우 순조롭다는 연락을 받았습니다."

"녀석들한테는 지금 마스터가 세 명에 키에리까지 있어. 그런데 키에리를 살려 뒀으니 루빈스키의 목숨이 위태롭지 않을까?"

토지에르는 미소를 지우지 않고 자신감 있게 대답했다.

"그렇지는 않을 것이옵니다. 전하께서 돌아오신다면."

"호, 그런 계획이었군."

"예, 폐하께서 기다리고 계시옵니다. 빨리 회군하시옵소서."

"알겠다."

여러 제국들이 얽히는 힘의 시대

전 세계는 의외의 사태에 경악했다. 처음부터 크루마가 코린트와의 전쟁에서 이길 가능성은 아예 없다고 생각하고 있었기 때문이다. 하지만 불가능하다고 믿었던 가정은 현실로 드러났다. 그 때문에 가장 놀랐던 것은 정작 크루마 자신들이었을 것이다. 크루마는 동맹국들을 향해서는 이길 수 있다느니, 어쩌느니 하며 막대한 전리품을 약속하는 감언이설로 그들을 꼬드긴 것일 뿐, 처음부터 크루마가 승리를 거둘 가능성은 아예 없었던 것이다.

크루마의 수뇌부들은 코린트의 선발 공격대를 어떻게 해서든지 막아 낸 후, 지루한 장기전으로 몰고 가다가 휴전 협정으로 끌고 갈 생각이었다. 코린트가 미란 국가 연합 전선에서 벌어지는 지루한 전쟁 때문에 진이 빠져서 휴전 협정에 서명만 해 준다면 크루마로서는 더 이상 바랄 게 없을 정도였던 것이다.

휴전이 가능하려면 먼저 사력을 다해서 1차 공격대를 막아 내든지, 아니면 그들을 격퇴해야만 했다. 물론 크루마로서도 엄청난 희생을 치를 것은 분명했다. 코린트의 근위 기사단과 금십자, 은십자 기사단을 막는 데 희생이 적다면 오히려 그게 사기(詐欺)라고 생각했을 정도니까 말이다. 그런 후에 코린트가 전쟁에 지칠 때쯤, 혹은 의외의 피해에 경악해서 이번 전쟁을 주도했던 인물들이 권력 투쟁의 암투에서 밀려 버린다면, 그때부터 슬쩍 외교 사절을 파견하여 휴전으로 몰고 가면 일은 끝나는 것이었다.

그런데 문제는 제1차 공격진과의 전쟁에서 승리를 거뒀다는 데 있었다. 그것도 크루마가 생각하지 못했던 대승을 거뒀다. 코린트의 기사단들은 막심한 피해를 입고는 전선에서 재빨리 후퇴하여 쟈크렌 요새로 향했고, 이동 속도가 떨어지는 군대들은 크루마 기사단의 밥이 되어 버리고 말았다.

코린트 기사단의 패퇴가 던지는 의미는 엄청난 것이었다. 이제 코린트는 더 이상 무적이 아니었고, 최전선에서의 패퇴 덕분에 잘못하면 쟈코니아 지방의 일부까지 잃을 가능성마저 안고 있었다. 그렇게 되면 예정에는 없지만 슬며시 탐욕이 발생하게 되는 것이 사람의 심리다. 막아 내는 것에서 멈추는 것이 아니라 최소한 코린트 땅의 일부라도 뺏으려고 들게 되는 것이다.

코린트는 편의상 쟈코니아, 코린토비아, 스웨인, 크로나사라는 거대한 네 개의 지구로 나뉘어져서 관리되고 있었다. 그 네 지역의 경계는 강이거나 산맥이었기에 국경선으로 삼기에도 그만이었다. 그렇기에 크루마로서는 그 네 개의 땅덩어리 중에서 최소한 크루마에 가장 가깝게 위치하고 있는 쟈코니아 평원만이라도 차지하려고 드는 것은 아마도 당연한 것인지도 몰랐다.

　문제는 예상을 뒤엎고 크루마가 코린트의 대군을 막아 낸 것은 둘째 치고, 이제 입장이 뒤바뀌어 코린트 내로 진격해 들어갈 준비를 시작하자 곤란한 입장에 처하게 된 것은 미란 국가 연합이었다. 미란 국가 연합이 양 대국의 전쟁에서 크루마의 손을 들어 준 이유도 지금의 현 상태를 유지하고 싶었던 것이었을 뿐, 절대로 양국의 균형이 파괴되기를 원해서가 아니었기 때문이다. 양국의 균형이 무너진다면 그 사이에 위치한 미란 국가 연합의 미래는 매우 불투명해질 수밖에 없었다.

　"저도 이제 손을 떼는 것에 찬성입니다."

　지그프리트 데 가므 3세는 원탁에 둘러앉은 왕들을 쭉 둘러본 후 예상대로라는 듯 말했다.

　"모두 같은 생각을 하고 있었군. 본인 또한 더 이상 크루마를 도울 필요가 없다는 생각이오. 문제는 크루마가 본국에서 발을 빼는 것을 용납해 주느냐 하는 것인데……."

　"용납하지 않을 수 없을 겁니다. 이번 전쟁에서 본국의 피해는 막심합니다. 주 전장이 되어 버린 가므는 거대한 타이탄들이 뛰어다녔으니 엉망진창이 된 상태고, 또 전화에 휩쓸려서 국민들의 피해도 엄청납니다. 그 문제보다 더욱 심각한 것은 본국 기사단이 너무나 약화되었다는 것이죠. 라이오네 기사단이 전멸했고, 또 중앙 기사단은 보유 타이탄을 반 이상 상실했습니다. 이제는 전후 복구 사업에 총력을 다해야 할 때입니다. 이런 현실을 크루마에 인지시켜야만 하죠."

　"그건 자네 말이 맞아. 양 대국의 전쟁에 끼여 싸웠으니 그 정도 피해는 당연하겠지. 또다시 알카사스에서 타이탄을 대량으로 구입해야겠군."

"노획한 타이탄 중에서 저희들 몫으로 떨어진 것들과, 고물이 된 본국 타이탄들을 해체한다면 라이온 20대와 타이거 30대 정도는 구입할 수 있을 겁니다. 이미 알카사스에 주문을 하긴 했는데, 현금 인도 조건을 요구하더군요. 그들도 이번 전쟁이 예상외로 풀려가기 시작하자 매우 당황하고 있는 눈치였습니다."

"큰일이야. 만약 일이 잘못되어 크루마가 쟈코니아 지방을 차지하고 앉아 버린다면 우리들로서는 최악의 사태를 맞이하게 되는 거지. 크루마가 원정에서 패배한다면 좋겠는데 말이야."

"의장, 동맹 협약을 좀 더 철저히 해 두고, 크루마와 상호 불가침 조약을 맺어 두는 것이 좋지 않을까요?"

가므 의장은 고개를 주억거리며 말했다.

"그것도 좋겠군. 동맹국을 믿을 수 없다는 것은 참 불행한 일이지. 자네가 힘 좀 써 주겠나?"

"예, 좋은 소식을 가져올 수 있도록 노력해 보겠습니다."

"좋아, 부탁하겠네. 그리고 크루마가 본국에 마수를 뻗을 우려도 있으니 그 대비책도 생각해야 하네. 아르곤과 동맹을 맺는 것은 어떨까?"

"아르곤은 곤란합니다. 원래 아르곤은 동맹을 맺는 조건에 자국의 크로노스교를 포교할 수 있도록 하는 조항을 꼭 집어넣습니다. 그 때문에 아르곤과 동맹을 맺었던 세 개의 나라가 엉망진창이 되지 않았습니까? 그들은 종교를 악용하여 마법사들과 기사들의 반목을 부추겨 내전이 발생하게 한 후 동맹국의 입장에서 내전을 수

습해 준다는 명목으로 군대를 투입, 결국은 그들을 흡수해 버렸습니다. 그런 전례가 있는 만큼 아르곤과의 동맹은 절대 불가합니다."

"그렇다면 크라레스는 어떨까? 이번 전쟁에서 예상외의 힘을 발휘한 크라레스와 외교적으로 가까워진다면 큰 힘이 될 수 있지 않을까? 크라레스도 가까운 동맹국이 거의 없으니 말이지. 그들이 본국과의 동맹을 받아들인다면 좋겠는데 말이야."

"아마도, 이번 전쟁에서 크라레스는 잃었던 크로나사 평원을 되찾을지도 모릅니다. 그렇다면 본국에 매우 큰 도움을 줄 수 있을지도 모르죠. 이제부터 전 세계를 코린트 혼자서 지배하던 시대는 끝났습니다. 바야흐로 한동안은 여러 제국들이 얽히는 힘의 시대가 도래하겠죠. 이런 상황을 잘 극복하려면 뛰어난 우방이 많을수록 좋을 것입니다. 그러면서 내부로는 힘을 키워야 할 때죠."

창백한 표정으로 누워 있는 키에리 드 발렌시아드 대공. 대 제국 코린트가 자랑하던 최고의 검객이었지만 지금은 출혈 과다로 인해 의식조차 잃은 채 죽은 듯이 누워 있었다. 이 위대한 검객을 이 지경으로 만들어 놓은 깊은 상처에서 흘러나오던 피는 다행히 멈춰 있었다. 처음 키에리의 상처를 직접 봤던 노마법사에게 상대 타이탄의 검이 조금만 더 깊이 들어왔다면 아마도 허리가 두 토막이 나지 않았을까 하는 생각이 들게 할 정도로 깊은 검상이었다. 상처 위에 놓여 있던 노마법사의 빛나던 손이 천천히 빛을 잃어가자 초조한 안색으로 기다리고 있던 제임스는 재빨리 노마법사에게 말을 걸었다. 지금까지는 상대의 정신 집중을 방해하지 않기 위해서 제대로 물어보지도 못하고 있었던 것이다.
"아버님은 어떠시냐?"
"예, 이제 위험한 고비는 넘기셨습니다. 하지만 치료가 좀 늦었기에 회복하시려면 다소 시간이 걸릴 것입니다. 정말 놀라운 체력입니다. 만약 보통 기사였다면 생명을 건지기 힘들었을 겁니다."
상대의 말에 제임스는 안도의 표정을 지으며 말했다.
"정말 수고했네."
"아닙니다. 저로서는 할 일을 했을 뿐인데요."
강렬한 치료 마법을 사용했기 때문인지, 노마법사의 얼굴은 매우 피곤해 보였다. 키에리 드 발렌시아드는 거의 치명상에 가까운 상처를 입은 상태에서 전장을 이탈하기 위해 무리하게 마나까지 끌어올렸고, 어느 정도 안전한 지역까지 탈출했을 때는 그야말로 생명이 경각에 이른 상태였었다.
"이제 딴 사람에게 맡기고 좀 쉬게나. 너무 피곤해 보이는군."
"예."
제임스는 문밖으로 나서는 노마법사에게서 시선을 돌려 까미유를 바라봤다. 까미유는 방금 전에 들었던 믿어지지 않는 소식 때문인지 멍하니 창밖만을 바라보고 있었다. 제임스는 천천히 까미유에게 다가가 어깨를 토닥거렸다.
"아까는 나도 제정신이 아니라서 제대로 위로를 못 해 줬군. 정말 안 됐네."
까미유는 창밖을 향한 시선을 돌리지도 않고 풀이 죽은 음성으로 말했다.
"나는 아직도 믿어지지가 않아."

"하지만 자네 어머님의 시신은 지금 코린티아시로 운구되었다고 하지 않던가? 믿어지지 않아도 믿을 수밖에 없겠지. 죽은 사람을 되살릴 방법은 없다네. 아무리 마법이란 것이 대단하다고 하더라도……."

"아니지, 되살릴 방법이 있다는 것을 나는 알아."

까미유의 말에 제임스는 깜짝 놀란 듯 언성을 높여 말했다.

"그런 소리 하지 말게. 고인(故人)은 보내 드리는 것이 예의야. 흑마법에 의존해서 고인의 영혼을 붙잡는 것은 오히려 그분을 더욱 욕되게 하는 짓이지."

까미유는 창문틀을 두들기며 욕설을 내뱉었다. 그렇게 세게 두들긴 것 같지도 않았는데 벽이 흔들렸고, 나무 장식이 박살 나서 흩어졌다. 정말 엄청난 힘이었다.

"제기랄!"

"자네 어머님의 복수는 아버님께서 하셨다고 했으니 아마도 편안하게 천국으로 가셨을 거야."

"그렇게 믿어야 하겠지. 자네한테 부탁이 하나 있네."

"뭔가?"

제임스가 부드럽게 묻자, 까미유는 힘없는 음성으로 말했다.

"잠시만이라도 나를 좀 혼자 있게 해 줄 수 없겠나?"

지금은 혼자 있는 것이 더 나을지도 모른다는 생각에 제임스는 마지못해 대답했다.

"알겠네."

제임스는 까미유에게 물러서면서 창백한 얼굴로 누워 있는 키에리를 바라봤다. 자신의 아버지가 저 꼴이 되었다는 것을 눈으로 보고 있는 지금도 믿어지지 않는데, 까미유는 아마도 한층 더할 것이 분명했다. 제임스는 천천히 방을 나서서 현재 작전실로 쓰이고 있는 방으로 향했다.

　작전실은 지방 영주가 사용하던 요새(要塞)였기에 제법 넓었다. 각 곳에는 영주의 사병들이 배치되어 길 안내를 하고 있었고, 많은 수의 마법사와 기사들이 군데군데 모여서 웅성거리고 있었다. 주력 기사단은 쟈크렌 요새로 후퇴했지만 전장에서 상당히 이탈해 있는 이곳에 일부가 남아서 생존한 기사들을 구출하고 있는 중이었다. 이들이 자리 잡은 요새는 전술상 별로 중요한 요충지도 아니었기에 한동안은 크루마 쪽에서 신경을 쓰지 않을 가능성이 컸다. 녀석들이 뿔뿔이 후퇴하는 코린트의 군대들을 사냥하고 있는 그 시간을 최대한 이용하여 살아 있는 기사나 마법사들을 구출해 내야 했다.

　제임스가 작전실에 들어서자 한 마법사가 그를 보더니 재빨리 다가와서 말했다.

　"최신 정보가 입수되었습니다, 각하."

　"뭔가?"

　"예, 놈들이 파괴된 타이탄에서 끌어 모은 본국 오너들이 약 40여 명 정도라고 합니다. 그 외에 포로로 사로잡은 기사들이나 마법사들까지 합하면 1백여 명이 넘고요."

　부하의 말에 제임스는 비꼬는 듯한 어조로 답했다.

　"전과가 대단하군. 그래 처리는?"

　"일단 지금은 여력이 없으니까 가둬 뒀다가 나중에 엘프리안으로 보내 세뇌한다고 하더군요."

'세뇌' 라는 말에 경악한 제임스가 거의 부르짖듯 말했다.

"세뇌라고? 그건 국제법으로 금지하고 있는 사악한 짓이야."

국제법은 코린트, 크루마, 아르곤, 알카사스, 타이렌 제국의 대표자들이 모여 오랜 시간 협의하여 제작한 법규였다. 그렇기에 국제법은 약소국의 권익을 보호하는 법이 아닌, 강대국의 권익을 보호하기 위한 지독한 악법이었다. 물론 몇몇 나라만이 모여 쑤군거려서 만든 것이었기에 꼭 강제성이 있는 것은 아니었지만, 약소국에서 그걸 어겼을 때 주위의 강대국이 그 나라를 침략하는 데 매우 좋은 빌미를 제공하는 것은 사실이었다.

"예, 그렇죠. 하지만 크루마로서야 선택의 여지가 없을 것입니다. 1백여 명에 이르는 기사나 마법사들을 순식간에 키워 낼 수 있는 것도 아니고, 일반적으로 한 반 년 정도만 공을 들이면 세뇌가 가능한데 녀석들이 그걸 포기하겠습니까? 그것도 오너급이 40여 명인데."

"그들이 갇혀 있는 곳을 철저히 알아 봐라."

"옛, 후작 각하. 그렇게 지시하겠습니다. 그리고 또 하나, 이쪽으로 와서 보십시오."

"뭔데 그러나?"

마법사는 넓게 펼쳐져 있는 지도로 제임스를 안내했다. 그 지도 위에는 깃발들이 빽빽하게 꽂혀 있었는데, 그 대부분에는 크루마군의 문장이 그려져 있었다. 그리고 그사이에 외로이 포위된 형국으로 남아 있는 붉은색 깃발이 버티고 있었다. 로체스터 공작은 제1근위대를 중심으로 탈출에 성공한 기사단들을 호위하여 쟈크렌 요새에서 재편성에 들어가 있었고, 이곳에 남은 것은 제2근위대의 일부와 제3근위대였다. 물론 이들 모두를 제3근위대장인 제임스가 지휘하고 있었기에 제3근위대를 뜻하는 붉은색 깃발만이 남아 있는 것이다.

"뭔가? 지도 상으로는 별 변화가 없는 것 같은데?"

제임스의 의문에 마법사는 제임스가 미처 발견하지 못한 저 밑쪽을 가리키며 말했다.

"크라레스가 침공을 시작했습니다. 몇 시간 전에 침공을 개시한 모양인데, 이쪽에서 결전이 벌어지는 중요한 때였기에 발렌시아드 후작 각하께서 지금에야 알려 오신 겁니다."

제임스는 착잡한 표정으로 말했다.

"규모는?"

"3개 기사단, 약 1백여 대입니다. 침공군의 좌, 우측에는 검은색 타이탄들로 이루어진 유령 문장을 붙인 기사단, 그리고 중앙에는 근위 기사단, 후방에는 콜렌 기사단이 뒤를 받치는 형식입니다. 각 기사단 간의 거리는 30킬로미터, 침공군 총규모는 3개 기사단, 2개 중장 보병 사단, 4개 경장 보병 사단, 2개 기병 사단입니다."

"그렇게 대단한 규모는 아니군."

"예, 그런데 문제는 본국 동십자 기사단 제5분대를 10분도 안 되는 시간에 궤멸시키고 돌파했다는 것이죠. 그들도 상당한 정예 부대를 보낸 모양인데, 지금 현 시점에서는 그들을 저지할 만큼 강력한 기사단을 지원하기 어렵습니다. 크로나사의 중앙 도시 크라레인시에 동십자 기사단과 지방 수비대가 집결 중이지만 과연 그들을 막아 낼 수 있을지……."

"로체스터 공작 전하로부터의 지시는?"

"예, 약소국의 침략 따위에 신경 쓸 필요 없으니 맡은 바 임무를 빨리 처리하고 합류하라는 전갈이셨습니다."

이 순간 제임스의 머릿속은 혼란스럽게 돌아가고 있었다. 이번 전쟁의 모든 것에 '크라레스'가 걸리고 있었다. 그리고 다크 크라이드, 아니 다크 로니에르라는 그 소녀도……. 순간 그 소녀가 크라레스에서 파견된 기사단 사령관이라는 생각이 불현듯 떠올랐다.

"지금 지급(至急)으로 로체스터 공작 전하를 불러라."

"예?"

"빨리 해."

"하지만…, 여기서 통신 마법을 쓰면 잘못하면 포착당할 수도 있습니다. 지금까지는 저쪽에서 걸어 온 것을 받는 형식이었기에 상관없었습니다만, 이쪽에서 저쪽을 부른다면 얘기가 달라집니다. 정기 연락 시간까지 기다리심이 어떻겠습니까?"

"정기 연락 시간이 언제지?"

"50분 남았습니다. 한 시간 단위로 연락을 취하고 있기에……."

사뿐한 걸음걸이로 막사 안으로 들어서는 소녀를 보며 미네르바는 반갑게 맞이했다.

"어서 와. 걸음걸이를 보니 별로 마시지는 않은 모양이군. 안 그래도 부르려고 했는데 잘 왔어."

"무슨 일인데?"

"우리 쪽에서 튀어나온 빨간색 타이탄……. 본국에 연락했더니 크라레스에서 너를 추격해 온 녀석들이더군."

"나를 추격해 왔다고?"

"응, 그 녀석들 뻔뻔스럽게도 살라만더 기사단원인 척하면서 모든 걸 넘겼던 모양이야. 크라레스와 본국의 동맹은 1급 비밀이었기에 모두들 대충 조사하고 넘겼었던 모양인데……. 그 녀석들이 코린트에 보고했을 가능성이 커. 코린트 녀석들이 조금이라도 여력이 남아 있다면 크라레스는 끝장이야."

본국이 끝장난다는 말을 하는데도 다크의 표정은 하나도 변하지 않았다. 오히려 모든 것을 알고 있었다는 듯한 상대의 평온한 얼굴이 미네르바의 신경을 건드렸다.

"아아…, 그 얘기였군. 나도 그것 때문에 할 말이 있어서 왔지."

"무슨?"

"나는 지금 본국으로 돌아가야 해. 작별 인사를 하러 왔지."

"잠깐, 코린트가 만약 크라레스가 이쪽을 도와주고 있다는 것을 알았다고 하더라도 그쪽으로 신경 쓰지 못하게 여기서 전투를 크게 벌이면 돼. 돌아가서 본국을 지킬 필요는 없다구."

"지키는 게 아니라 싸우러 가는 거야. 이미 본국의 기사단이 크로나사 평원을 가로질러 진격 중이거든."

"잠깐, 코린트라는 적을 앞에 두고 두 패로 나누어서 작전을 벌이겠다는 것인가? 그런 짓을 했다가는 각개 격파당할 위험이 있어. 아무리 이번에 패배했다고 하더라도 코린트의 저력은 엄청나다는 것을 잊어서는 안 되지."

"그건 너희들 사정이겠지. 내가 있는 한 본국이 패할 리는 없다고 생각해. 그래지에트 황제는 지금 국가 총동원령을 내렸어. 그런 상황에서 공작이나 되는 내가 빠질 수는 없지."

상대가 도저히 말을 들을 것 같지 않자 미네르바는 깊숙이 숨겨 두고 있던 최후의 카드를 꺼내 놨다.

"그런 식으로 나온다면 나도 어쩔 수 없군. 크라레스 황태자가 우리나라에 와 있다는 것을 잊지 말았으면 좋겠어."

하지만 상대의 반응은 미네르바의 예상을 완전히 뒤엎는 것이었다. 아직도 말을 제대로 이해하지 못했는지 별 감흥 없이 대꾸했던 것이다.

"그래서?"

그래서 미네르바는 좀 더 강도 있게, 상대가 충분히 이해할 수 있도록 직접적으로 말할 필요성을 느꼈다.

"그래서는……. 크라레스 황태자가 몸성히 본국에 돌아가기를 바라나?"

다크는 시큰둥한 어조로 답했다.

"뭐, 황태자가 크루마에서 객사(客死)하더라도 나와는 상관없는 일이야."

상대의 말에 오히려 미네르바가 황당하다는 듯한 표정으로 반문했다.

"상관없다고? 어떻게 그런 말을 할 수 있지?"

"뭐, 황제한테는 아들이 하나 더 있으니까 대를 잇는 데는 아무런 문제가 없어. 설혹 둘 다 죽는다고 하더라도, 황제 노릇을 할 사람은 아마도 수십 명은 줄을 서 있을 거야. 원래 아무나 앉혀 놓으면 황제 노릇은 할 수 있으니까 말이지. 이제 대답이 되었나?"

얼굴색이 붉으락푸르락해지고 있던 미네르바는 드디어 분노를 터뜨렸다.

"제기랄! 너는 기사가 아니야. 너 따위는 기사가 될 자격도 없어."

"호호호…, 물론이지. 나는 처음부터 기사 따위 될 생각도 없었어. 그런데 문제는 그런 말을 하는 너도 마찬가지라는 거지. 그럼 잘 있으라구. 건투를 빌겠어."

이제 우리의 적은 코린트가 아니야

　초조하게 50분이라는 시간이 지나가기를 기다리던 제임스는 이윽고 마법 통신이 개통되자 재빨리 마법사를 밀어내고 말했다.
　"로체스터 공작 전하께서는 어디 계시냐?"
　"예? 공작 전하께서는 코린티아에 가셨습니다, 각하."
　"코린티아에는 왜?"
　"그건 저도 모르겠습니다만…, 혹시 전하실 말씀이라도 있으십니까?"
　"언제 돌아오시나?"
　"잘은 모르겠습니다만 조만간에 돌아오실 것입니다. 참, 공작 전하로부터의 전언이 있습니다. 새로운 지시가 있을 때까지 합류할 생각하지 말고 맡은 바 임무를 수행하고 있으라는 전갈이셨습니다."

"이런 중요한 시점에 근위 기사단 병력의 태반이 이 구석진 곳에 빠져 있으라고? 도대체 공작 전하께서는 무슨 생각을 하고 계시는지 이해할 수가 없군. 참, 나중에 공작 전하께서 돌아오시면 나하고 통신을 할 수 있게 해 주게. 그리고 크라레스에서 밀고 올라오는 기사단을 얕잡아 보지 마시라고 전해."

"알겠습니다, 각하. 꼭 전해드리겠습니다."

제임스는 이제 더 이상 할 말이 없었기에, 통신권을 마법사에게 넘긴 후 돌아섰다. 제임스는 혼란스러운 정신을 바로잡으려고 애쓰며 로체스터 공작의 의도가 무엇인지 유추해 보기 시작했다. 이렇듯 중요한 때에 전방 사령관이 자리를 비운다는 것은 말도 안 된다. 그런데도 지금 그런 사태가 벌어졌다는 것은 크루마의 대군을 막는 것보다 더욱 중요한 일이 발생했다는 것이었다.

'도대체 무슨 일이지? 그렇다고 수도와 통신 회선을 열 수도 없는 노릇이고 궁금해 죽겠군.'

"제기랄, 무슨 생각을 하는 것인지……."

제임스는 누구에게라고 할 것도 없이 짜증 어린 말을 내뱉은 후 키에리가 잠들어 있는 방으로 돌아갔다. 키에리는 아직도 창백한 안색으로 잠들어 있었다. 그런데 그 방에 있어야 할 까미유가 보이지 않았다. 제임스는 서둘러 방문을 닫고는 근처에 눈에 띄는 아무나 잡고 물었다. 제임스의 질문을 받은 사병(私兵)은 망설임 없이 대답했다. 까미유가 어디 있는지 알고 있었기 때문이다.

"저쪽 방으로 들어가셨습니다."

설마하는 마음으로 급히 방문을 벌컥 열었는데, 그곳에서 까미유는 우울한 얼굴로 포도주를 한 잔 가득 부어 마시는 중이었다.

"술 마시는 중이었나? 나도 한 잔 주게."

까미유는 말없이 잔을 하나 꺼내어 가득 부은 후 건넸다. 제임스는 잔을 받아 들며 측은하다는 듯 말했다.

"너무 상심하지 말게나."

까미유는 별로 상심할 것도 없다는 듯 담담하게 말했다.

"뭐, 자네가 걱정하듯 그렇게 상심하는 것은 아니야. 어머니가 그렇게 짧은 생을 사셨던 것도 아니고……. 가만히 생각해 보니 겉모습이 젊어서 나도 잊어버리고 있었는데 매우 장수하셨더군. 그런데 허겁지겁 방문을 연 이유는? 내가 자살이라도 할까 봐서?"

그렇게 생각하긴 했었지만 상대가 먼저 물어 오자, 제임스는 시침을 떼고 딴말을 시작했다.

"아니, 자네하고 급히 의논할 일이 있어서 말이야."

"뭔데?"

"크라레스가 침공해 들어왔어. 타이탄 약 1백여 대로 이루어진 3개 기사단. 그리고 그 뒤를 받치는 군대는 2개 중장 보병 사단, 4개 경장 보병 사단, 2개 기병 사단 규모라고 하더군. 어때? 놀라운 소식이 아닌가?"

"자네가 그렇게 뛰어 들어올 정도로 놀라운 소식까지는 아니군. 크라레스가 크루마를 도와줬을 때부터 이번 전쟁에 끼어들 것은 정해져 있었어. 다만 본격적으로 마수를 드러내는 그 시기가 언제일지가 불분명했을 뿐이지."

"그건 그렇군. 하지만 생각 외로 크라레스가 엄청나다는 거지. 자네는 그 생각을 못 했나? 우리가 추격해 온 그 소녀 말이야."

"그 소녀가 왜?"

"엄청난 검기를 뿌리던 그 검은색 타이탄에 타고 있던 사람은 누구였을까? 아버님조차도 당해 내지 못한 상대. 기동 연습 때 우리 둘이서 아버지를 상대했을 때, 분명히 우리들은 아버지 한 사람을 당해 낼 수 없었어. 그런데 그런 상대가 그냥 돌아가 버렸지. 그 거대한 타이탄이 뿜어내는 강렬한 투기(鬪氣) 앞에서 심장이 쪼그라들 정도였는데 말이야. 다행히 그 투기가 사라졌을 때 나는 안도감에 힘이 빠지는 것 같은 기분이 들었어. 그런 상대가 우리를 놔두고 왜 돌아갔을까?"

제임스의 말에 까미유는 그따위 것 별로 흥미도 없다는 듯 내뱉었다.

"그놈 속마음을 내가 알 게 뭐야."

"자, 생각을 해 봐. 아버지까지 쓰러뜨릴 정도의 실력자라면 상대방 기사단장 내지는 사령관이라고 봐야지. 안 그래?"

"실력으로 생각한다면 그게 맞겠지."

"크루마의 사령관은 미네르바. 나중에 우리들한테 걸려서 혼쭐이 났었잖아? 미네르바가 헬 프로네의 주인이라는 것은 모르는 사람이 없다구. 그렇다면 그 검은색 타이탄은? 그게 만약 크라레스의 신형이라면 설명이 되지. 우리가 추격하면서 알아낸 바로는 소녀는 치레아 총독이자, 파견군 사령관이었어. 그렇다면 그 타이탄에 타고 있던 사람은 누구였을까?"

까미유도 그렇게 생각은 했지만, 그 가냘픈 소녀의 모습을 떠올리며 애써 고개를 흔들었다. 이성은 어떤지 모르겠지만 감정상으로 그녀를 적으로 만들고 싶지 않은 것인지도 몰랐다.

"설마……."

"설마가 아니야. 검은색 타이탄에 타고 있던 사람이 그 소녀라면 어느 정도 설명이 될 수 있지. 우리들이 그녀에게 잘못한 것은 하나도 없었고, 또 적기사를 이미 아르곤에서 봤기에 그 안에 우리들이 타고 있다는 것을 그녀는 눈치 챘겠지. 우리들이 나섰을 때 그녀는 우리들을 죽이고 싶지 않았던 거야."

"그렇기는 하지만…, 아무리 그래도 그 외모에……."

"그게 아니라니까. 나는 아직도 기억하고 있어. 아르곤에서 처음 만났을 때 마스터인 나를 앞에 두고도 비웃는 듯한 어조로 '겨우 그 실력으로?' 하고 말한 것. 그때는 아무것도 모르는 철부지라고 생각했었지만, 지금은 확신하고 있어. 그녀는 검객이었어. 그것도 엄청나게 강한."

"이리저리 맞춰 보면 검객인 것 같기도 하지만 아무리 생각해도 그 외모는……."

마지막까지 부인해 봤지만 까미유도 대충 그녀가 범인일 것이라고 이성적으로는 생각하고 있었다. 그런 데다가 제임스는 마지막으로 말뚝을 박기 시작했다.

"외모야 마법으로 얼마든지 바꿀 수 있지. 만약 그녀의 외모가 약간 나이든 우락부락한 남자였다면 처음부터 그가 범인이라고 생각했을 거야. 안 그래?"

"그거야…, 그렇지."

"별로 마음에 내키는 것은 아니지만 크라레스에 그녀 같은 고수가 있다는 것은 엄청난 부담이야. 그녀를 어떻게 해치우느냐에 따라 미래가 바뀔 거야. 그건 그렇고 이제는 아버님도 위기를 넘긴 상태고……. 원래는 건강이 약간 회복되면 쟈크렌 요새로 이동해서 본대와 합류할 예정이었는데, 이상하게도 로체스터 공작 전하께서는 이곳에 우리들이 남아 있기를 바라셔. 그래서 말인데…, 내 생각에 여기는 별로 안전하지 못하다는 거지. 자네는 어떻게 생각해?"

"나도 자네 의견에 동감이야. 공작 전하의 지시가 그렇다면 일단 지켜야 하겠지. 녀석들도 우선 굵직한 영지들과 잔여 병력들을 소탕한 후에는 아마도 이쪽으로 시선을 돌리겠지. 그 전에 좀 더 안전한 곳으로 자리를 옮기는 것이 좋아. 그런데 근위 기사단원들만 해도 거의 1백여 명인데 자리를 잡을 만한 곳이 있을까?"

"지금 로체스터 공작 전하께서는 코린티아로 가신 모양인데, 곧 돌아오실 예정이라고 하니까 돌아오시는 대로 보고를 드리고 전투에 불필요한 인원은 돌려보내야겠지. 그때를 위해서 남아야 하는 인원을 자네가 한번 뽑아 봐. 그리고 우리들이 머물 만한 장소도 한번 알아 보고 말이야."

까미유는 살짝 미소를 지으면서 말했다.

"알았어. 자네는 옛날부터 내가 편히 쉬는 꼴을 못 봤으니까……."

"자네니까 부탁하는 거야. 영광으로 알라구."

까미유는 이제 시급히 해야 할 일이 생겼기에 술잔을 놓고 밖으로 나갔다. 제임스는 방을 나서는 친구의 뒷모습을 보며 착잡한 마음을 금할 길이 없었다. 아버지가 죽은 것도 아니고 중상을 입었을 뿐인데도 자신의 마음이 이런데, 전사한 경우는 더 이상 생각할 필요도 없을 것이다. 이렇게 여러 가지 일거리를 만들어 까미유가 딴 생각을 못 하게 도와주는 것이, 지금으로서는 자신이 가장 좋아하는 친구에게 해 줄 수 있는 최선의 방법이었다.

다크와 그 일행이 크라레스 제국의 수도 크로돈에 도착했을 때, 토지에르가 몇몇 중신(重臣)들과 함께 일행을 마중 나와 있었다. 토지에르는 다크의 모습이 나타나자 재빨리 공손하게 허리를 숙이며 인사를 건네 왔다.
"어서 오시옵소서, 공작 전하. 먼 길에 수고 많으셨사옵니다."
"그러는 자네도."
"개선 사령관을 영접하는 데 너무 소홀한 것 같아 송구하옵니다. 폐하께서 기다리고 계시옵니다."
"자네가 요즘 들어서 매우 바빴다는 것은 알지만, 내가 왔던 세계로 돌아가는 것에 대해서 조사해 봤나?"
"예, 당연히…, 20여 명의 마법사들을 풀어서 조사하는 중이옵니다. 만약 돌아가는 방법이 있다면 기필코 찾아낼 테니 안심하시옵소서."
토지에르의 말에 다크는 미소를 지으며 말했다.
"잊지 않고 있었다니 고맙군. 그건 그렇고 코린트 전선은 어떻게 되어 가나?"
"예, 순조롭게 진격 중이옵니다. 하지만 곳곳의 지방 영주들이 사병들을 거느리고 저항하는 바람에 진격 속도는 그렇게 빠르지 못한 편이죠. 아마도 문제가 없다면 6일 후에는 크라레인시에 도착하게 될 것이옵니다. 오랜 시간 고생이 많으셨으니 한 며칠 쉬시고 크라레인 공방전에 참석하시면 될 것이옵니다."
"알겠다. 자네는 아버지와 내 일행들에게 숙소를 마련해 드리게.

폐하는 어디에 계시나?"

"예, 중앙 홀에 계시옵니다."

다크가 중앙 홀에 들어설 때 황제는 몇몇 중신들과 담소를 나누고 있다가 그녀를 발견하고는 반겨 맞이했다. 다크는 황제에게 인사를 하는 와중에도 그의 뒤에 서 있는 장교가 가지고 있는 거대한 검이 매우 눈에 익은 것이라는 점을 놓치지 않았다.

"자자, 어서 오게나. 그 엄청난 무훈은 이미 들어서 알고 있다네. 짐의 휘하에 키에리를 패배시킬 무인이 있다는 것은 정말 신의 도움인 것이야."

"소임을 다한 것뿐이죠. 그런데 저 검은?"

다크의 경우 궁중 언어에 익숙하지 않았기에, 황제는 그녀에 한해서 묵인을 해 주고 있었다. 그는 신하의 말투가지고 마음 상할 정도로 쪼잔한 사람은 절대로 아니었다.

"아, 저건 경의 아버님이 짐에게 선물로 준 것이지. 대단한 명검이지 않나?"

그 말에 다크는 어리둥절하지 않을 수 없었다. 아르티어스가 벌레만도 못 하게 생각하고 있는 인간 황제에게 저런 검을 선물할 리 없었으니 말이다. 그렇기에 그녀는 아르티어스가 여기서 뭔가 사고라도 친 게 아닐까하고 의심했다.

"그런 것 같군요, 폐하. 그런데 혹시 아버지가 뭔가 실례되는 행동이라도 한 것은 없습니까? 여기에 들렀다고 하던데……."

다크의 말에 황제는 약간 찔리는 구석이 있었지만, 고개를 가로저으며 부인했다. 아르티어스가 황제에게 검까지 선물한 이유는 절대로 그 사실이 아들의 귀에 들어가지 않게 하기 위한 입막음용이라는 것을 모를 정도로 우둔한 황제는 아니었기 때문이다.

"아니, 그런 일은 없었네. 전시가 아니라면 무도회라도 열고, 거창한 열병식을 하며 경을 환영해야 하겠지만, 지금은 좀 힘들군. 이해해 주게나."

"마음 쓰지 마십시오."

"점령지를 넓혀 가는데 코린트의 저항이 워낙 거세다 보니 병력이 많이 들어가는구만. 아마도 일주일 후에는 제2진을 투입해야 할 것 같아. 치레아, 스바시에, 크라레스 각 지구에 보병 사단 하나씩만 남겨 놓고 모든 병력을 집어넣어야 하겠지. 말토리오 산맥에 출몰하던 모든 오크들을 경이 전멸시켜 둔 덕분에 병력을 빼는 데는 별로 무리가 없더군. 지금 국경선 부근에 병력을 집결시키고 있는 중이지."

"국지전에도 타이탄을 넣는 것은 어떻사옵니까?"

"안 그래도 그렇게 하고 있네. 각 사단에 콜렌 기사단에서 저급 타이탄 두 대씩을 지원해 주고 있지. 그렇게 하지 않으면 지방 영주들을 진압하는 것만도 벅찰 거야. 덕분에 콜렌 기사단의 전력은 지금 반으로 줄어 있다네. 코린트가 힘을 못 쓰는 형국인데도 매우 힘들구만."

"모든 것이 잘될 것이옵니다, 폐하."

"그래야 하겠지. 오랜만에 경하고 함께 식사나 할까?"

"좋사옵니다. 그런데 오늘도 돼지고기를 넣은 채소 수프인가요?"

상대의 말에 황제는 너털웃음을 터뜨리며 말했다.

"하하하, 경은 그게 별로 구미에 안 맞는가 보군."

"아뇨, 그런 것은 아닙니다. 저는 별로 음식을 가리지 않습니다."

역시 황제의 점심 식사는 다크의 예상대로였다. 개선장군을 맞이한 매우 경사스러운 날임에도 불구하고 황제의 절약 정신은 변함이 없었고, 다크는 그런 황제가 매우 마음에 들었다. 황제가 그렇게 투박한 음식을 즐기는 것이 노랭이라서 그런 것이 결코 아니라는 것을 그녀는 잘 알고 있었기 때문이다.

다크는 황제와 식사를 하면서 담소를 나누며 적당한 시간을 함께하다가 물러나왔다. 그녀는 아르티어스가 있는 곳으로 갈까 하다가 다시 발걸음을 돌려서 토지에르가 있는 곳으로 갔다. 하지만 토지에르는 집무실에 있지 않고 타이탄 제조창에 있다는 말을 듣고 그곳으로 갔다.

크라레스의 타이탄 제조창은 예전부터 외부 사람이 잘 모르도록 매우 비밀리에 지어진 건물이었다. 코린트가 30년 전 전쟁 이후로 크라레스의 타이탄 생산을 엄금하고 있었기에 취해진 조치였다. 타이탄의 거대한 덩치를 생각했을 때 제조창은 당연히 아주 크면서도 모두들 자연스럽게 느낄 수 있는 건물이어야 했다. 그리고 웬만큼 많은 사람이나 화물이 들락거려도 이상하지 않은 곳. 그렇게 생각한다면 선택의 폭은 몇 가지로 줄어든다. 크라레스의 타이탄 제조창은 크루마의 신전 양식(神殿樣式)에 가깝게 지어 놓았고, 또 건물 밖에 포진하고 있는 경비병들은 모두들 신관(神官)의 복장과 무장을 하고 있었다.

다크가 거대한 신전 건물에 다가서자, 그녀를 알아본 신관이 인사를 건네 왔다. 얼룩덜룩한 수많은 무늬를 집어넣고 그 사이사이에 물고기라든지 해일, 폭풍을 형상화한 것 등등의 문양이 그려져 있는 복장. 이 신전은 바다의 신 넵튠(Neptune)의 신전이었던 것이다. 그런데 웃기는 것이 이 신전을 말토리오 산맥 속에 지어 났다는 것이다. 거의 모든 넵튠의 신전은 해안가에 지어져 있었다. 그래야 그 신을 필요로 하는 어부라든지, 아니면 바다와 연관된 일을 하는 무역상인 등이 참배를 하기에 좋다. 물론 크라레스에서도 그걸 잘 알고 있었다. 그렇기에 이런 산골짜기에는 넵튠을 신봉하는 인물들이 없을 것이라고 생각하고 넵튠으로 정해 놓은 것이다. 만약 진짜 넵튠 신도가 참배를 하겠답시고 오면 그것만큼 골치 아픈 것도 없으니까.

거대한 신전 건물 안으로 들어서면 완전히 경관이 바뀌게 된다. 거대한 공장. 타이탄의 작은 부품 하나하나는 여기저기 딴 곳에서 제작되고 그것들이 이곳에 운반되어 와서 여기서 조립되어 그 안에 크로네를 채워 넣고, 미스릴을 입히는 것이다. 내부는 용광로에서 뿜어져 나오는 화기 덕분에 후텁지근했는데, 그런 와중에 한쪽 귀퉁이에서 마법사들이 웅성웅성 모여서 막 틀에서 뽑혀 나온 엑스시온을 앞에 두고 토론을 벌이고 있었다.

토지에르는 앞의 마법사들과 얘기를 나누다가 제조창 안으로 경비병의 안내를 받으며 들어서는 소녀를 보고는 재빨리 그쪽으로 다가갔다.

"이런 누추한 곳에는 어쩐 일이시옵니까? 전하."

"이제부터 정식으로 싸워야 하니까 타이탄의 도장(圖章)을 새로 하는 것이 좋을 거라고 황제께서 말씀하셔서 말이야. 아주 바쁜 것 같군."

여기저기에 뼈대를 입히고 있는 20여 대의 타이탄을 바라보며 다크가 감탄 어린 어조로 말하자, 토지에르는 맥이 빠진다는 듯 대꾸했다.

"예, 노획 타이탄이 거의 2백여 대가 넘게 들어왔으니 당연한 일이옵니다. 하지만 저것들이 실전에 배치되려면 또 얼마나 많은 시간이 흘러야 할지……."

"이번에도 테세우스를 생산하는 것인가?"

"예, 이제 대 제국으로서의 위풍을 세워 나가려면 카프록시아를 생산하는 것이 더 좋겠지만…, 카프록시아는 외장에 꽤 신경을 쓴 녀석이기에 짧은 시간에 대량 생산하는 데는 힘이 좀 들지요. 아주 단순한 외형을 하고 있는 테세우스 쪽이 생산 시간이 적게 드니 어쩔 수 없사옵니다."

"그거야 그렇겠지."

이때 그녀의 뒤쪽 공간을 열고 엄청나게 거대한 청기사가 모습을 드러냈다.

"도장을 새로 칠하는 작업은 언제 끝나게 되지?"

다크의 질문에 토지에르는 저쪽에 도열해 있는 테세우스 여덟 대를 가리키며 말했다. 그것들에는 여러 명이 달라붙어서 새롭게 페인트를 칠하고 있었다. 정식으로 입혀지는 테세우스의 색상은 카프록시아와 같은 붉은색과 푸른색이었다.

"이번 전투로 인해서 모두들 엉망진창이니까 한…, 3일쯤 후에나 칠하게 될 것이옵니다."

토지에르는 모습을 드러낸 거대한 청기사를 세심히 살펴보며 놀랍다는 듯이 말했다.

"여기저기에 검상을 입었던 흔적이 보이는군요. 거의 무적일 것

이제 우리 적은 코린트가 아니야 65

이라고 생각한 타이탄이 이 모양이니 테세우스들의 표면이 그렇게 많이 상한 것은 당연한지도…….”

토지에르가 우려 섞인 어조로 말했지만, 다크는 그쯤은 아무것도 아니라는 듯 손을 저으며 말했다.

“뭐, 걱정하지 말게나. 더 이상 페인트를 새로 칠해야 하는 불상사는 벌어지지 않을 거야. 그건 그렇고 치레아로 가려고 하는데, 보내 줄 수 있나? 바쁘면 아버지한테 부탁하고.”

“치레아와 스바시에는 영구 이동 마법진을 건설했사옵니다. 그걸 이용하면 마법사의 도움이 없어도 이동이 가능하지요. 경비병들에게 물어보면 공간 이동문을 가르쳐 드릴 것이옵니다.”

“좋아, 6일 후에 보기로 하지.”

“예, 전하.”

다크가 단출한 일행들을 거느리고 치레아에 도착했을 때, 이미 그녀가 온다는 것을 보고받은 부총독이 마중 나와 있었다. 부총독은 여태껏 있었던 기나긴 상황 보고를 하려고 했지만 다크는 대충 필요한 것만 몇 가지 물어본 후 회의를 끝냈다. 겨우 6일의 휴가밖에 없는 상태에서 영양가 없는 보고를 장시간 들어 줄 이유는 하나도 없었기 때문이다. 하지만 부총독의 입장에서는 조금 달랐다. 지금 이곳 치레아는 겨우 1개 경장 보병 사단과 친위 기사단이 보유한 전력의 전부였기 때문이다. 그리고 그 약소한 병력으로 막아야만 하는 상대는 거대한 아르곤 제국이었다.

“자네가 대충 알아서 대처하도록 해. 만약 무슨 일이 있으면 까만 토…, 아니 토지에르에게 보고하면 될 거야. 지금 전 병력을 코린트 전선에 쏟아 붓는다고 본국 방위를 위해서는 최소한의 병력만 남겨 둘 수밖에 없을 테니까 말이지."

"그래도……."

"아, 더 이상 필요 없는 얘기는 때려치우자구. 떠들어 댄다고 없는 병력이 튀어 나오는 것은 아니니까 말이야. 이제 회의를 끝내기로 하지."

그녀가 의자에서 일어서서 밖으로 나가려고 하자, 부총독은 마지막으로 한마디 했다.

"밖에 기사 몇 명이 기다리고 있사옵니다. 모두들 뭔가 전하께 드릴 말씀이 있다고 하더군요."

부총독의 말을 듣고 다크는 의자에 다시 주저앉으며 말했다.

"좋아, 들여보내라고 해."

부총독이 나간 후 조금 있다가 파시르가 방 안으로 들어왔다. 약간의 긴장 때문인지 평상시에도 별로 표정이 없던 얼굴이 더욱 굳어져 있었다. 파시르는 들어서자마자 허리에 차고 있던 검을 문 옆에 풀어 놓은 후 다가와서 필요 이상으로 정중하게 예를 올렸다.

"그래, 무슨 일인가?"

"예, 전하께서 저에게 엄청난 은혜를 베풀어 주셨다는 것은 알고 있사옵니다. 하지만… 염치없는 부탁이오나 친위 기사단을 은퇴하고 싶사옵니다."

"뭐? 갑자기 왜?"

"아무리 대 제국 코린트와 대적하기 위해서라고 하지만, 크라레스가 손잡은 국가는 크루마. 제 조국의 원수이옵니다. 원수와 손잡고 싸울 수는 없는 노릇이기에 전하께 말씀드리는 것이옵니다."

이제 우리 적은 코린트가 아니야 67

다크는 피식 미소를 지었다.

"경은 영원한 동맹국이 존재할 것이라고 믿나?"

"예?"

"아마도 크루마와의 동맹은 1년도 지나지 않아서 깨질 거야. 그리고 10년 이내로 전쟁에 들어가게 되겠지. 내기를 해도 좋아. 그때를 기다리는 것이 좋지 않을까? 만약 지금 여기서 나간다면 크루마를 상대로 복수하는 것은 영원히 불가능할 거야."

"진정이시옵니까?"

"물론이지. 자네는 그동안 검술이나 좀 더 닦고 있으라고. 아마도 그때쯤이면 지금보다 더 좋은 타이탄을 지급받게 될지도 모르지. 드래곤 사냥 때도 보지 않았나? 크루마의 신형 타이탄은 엄청나게 강하다는 것을 말이야. 그것들을 대적하기 위해서는 이쪽도 더 좋은 것을 많이 만들 수밖에 없어. 자 열심히 해 보게. 딴 생각하지 말고."

"예, 전하."

파시르가 어느 정도 수긍하고 밖으로 나간 후, 이번에는 몇 명이 한꺼번에 들어왔다. 미카엘, 팔시온, 미디아, 가스톤이 들어서는 것을 보고 다크는 미소를 지으며 환영했다.

"어서 와. 오랫동안 고생들이 많았지?"

반갑게 맞이하는 다크를 보며 미카엘이 너스레를 떨었다.

"아아…, 정말 죽을 지경이었지. 콜렌 기사단이 빠져나간 다음부터 그 공백을 메운다고 매우 바빠졌거든."

"모두 앉아."

다크는 그들에게 자리를 권한 다음 밖에 대고 외쳤다.

"세린! 차를 내와라. 그리고 술도."
문틈 사이로 가느다란 목소리가 다크의 외침에 답해 왔다.
"예."
술이라는 말이 나오자 팔시온이 손을 내저으면서 말했다.
"대낮부터 술은 됐어."
"왜? 너희들 술 좋아하잖아."
"우리들이 좋아하는 것은 시원한 맥주지. 대낮부터 너처럼 그 독한 브랜디를 마시는 사람은 없다구."
"그럴까? 이봐! 세린, 브랜디 한 병하고 맥주 좀 가져와."
"예."
"안 그래도 나중에 찾아갈 건데, 뭐 하러 이렇게 급하게 왔어?"
"실은 또 딴 곳으로 가 버릴지도 모른다는 생각에 이렇게 찾아왔지. 우리는 도저히 여기서 하는 일이 적성에 안 맞아. 기왕이면 전쟁터에 좀 데려가 달라구. 모험가 생활을 하다가 한 곳에 박혀 있으려니 몸이 근질거려서 죽을 지경이야."
미소 띤 그녀의 질문에 팔시온이 대표 자격으로 대답을 했고 덧붙여 미디아가 말을 이었다.
"우리들은 그걸 부탁하러 왔어. 코린트와의 전쟁터, 꼭 참전해 보고 싶어."
"하지만 나하고 같이 다녀 봐야 싸울 일은 거의 없을 텐데? 나는 유령 기사단에 합류할 거니까 말이야. 흥분을 맛보고 싶다면 콜렌 기사단 쪽이 좋지 않을까? 그쪽이 반군 토벌을 담당하고 있으니까 말이야."
모두 저마다 한마디씩 했다.

"아니, 그런 곳에는 전쟁이 끝난 후에라도 갈 수 있잖아. 우리는 타이탄들끼리 치고받는 것을 구경하고 싶다구."

"그래, 나도 흑기사라는 것 한번 구경해 보고 싶었어."

"하지만 너희들에게는 위험해. 너희들은 정찰조에 배속되게 되는데, 재수 없으면 상대방 그래듀에이트와 싸울 가능성도 있지."

"그런 것은 상관없어. 싸나이는 말이지, 검을 잡고 죽는 것이 소원…, 으갸갸!"

미카엘이 폼 잡고 말하자 미디아는 얄밉다는 듯 미카엘의 살덩어리를 잔뜩 틀어쥐고 비틀어 버린 후 투덜거렸다.

"야, 사나이만 그런 소원을 가지고 있냐? 이 멍충아. 그리고 저 가스톤이 검을 잡고 싸울 수는 없잖아. 이봐 다크, 우리들은 죽어도 상관없으니까, 다만 전사답게 역사가 만들어지는 현장에 참여할 수 있게 해 줘."

"그렇게까지 말한다면 함께 가기로 하지."

그녀의 허락이 떨어지자 모두들 환성을 질러 댔다.

"끼얏호, 빨리 준비를 해야겠군. 언제 출발하지?"

"6일 후. 크라레인시 공방전에 참가하게 될 거야."

"좋아. 기대가 되는군. 흐흐흐……."

다크가 오랜만에 주어진 휴가를 즐기고 있을 때 미네르바의 사정은 완전히 달랐다. 그 주 원인은 제임스 패거리 덕분이었다. 기사단들끼리의 대규모 접전을 통해 광대한 영토를 점령할 수 있었지만 아직은 완전히 뺏은 것이 아니었다. 기사단을 격퇴한 후 가장 먼저 해야 할 일은 그 영토에 주둔 중인 군대를 격파하는 일이다.

그걸 단시간 내에 해내지 못하면 그 군대는 퇴각을 완료하든지 아니면 산속에 숨어서 게릴라가 되는 것이다. 또 지방 영주들도 토벌해야 한다. 지방 영주들은 황제로부터 하사받은 자신들의 토지를 지키기 위해 휘하의 사병들과 함께 끝까지 싸우는 경우가 허다했기 때문이다.

봉건제에 의해 농노들을 통치하는 방식은 새로운 점령지를 확보했을 때 대단히 유용하다. 기사들이나 마법사 등 자신의 군주를 '정한' 사람들이나 영지를 '하사받은' 사람들은 자신들의 주군을 위해 죽을 때까지 싸운다. 하지만 그렇지 못한 사람들의 경우는 다르다. 이 시대의 경우 한 국가에 '소속' 되어 있다는 의식은 거의 없었다. 농노들의 경우 자신들의 주인이 바뀔 뿐이었고, 자유 무역지대에 있는 상인들이나 평민들의 경우 세금을 납부할 대상이 바뀌는 것 이상의 의미가 없었던 것이다. 그리고 용병(傭兵)들의 경우도 자신의 주인이 돈을 낼 수 없을 것 같거나, 아니면 돈을 지급하지 못하면 부담 없이 떠나 버린다. 그런 다음 새로운 주인을 위해 일하기 시작하는 것이다.

오직 국왕이나 황제를 위해 충성의 서약을 했던 지방 영주나 귀족, 또는 기사들만이 저항하게 되는데 이들의 저항을 재빨리 뿌리뽑는 것이 점령지의 안정을 위해 가장 시급한 문제였다. 그리고 대규모 전쟁이 벌어진 후에 발생하게 되는 게릴라성 산적들 또한 토벌해야 하는 대상이었다.

미네르바는 이러한 것을 매우 잘 알고 있으면서도 아직까지 점령지를 완전하게 통치하지 못하고 있었다. 그 이유는 저항 세력 안에 타이탄을 지닌 오너들이 일부 포함되어 있었기 때문이다. 대략

3~6대의 타이탄을 거느린 것으로 추정되는 적은, 상당수의 기사들이나 마법사를 포함한 소규모 기사단이라고 봐야 했다. 그들은 지방 영주들로부터 전폭적인 지원을 받으며 크루마 군대를 괴롭히고 있었고, 그곳에 파견 나온 타이탄 한두 대 정도는 간단히 박살 내 버렸다.

"제8경장 보병 사단으로부터 제536보병 연대의 패잔병들과 합류했다는 보고가 들어왔사옵니다."

"뭐라고? 그렇다면 거기 파견 나가 있던 쿠로닌 남작은?"

"쿠로닌 남작 이하 두 명의 기사는 전사한 것이 확실하옵니다. 병사들의 증언에 따르면 쿠로닌 남작은 타이탄을 꺼내 들고 달려들었지만 상대방의 붉은색 타이탄에 목숨을 잃었다고……."

쾅!

얼마나 세게 내려쳤는지 탁자가 나무 조각을 흩날리며 박살 나 내려앉았다.

"제기랄! 이게 지금 몇 대째야?"

"후방 각지에서 타이탄 전투가 동시 다발적으로 벌어지고 있사옵니다. 아무래도 상대는 최정예 기사들을 남겨 둔 모양이옵니다. 흑기사를 봤다는 패잔병까지 있을 정도이옵니다."

"이런 식으로는 아무것도 안 돼. 그렇다고 전방의 타이탄을 뺄 수는 없다. 쟈크렌 요새에는 적의 주력 부대가 남아 있어. 만약 이쪽에서 병력을 뺀다면 역으로 치고 나올 가능성마저 있다."

"하지만 그들을 계속 놔둘 수도 없는 노릇이옵니다, 전하."

"이렇게 되면 어쩔 수 없지. 마법사들에게 일러서 통신 채널을 한두 개 정도 더 만들라고 해. 그 채널은 놈들을 발견했을 때만 써야 하고, 그러면 제때 보고를 받을 수 있겠지. 그런 후 오너 10여 명을 대기시켜 둬라. 언제든지 투입이 가능하게 말이야."

"전하, 오너들의 등급은 어느 정도로 하는 것이 좋겠사옵니까?"

"놈들도 근위 기사단을 투입했으니 이쪽도 최소한 카마리에는 되어야 하겠지."

"예, 곧 조치를 취해 놓겠사옵니다."

"제길, 루엔이 살아 있었다면 많은 도움이 되었을 텐데. 루엔 자네에게 가르칠 것이 너무나도 많았었는데, 그걸 다 배우지도 못하고 그렇게 빨리 가 버리다니……."

미네르바는 무술을 익히는 일 때문에 결혼을 하지 않았다. 결혼을 하게 되면 필연적으로 가사(家事)라는 것에 시간을 뺏기게 되고, 또 아이를 낳기라도 한다면 거의 1년에 가깝게 무술을 익히기도 힘든 사태가 벌어진다. 그렇기에 그녀는 결혼을 포기했던 것이다. 자식을 낳아 보지 못했던 미네르바였기에, 자신의 대를 이을 루엔 공작을 자식처럼 아껴 온 것이 사실이었다. 그렇기에 요즘같이 바쁠 때 자신보다도 먼저 가 버린 루엔의 존재가 그리운 것은 당연하지 않을까?

"참, 스펜과 아더, 샤트란은 치료가 끝났나?"

"예, 지금 거의 치료가 끝난 것으로 알고 있사옵니다. 그때 아르곤 성기사단과의 전투에서 탈진했을 뿐, 부상을 당한 것은 아니었으니까요."

"좋아. 타론이 죽은 지금, 그 녀석들은 유일한 드래곤 슬레이어들이야. 3차분으로 생산되는 안티고네를 그 아이들에게 우선적으로 지급하도록 해라."

"예, 전하."

"코린트의 주력 부대가 살아 있는 한, 이쪽도 대비를 최대한 해야겠지. 그린레이크 공작에게 연락해서 이번에 노획한 코린트 타이탄을 해체한 것은 모두 다 에프리온으로 생산하라고 전해."

에프리온은 대마법사 안피로스가 크루마 제국의 근위 타이탄으로 생산했던 것으로 헬 프로네를 제외한다면 그의 설계작들 중에서 가장 강력한 타이탄이었다. 즉, 1.5의 출력을 가지는 카마리에에 비했을 때, 전투 중량이 5톤 정도 늘었다고 하지만, 출력은 0.2나 상승했기에 전체적인 파워는 훨씬 더 뛰어난 타이탄이었다.

"예? 하지만 전하, 그건 본국의 주력 타이탄 골고디아와 비교해 너무 등급 차이가 나옵니다. 그리고 에프리온으로 만든다면 두 배 이상의 시간이 들어가니까, 계획대로 차세대 주력 타이탄인 카마리에를……."

미네르바는 고개를 천천히 가로저으며 말했다. 목소리는 낮았지만 어조는 확고한 것이었다.

"그게 아니야. 경은 이번에 코린트와 전투를 하고도 느끼지 못했나? 코린트의 기사들은 강하다. 한 등급 떨어지는 타이탄으로도 본국의 기사들과 대등하게 싸울 수 있는 능력이 있단 말이야. 기사들의 검술 실력이 떨어지니까 타이탄의 질이라도 올려놔야 균형이 맞는단 말이다. 알겠나?"

"예, 전하."

"폐하께 드린 요청은 어떻게 되었나?"

미네르바의 말에 상대는 난처한 표정을 지으며 조심스레 말했다.

"예, 전하의 요청은 기각되었사옵니다. 모처럼 얻은 점령지를 포기하는 것은 용납할 수 없다는 단호한 결정이셨사옵니다."

"제기랄, 지금 승리를 얻은 김에 코린트와는 화해를 해 버려야 해. 점령지로서 유지도 안 되는 이따위 땅덩어리가 무슨 가치가 있단 말이야? 또 우리의 적은 이제 코린트가 아니야."

"예? 무슨 말씀이시온지……."

의아해하는 노장군을 향해 미네르바는 확신에 찬 어조로 말했다.

"크라레스다. 크라레스에 그녀가 있는 한 조만간 크라레스는 코린트 이상의 강대국으로 성장할 거야. 크라레스의 기사단이 강대해지기 전, 그러니까 기사단이 그녀의 힘을 받쳐 주지 못하는 지금, 무슨 일이 있더라도 크라레스를 멸망시켜야 해. 그런데 본국의 그 머저리들은 무슨 생각을 하고 있는지……. 빌어먹을 자식들!"

드래곤 아빠의 걱정

하지만 미네르바가 가장 두려워하고 있는 적은 그녀의 생각과는 달리 크라레스 제국을 최강의 대국으로 만들겠다든지, 아니면 이곳에서 최고의 고수가 되겠다든지, 또 그것도 아니면 자신의 왕국을 세우겠다든지 하는 야무진 꿈 따위를 꾸고 있는 것이 절대로 아니었다. 그녀는 오직 자신이 고향에 돌아갈 수 있도록 도와주는 황제와 토지에르를 위해 약간의 도움을 주고 있을 뿐이었다.

"이게 바다(Sea)라는 거예요?"

자신의 영지 안에 있는 '바다'라는 것을 보기 위해 아르티어스와 함께 나오기는 했지만, 사실 그녀는 아직까지 자신의 영지 안에 바다가 있는 줄도 모르고 있었다. 그런 그녀를 보고 아르티어스는 놀랍다는 듯이 말했다.

"오잉? 바다라는 것을 처음 보냐?"

"흐음…, 그냥 얼핏 보기에는 '황하'나 '장강(양자강)', '동정호'와 별로 다를 게 없네요? 끝없이 펼쳐진 수평선이나……. 그런데 물빛이 정말 푸르다는 것은 다르군요."

"뭐? 황후아? 에잉…, 너는 딴 건 다 좋은데 왜 한 번씩 혓바닥 돌아가기 힘든 발음을 해 대는 거야?"

다크는 서둘러 말에서 내린 후, 바닷가로 걸어가서 그 새파란 물을 손바닥으로 떠 입으로 가져갔다. 하지만 그녀의 안색은 곧 무섭도록 일그러졌다.

"으엑! 에퉤퉤퉤! 에잇 짜. 무슨 물맛이 이렇죠? 아주 맑아 보이는데……."

"원래 바다라는 것이 짜지. 그렇기에 이걸 가둬서 수분을 증발시켜서 소금을 만들 수 있는 것이고."

소금을 만든다는 말에 다크는 그제야 이 'Sea'라는 것이 '바다'를 말하는 것임을 알 수 있었다. 물론 한 번도 바다를 본 적은 없었지만, 바다가 뭔지, 또 중원의 어디에 위치하고 있는지는 알고 있었다.

"아아! 바로 그거였구나. 우리 고향에도 바다가 있어요. 한 번도 본 적은 없지만, 거기서도 소금을 만든다고 들었어요."

"허어…, 역시 생명의 고향은 바다로군. 그건 그렇고 오늘은 어디 쓸 만한 식당에 들어가서 맛있는 해산물을 좀 먹어 볼까? 바다에서 갓 잡아 올린 씽씽한 해산물로 만든 요리하고, 육지에서 소금에 절이거나 말린 해산물로 요리한 맛하고는 완전히 다르지. 자, 빨리 가자구나."

그들은 해안가를 따라서 쭉 걸어가고 있었고, 세린은 왠지 무서운 이 아르티어스로부터 적당한 거리를 두고 말을 몰았다. 아무래도 세린은 묘인족이다 보니 사람에 비해 본능이 차지하는 비중이 좀 더 컸기 때문이다. 세린은 꽤나 능숙하게 말을 타는 것처럼 보였지만, 사실 그녀는 이게 말을 처음 타는 것이었다. 고양이 특유의 평형감각을 동원하여 말에서 떨어지지 않고 있었지만, 속도를 좀 더 내면 말에서 떨어질 것만 같아 말의 갈기를 꽉 붙들고 있었다. 원래가 자연 속에 살고 있는 묘인족은 거의 두려움을 모르는 존재였지만, 그녀처럼 사육(?)된 경우에는 조금 경우가 달랐다.

"저리로 가자."

그렇게 규모가 크지는 않았지만, 꽤 풍족해 보이는 어촌 마을이었다. 수십 척의 작은 어선들이 항구 내에 정박해 있었다. 고래 같은 큰 고기를 잡는 대형 어선들의 경우 한 번에 며칠, 또는 몇 달씩 바다를 떠돌기도 하지만, 작은 어선들이야 새벽 일찍 나가서 그물을 거둬들인 후 돌아와서 어민 조합(漁民組合)에 생선을 넘긴 후 또다시 출항하여 그물을 치고 돌아오는 것이다.

어촌 마을에 이르자 찜찌름하면서도 해초 썩는 냄새 같기도 하고, 어떻게 보면 상큼한 것 같기도 한 바다 냄새가 짙게 풍겨 오기 시작했다. 여기저기에서 어촌의 여인들이 생선을 장만해서 소금에 절인 후 말리는 모습이 눈에 띄기 시작했다. 그리고 생선 외에도 각종 해초들을 말리고 있는 것도 보였다. 이런 식으로 말려 놔야 내륙으로 운반해도 상하지 않기 때문이다.

황제나 국왕, 또는 일부 귀족들의 경우에야 휘하의 마법사들을 부려서 싱싱한 해물을 마법진으로 운반하여 먹기도 하지만, 일반 서민들에게까지 그런 혜택이 돌아갈 가능성은 없었다. 물론 알카사스같이 마법이 고도로 발달한 부유한 국가는 조금 다르다. 알카사스는 일반인들도 사용할 수 있도록 개방되어 있는 영구 마법진이 거미줄처럼 연결되어 있었고, 그것을 통해서 각종 물자들이 국가의 구석구석까지 보내지고 있었다. 하지만 알카사스를 제외한 모든 국가는 생산과 소비에 따른 시간이 상당히 차이가 나는 것이 현실이었다.

"저기가 좋겠구나. 식당도 제법 크고 말이야. 발코니에서 식사를 하면 풍경도 잘 보이겠는데?"

"예, 그리로 가죠."

다크와 아르티어스, 그리고 세린이 식당 안으로 들어서자 식당 안의 사람들이 잠시 대화를 멈췄다. 첫 번째 원인이 그 세 명의 아름다움 때문이었고, 두 번째는 다크가 검을 차고 있었기 때문이었다. 하지만 그들은 식당 안에 앉아 있는 사람들의 시선에 개의치 않고 발코니 쪽으로 갔다. 하지만 그곳에는 이미 자리가 다 차 있었기 때문에 돌아 나와서 창가에 자리를 잡았다. 그들이 자리를 잡은 후 조금 지나자 점원으로 보이는 소년이 다가와서 메뉴판을 건네며 물었다.

"무엇을 드시겠습니까?"

"주문은 아버지가 하세요."

"헤헤 좋지. 이봐, 생굴하고 바닷가재 수프, 농어찜, 해물 파스타……."

아르티어스가 음식을 잔뜩 시켜 대자 주문을 받아쓰고 있는 점원의 눈이 점점 커지기 시작했다.

"좋아, 이 정도면 충분할 것 같군."

"저…, 손님. 방금 말씀하신 정도라면 여섯 분은 포식하실 수 있는 양인뎁쇼?"

"아, 그거 상관없으니까 가져와. 그리고 작은 접시 세 개하고. 덜어서 조금씩 먹을 거니까."

이제야 이해했다는 듯 점원은 비굴한 미소를 지으며 굽실거렸다. 돈 많은 귀족들은 엄청난 양의 음식을 시켜 놓고, 조금씩 맛만 보고 가는 경우가 있다는 말을 들었기 때문이었다. 그는 내심 속으로 봉 잡았다고 생각하고 있었다. 이들이 가고 나면 남은 음식들로 성대하게 잔치를 할 수 있을 테니 말이다.

"알겠습니다, 손님."

"아주 한가로운 것 같군요. 여기저기서 드나드는 어선들도 그렇고 아주 평화로운 것 같아요."

"그렇지 않아. 오늘은 맑고 파도도 잔잔하니까 그런 말을 한다마는, 폭풍이 불 때는 정말 무섭지. 특히 그런 때 배를 타고 바다에 나가는 것은 거의 자살 행위나 다름없다고 봐야겠지. 그 때문에 뱃사람들은 미신을 많이 믿는단다. 물론 내가 생각했을 때는 다 부질없는 짓들이지만……."

"그런가요?"

음식이 나오기 시작했기에 모두 앞에 놓여지기 시작하는 음식을 자신의 작은 접시에 담아 입에 넣기 시작했다. 하지만 아르티어스가 시킨 음식의 양이 엄청나기는 엄청난지, 가장 먼저 세린이 만족스러운 듯한 표정을 지으며 포크를 놓았고, 그다음 다크가 질렸다는 듯한 표정으로 포크를 놓았다. 먹는 거야 더 먹을 수 있고 계속 내용물이 바뀌기는 했지만, 해산물을 많이 먹어 보지 못한 다크로서는 이 비릿한 해산물만 계속 먹는 것이 곤욕스러웠던 것이다. 하지만 아르티어스는 끝까지 먹고 또 먹고 있었다.

"도대체 그게 뱃속에 다 들어가요?"

아르티어스는 냅킨으로 입을 살짝 닦고는 우아한 동작으로 백포도주를 한 모금 마신 후 답했다.

"아, 그건 걱정 말거라. 네가 먹을 줄 몰라서 그런 거야. 음식이란 것은 원래가 천천히 꼭꼭 씹어서 이것저것 조금씩만 먹는 거란다. 농어찜 같은 경우에도 그렇게 잔뜩 먹을 필요는 없지. 농어의 맛만 즐기면 되는 거야. 내가 먹고 남은 것은 뭐 강아지나 고양이 먹이로 쓰든 그건 내가 알 바 아니지만."

"그런 식으로 음식을 먹으면 벌 받아요."

"누구한테?"

"그…, 글쎄요. 혹시 누가 알아요? 마른하늘에 날벼락이라도 떨어질지?"

"헷! 그딴 거는 겁나지도 않는다. 이제 대충 먹었으면 일어나자."

"그러죠."

금화로 계산을 끝낸 후 천천히 말이 있는 곳으로 가는 아르티어스의 등을 한참 바라보고 있던 다크는 히죽 미소 지은 후 외쳤다.

"뇌(雷)!"

그와 동시에 마른하늘에서 떨어진 날벼락은 아르티어스 어르신을 향해 직격했지만, 아르티어스의 주위에서 뭔가 벽에라도 막힌 듯 퍼지면서 땅바닥으로 스며들어 버렸다. 아르티어스는 아무 일도 없었다는 듯 슬며시 말 위로 올라가며 뒤도 돌아보지 않고 부드러운 목소리로 말했다.

"장난치지 말고 빨리 가자."

"헤헤헤……."

아르티어스는 쑥스럽게 웃고 있는 사랑스러운 자신의 아들을 향해 빙긋이 미소를 보냈을 뿐이었다. 하지만 자신이 오래전에 가르쳐 줬던 용언 마법을 아직까지 잘 기억하고 있었고, 그것을 그렇게 순간적으로 써먹을 수 있다는 것에 매우 흐뭇해하는 중이었다.

한참 바닷가로 말을 몰고 가던 아르티어스는 문득 다크를 향해 입을 열었다.

"전에 카드리안을 만나 봤으니 대충 짐작은 하고 있겠지만, 드래곤이란 것은 말이다, 이 세상에 존재하는 가장 강력한 정령력의 집결체라고 할 수 있지. 그것 때문에 실버, 레드, 블루, 골드, 그린 드래곤은 다섯 정령력, 즉 물, 불, 뇌전, 바람, 대지의 기운을 가지고 있는 것이란다. 카드리안의 뇌전의 기운에 맞서 보고 나서 느낀 점이 있었더냐?"

"글쎄요, 정말 덩치에 어울릴 정도로 강력하다는 정도만……."

"흐음, 하지만 카드리안의 힘도 제대로 된 것은 아니지. 에인션트급의 드래곤들은 그보다 월등하게 강하다. 카드리안은 아직 에인션트가 되려면 엄청난 세월을 기다려야 하거든. 노룡이 된다고 해서 덩치가 더 커진다든지 뭐 그런 것은 아니야. 월급에 다다른 후 드래곤의 성장은 멈추기 때문이지. 대신 육신이 차지하는 부분이 점점 더 줄어들어 가는 거야. 나중에는 그러니까…, 완전히 몸 전체가 정령력과 마나, 그리고 너희들이 말하는 드래곤 본만으로 재구성된다고 봐야겠지."

"드래곤 본만이라면…, 그렇다면 에인션트급에 도달한 드래곤은 드래곤의 형상을 하고는 있지만, 거대한 타이탄처럼 알맹이가 변한다는 말인가요?"

"대충 그와 비슷하다고 생각하는 것이 이해하기 쉬울 거다. 육신이 소멸하기에 더욱 엄청난 힘을 낼 수 있는 것이라고 할 수 있겠지. 하지만 드래곤이 아무리 강하다고 해도 정령력의 원천인 정령왕보다 강하다는 것은 아니란다. 내가 왜 이런 말을 하는가 하면, 지금 네가 끼고 있는 물의 정령왕 나이아드의 아쿠아 룰러. 그것 때문에 언젠가는 너에게 크나큰 시련이 다가올 것이기 때문이야."

걱정스러운 아르티어스의 표정과는 달리 다크의 표정은 아주 밝았다.

"시련이요? 헤헤, 그따위 것 겁나지 않아요. 전에 꿈속에서 시달린 것 때문에 그러시는 모양인데, 사실 그때 제가 모든 힘을 발휘한 것도 아니었는데 그 녀석 꽁지 빠지게 도망쳐 버렸거든요."

아르티어스는 부드러운 시선으로 약간 쑥스러운 듯 말하는 아들을 바라보다가 그 시선을 바다 쪽으로 돌리며 말했다.

"정령왕은 무서운 존재란다. 그들의 힘은 드래곤을 훨씬 앞서 거의 신에 필적할 정도지. 하지만, 그들에게도 단점은 있어. 바로 그것 때문에 나이아드는 지금쯤 고심하고 있을 테지만 말이다."

"단점이요?"

"정령왕이 살고 있는 세계는 우리들의 세계와는 다른 곳이다. 정령계라고 불리는 다른 차원의 세계지. 거기서 그들은 최강의 존재들이지만, 인간계로 나온다면 자신들의 힘을 10분의 1도 발휘하지 못한단다. 그렇기에 나이아드 혼자만이라면 나도 걱정하지 않겠지만, 그 녀석이 대지의 정령왕 다오(Dao)와 합작을 했다는 것이 문제지. 정령왕 둘이 힘을 합했을 때 어느 정도 능력을 발휘할지는 나도 모르기 때문에 걱정이 되는 거야."

"그런데, 아버지. 그런 걱정을 할 필요가 꼭 있나요? 그때 이후로 나이아드 녀석이 잠잠한 걸 보면 나는 이미 시험에 통과한 것 같으니까 말이에요."

아르티어스는 다시금 시선을 바다에서 아들에게로 돌렸다. 그는 몇 번이나 자신이 알고 있는 사실을 아들에게 말해 줘야 하나 말아야 하나 망설였다. 하지만 미래의 일까지 말해서 아들에게 걱정을 안겨 줄 필요는 없다는 생각이 들자 그는 그것을 참았다. 현재를 충실하게 살아가는 것이 더 중요할지도 모르기 때문이다.

"내가 괜한 걱정을 한 모양이구나. 앞으로 잘되겠지. 하지만 시간이 더 지나 너에게 어려움이 닥치더라도 언제나 마음에 새겨 둬야 할 것이 있다. 네 종족에 대한 믿음을 잊지 마라. 네가 보기에 아주 나쁜 놈들이 있을지는 모르지만, 크게 봤을 때 그들도 자기 나름대로 뭔가를 위해 노력하는 녀석들이야. 그들을 이해하거라. 너 또한 딴 사람들이 봤을 때, 그렇게 좋게 인식되지는 않을지도 모른다. 전번 전쟁을 치렀던 코린트의 경우 너를 아주 지독한 악당이고 살육자쯤으로 여기고 있겠지. 반대로 크라레스에서 너는 영웅이고 말이다. 언제나 세상을 살아가는 데는 반대되는 입장이란 것이 있단다. 알겠느냐?"

다크는 고개를 끄덕거리며 말했다.

"예, 알겠어요."

"자, 이제 그만 돌아가자. 바닷바람을 너무 많이 맞는 것도 몸에 썩 좋은 것은 아니야. 바람에 소금기가 있거든."

키에리 공작의 운명

 황혼이 저물어가는 붉은 들판. 아무리 붉은 황혼 빛을 받았다고 하더라도 들판은 너무나도 붉었다. 그도 그럴 것이 황혼이 저무는 들판에는 수백 구가 넘는 시체들이 말의 시체와 함께 널려 있었고, 그들에게서 흘러나오는 피는 그야말로 작은 시내를 이룰 정도였다. 그 붉은 핏물을 받아들였음인지 대지의 색깔도 붉게 붉게 물들어 있었다.
 "뒤처리는 끝났나?"
 까미유의 말에 옆에 서 있던 마법사는 멀찌감치 둘러본 후 답했다.
 "옛, 백작 각하. 대충 끝난 것 같습니다."
 상대의 말에 까미유는 싫지 않은 듯 쑥스럽게 미소 지으며 말했다.

"아아, 각하라는 존칭은 나중에 후작이 된 후에나 붙여 주게."
"죄송합니다, 백작님."
"죄송할 필요까지야 있겠나? 하하하"
까미유는 이제 더 이상 타이탄이라고 부를 수 없는 거대한 고철덩어리를 찬찬히 바라봤다. 몇십 분 전에 자신의 적기사에게 파괴된 크루마의 타이탄. 그것은 겉에 미스릴을 입히지 않았기에, 울퉁불퉁한 대마법 주문이 드러나 있었다. 바로 크루마의 걸작 중의 하나인 골고디아였다.
"아직까지도 최신형들이 배치되지 않고 있는 걸 보면 크루마 녀석들은 우리들이란 존재가 별로 성가시지도 않은 모양이지?"
"이제 슬슬 놈들도 대비를 하기 시작했을 겁니다. 벌써 곳곳에서 파괴한 타이탄이 열 대를 넘어서고 있으니까요."
"그럴지도 모르지. 빨리 모두 모이라고 해."
"옛."
마법사가 공중으로 신호탄을 쏘자 펑 하는 소리와 함께 자그마한 불꽃이 하늘 위로 올라갔다. 그리고 얼마 지나지 않아 여기저기 흩어졌던 기사들이 돌아왔다. 까미유는 모여든 자신의 부하들을 차근차근 훑어봤다. 여섯 명의 기사들과 마법사 한 명이 자신이 거느린 소규모 부대의 전부였다. 물론 여기서 세 명은 그래듀에이트였고, 마법사는 5사이클급에 달하는 매우 뛰어난 인물이었다. 이 정도만 있어도 상대방 진영을 치고 빠지는 데 충분한 병력이었다.
다행히 아무도 부상당한 사람은 없는 것 같았다. 이런 소규모 부대에서는 한 명이 아쉬운 것이다. 이 근처의 반군 토벌을 위해 적들의 1개 기병연대(1천 명)가 파견되었다는 정보를 듣고 까미유는 부하들을 거느리고 이곳에서 매복했다가 기습을 가했다. 반수 이상의 적 기병들이 도주했지만 상대방 타이탄을 파괴한 만큼 소기의 목적은 달성한 상태였다. 까미유는 다시 한 번 쓰러져 있는 골고디아를 아쉬운 듯한 눈길로 바라봤다. 저걸 가져가면 꽤나 도움이 될 것이 분명했지만, 지금 고철 타이탄을 본국으로 옮길 시간이 없었다. 이제 이곳을 떠나면 또 다른 임무가 그를 기다리고 있었기 때문이다.

까미유는 모여 있는 부하들을 향해 만족스레 미소를 지으며 말했다.

"모두들 무사한 것 같군. 자 빨리 여기에서 벗어나자."

"예, 대장(隊長)!"

까미유의 말에 마법사는 이미 그려 놨던 마법진 옆으로 다가가 주문을 외우기 시작했다. 이 마법진은 전투가 벌어지기 전에 이미 그려 놨던 것이었다. 혹시나 적의 병력이 너무 강하다면 대충 싸우다가 튀기 위해서였다. 마법진을 그릴 필요가 없었기 때문인지 마법사는 짧은 시간 내에 공간 이동 마법을 완성했고 곧이어 동료들을 마법진 위로 올라오게 한 후 이동을 시작했다.

잠시 뿌연 빛이 번쩍인 후 까미유 일행은 목표지에 도착했다. 그들이 도착한 곳은 방금 전 전투를 벌였던 곳에서 30킬로미터쯤 떨어진 곳에 위치한 마법진 위였다. 그곳에 도착하자마자 마법사는 통신 준비를 하기 시작했다.

"본진이 나왔습니다."

"안녕하셨습니까? 백작님."

"그래, 자네도 잘 있었나? 뭐 별다른 사항은 없나?"

"예, 쟈코니아 이동 좌표 3045345, 1012456 지점에 적의 연대 병력의 통과가 예상되고 있습니다. 그곳의 적을 격멸한 후 흔적을 지우고 본대와 합류하라는 후작님의 지시가 있었습니다."

상대 마법사의 말이 까미유에게 기대 어린 표정이 떠오르게 만들었다.

"이제 드디어 작전 개시인가?"

"예, 백작님. 여기저기 들쑤셔 놓은 덕분에 돌프렌 요새의 방비는 상당히 약화된 실정입니다. 내일 저녁, 작전이 실행됩니다."

"알겠다."

"그럼, 무운을 빕니다."

"참, 발렌시아드 공작 전하께선 어떠시냐?"

돌연한 까미유의 질문에 마법사는 당황스런 표정을 지으며 어쩔 수 없다는 듯 답했다.

"예? 예…, 저…, 어젯밤 서거(逝去)하셨습니다."

마법사의 말에 마법진 주위에 둘러서 있던 모든 사람들이 경악했다.

"뭣이? 그게 정말이냐?"

"예, 그렇습니다."

"시신은?"

"일단 전쟁이 끝난 후까지 가매장(假埋葬)해 뒀다가 상태가 어느 정도 안정된 후에 코린티아시로 옮기기로 결정되었습니다."

"알겠다."

까미유는 더 이상 생각할 것도 없이 곧장 마법사에게 말했다.

"본진으로 돌아가자."

"예? 하지만, 임무는 어떻게 하시려고 그러십니까?"
"지금 발렌시아드 대공 전하께서 서거하셨다는데 그따위 거나 하게 생겼어?"
"하지만……."
"닥치고 빨리 이동용 마법진이나 만들어."
까미유의 역정 어린 말에 마법사는 어쩔 수 없이 대답했다.
"예, 백작님."

느닷없이 나타난 까미유를 보고 제임스는 그가 급히 나타날 줄 이미 짐작이나 했다는 듯 미소를 지으며 말했다.
"자, 앉게."
의자를 권하며 제임스는 탁자 위에 놓여 있던 여러 개의 잔들 중 하나를 꺼내어 브랜디를 한 잔 가득 부었다. 물론 자신의 앞에는 반쯤 마시다 남은 잔이 하나 놓여 있었다. 까미유는 미소 짓는 제임스의 표정과 잔에 가득 부어져 있는 짙은 호박색 액체를 번갈아 바라보다가 의자에 앉기가 무섭게 질문을 시작했다.
"언제 돌아가셨나?"
"아마도 새벽 두 시 정도……."
"그럼, 자네는 거기 없었나?"
"아니, 옆에서 도와 드렸지. 오늘 아침에 있었던 장례식도 주관했었는걸."
제임스의 대답이 상당히 비비 꼬인 것이 특이했기에 까미유는 다시금 물었다.
"도와 드려? 뭘?"

"임종을."

그 말에 충격을 받은 까미유는 더듬거리며 외쳤다.

"설마…, 자살이란 말인가? 왜?"

멍청한 표정을 짓는 까미유를 바라보며 제임스는 히죽이 미소 지었다. 그러다가 제임스는 슬쩍 일어서는 까미유의 옆에 앉은 후 귓속말로 속삭였다.

"살아 계셔."

"뭐?"

경악한 듯 외치는 까미유의 입을 손으로 틀어막으며 제임스는 나지막하게 속삭였다.

"쉿! 누가 듣는다구. 살아 계시지만 대외적으로는 돌아가신 거야."

"그렇다면 적들을 속이기 위해서?"

제임스는 고개를 가로 저으며 속삭였다.

"아니, 아군들을 속이기 위해서지. 멍청한 황제 폐하께서 칙명을 내리셨어. 아버지에게 패전의 책임을 묻고자 하니 수도로 최대한 빨리 귀환하라는 것이었네. 물론 벌이 뭔지는 짐작하겠지?"

"참수형(斬首刑)인가?"

"당연히. 로체스터 공작 전하께서 아버지의 구명 운동을 위해 수도로 달려가셨지만 실패하셨어. 내 목숨을 살리는 것만으로도 힘 들었다고 하시더군."

"그렇다면 그로체스 공작 그 자식이!"

"제발 목소리 좀 죽여. 누가 들으면 어쩌려고 그러나?"

이제야 어떻게 돌아가는 상황인지 대충 눈치 챈 까미유를 향해 제임스는 핀잔을 준 후 다시 나지막한 어조로 속닥거리기 시작했다.

"그 녀석 말고 또 누가 있겠나? 너구리같은 밥맛 떨어지는 녀석이 이번 기회를 이용해서 정권을 잡아 보겠다는 야무진 꿈을 꾸는 거겠지."

"그래서? 대공 전하께서는 그런 말도 안 되는 명령을 따르셨다는 거야? 적이 얼마나 강했었는지는 자네도 잘 알잖아. 그리고 로체스터 전하도. 상대방의 전력으로 미뤄봤을 때 주력 부대가 살아서 후퇴한 것만도 아레스(Ares : 전쟁의 신)께서 도운 것이었어."

"누가 그걸 모르나? 하지만 칙명이 내려왔어. 일단 폐하께서 말씀하신 이상 그것이 아무리 잘못된 것이라고 해도 우리들이 기사인 이상 지켜져야 해. 그 때문에 아버지께서 수도로 귀환하시겠다는 걸 만류한다고 얼마나 고생했는지 자네는 아나? 로체스터 전하께서 만류하신 덕분에 떠나실 결심을 하신 거야."

까미유는 주위에 아무것도 없다는 것을 알면서도 방 주위를 다시 한 번 빙 둘러본 후 나지막이 속삭였다.

"그렇다면 시체는? 잘못 처리하면 들킬 수도 있어."

"걱정하지 마. 아버지께서는 어젯밤 자결하신 것으로 했어. 그리고 대외적으로는 부상이 악화되어 사망하신 것으로 되었지. 영예로운 전사자로 처리되었기에 나한테까지 화가 미치지 않은 거야. 로체스터 전하께서 힘을 쓰신 덕분이었지만······. 그런 분의 시체를 확인하겠다고 여기까지 날아올 정도로 간 큰 놈은 없어. 그리고 죄인도 아니고 영예로운 전사자의 시체를 확인할 수는 없는 노릇이지. 하지만 장례식은 모두가 보는 앞에서 멋지게 할 필요가 있었거든. 그래서 밖에 나가서 아버지하고 체형이 비슷한 녀석을 하나 죽였지. 마법으로 얼굴 모양을 약간 변형한 후 장례식에 써먹었기에 부하들도 눈치 채지는 못했어. 나중에 몇 달 정도 지난 후 이장(移葬)하기 위해 파내면 다 썩어서 알아볼 수 없을 테니까 뭐 뒤탈도 없을 거야."

"그렇다면 그 마법사 녀석의 입을 막아 두는 것이 좋겠군."

까미유가 살기 띤 어조로 나지막이 말하자 제임스는 미소 지으며 낮은 목소리로 답했다.

"후후…, 걱정 마. 아버지와 함께 갔으니까 말이야. 아직도 치료 마법을 좀 더 받으셔야 하니 잘되었지 뭐."

"누군데?"

"누구기는…, 죠드지. 원래 처음 아버지의 상처를 치료한 사람은 메니테스였는데, 아버지로서는 죠드 쪽이 더 좋았던 모양인지 의식이 깨신 후에는 죠드로 바꾸라고 지시하셨지. 물론 메니테스는 아버님이 자살하신 것으로 알고 있어. 그러니까 별 문제는 없을 거야."

"호위 기사는?"

"아버지께서 거절하셨어. 죄인에게 무슨 호위가 필요하겠느냐고……. 기사의 맹세를 저버린 자신은 더 이상 기사가 아니라고 하셨지. 기사로서 자격도 없는 자신이 호위를 받는다는 것은 웃기는 일이라고 하시면서 떠나셨지."

"제기랄! 적들이 코린트를 집어삼키려고 설치는 이때, 권력 투쟁이나 하고 있다니! 멍청한 자식들!"

열 받아서 외치는 까미유를 바라보며 술잔을 들고 쭉 들이켠 제임스는 또다시 한 잔 더 따르면서 말했다.

"누가 아니래나? 자네도 술이나 한잔하게. 나도 지금 기분이 더럽구먼. 그런 의미에서 한 잔 더 해야겠어."

"그래, 자 역사의 뒤안길로 사라지는 위대한 무인을 위해서 건배."

까미유가 술잔을 높이 들고 외치자 제임스도 그것에 찬성한다는 듯 고개를 끄덕이면서 말했다.

"자네 말 한번 멋지게 하는군. 그래, 건배!"

그날 밤 늦게까지 둘의 술자리는 계속되었다. 잘못되었다는 것이 뻔한지 알면서도 그들은 자신들이 기사인 이상 '기사의 맹세(Oath of the Knight)'를 저버릴 수는 없었다. 현실을 탈피할 수 없다는 무력감이 그들을 더욱 과음하도록 만들었다.

"큰일 났습니다."

다음 날 점심때쯤 마법사가 뛰어 들어왔을 때 제임스와 까미유는 아직도 테이블 위에서 엎어져 자고 있었다. 그들의 주위에 굴러다니고 있는 수많은 빈 병들이 그들이 마신 술의 양을 대변해 주고 있었다. 제임스는 아직도 술에서 덜 깬 얼굴을 천천히 들었다. 부스스한 그의 긴 머리카락이 시선을 가렸기에 그는 거친 동작으로 머리카락을 뒤로 젖혔다.

"무슨 일이냐?"

아직도 약간 꼬부라진 음성으로 말하는 제임스를 향해 딱하다는 시선을 보내며 마법사는 다급한 어조로 말했다.

"레토 경께서 전사하셨습니다."

레토는 제2근위대의 명성에 어울리는 매우 뛰어난 기사였다. 크루마가 기사보다는 마법사가 강한 나라라면 코린트는 크라레스와 마찬가지로 오랜 옛날부터 기사가 매우 강력한 대국이었다. 오죽하면 이 강대한 제국이 코타스 공작이 합류하기 전까지 고급 타이탄이라고는 생산조차 못 해 봤겠는가? 이번 전쟁에서 크루마의 강력한 신형 타이탄을 막아 낼 수 있었던 것도 기사 개개인의 실력 덕분이었다. 그런데 그런 강한 기사들 중에서도 최고라고 할 수 있는 근위 기사단 소속 기사가 전사하다니? 제임스는 술이 확 깨는 것을 느꼈다.

"뭐라고? 레토가? 어떻게 된 일이냐?"

"예, 예정된 시간이 지났는데도 연락이 안 되어서 정찰을 내보냈습니다. 그런데 그곳에서 긴 막대기에 거꾸로 매달린 시체들을 발견했답니다."

"거꾸로 매달아 놨다고?"

"예, 각하. 레토 경과 함께 갔던 기사들과 마법사였습니다. 정찰조의 보고로는 시체들은 거의 갈기갈기 찢어져 있었고 그 밑에는 목이 없는 레토 경의 시체가 있었답니다. 주위에는 수많은 타이탄 발자국들이 찍혀 있었는데, 아무래도 열 대 이상이 동원된 것 같았답니다."

"타이탄의 종류는?"

"예, 놈들의 신형 한 대하고 나머지는 카마리에였답니다."

"흑기사 한 대. 정말 딱 좋은 먹이였겠군. 제기랄."

마법사는 품속에서 뭔가 종이쪽지를 꺼내어 제임스에게 건넸다. 제임스는 아직도 숙취가 풀리지 않은 손으로 천천히 펴며 물었다.

"뭔가?"

"레토 경의 시체 곁에 떨어져 있었다고 하옵니다."

제임스는 쪽지를 펴다가 말고, 마법사를 바라보며 말했다.

"그래? 그건 그렇고 정찰 나간 녀석들에게 흔적은 깨끗하게 지우라고 지시해 뒀겠지?"

"예, 일곱 군데의 이동 마법진을 거쳐서 이동해 왔습니다. 물론 숯을 사용했기에 흔적을 발견당할 가능성은 없습니다."

제임스는 쪽지를 향해 시선을 돌렸다.

"좋아. 허…, 본보기를 보이는 것이니까 알아서 꺼지라고? 빌어먹을 자식들!"

제임스는 종이를 꾸겨서 집어던지며 말했다.

"오늘 저녁에 출동할 수 있도록 모두 준비해 두라고 해."

"예? 레토 경께서 전사하셨는데, 움직이실 겁니까? 위험하지 않을까요?"

의아한 듯이 물어오는 마법사를 향해 제임스는 당연하다는 듯이 말했다.

"오늘 놈들도 공을 세우고 기분이 좋을 텐데, 이런 때 뒤통수를 치는 게 더 좋아."

"알겠습니다, 후작 각하."

"만약을 대비해서 로체스터 전하께 타이탄 몇 대를 더 지원받는 게 좋지 않을까?"

걱정스럽게 말하는 까미유를 향해 제임스는 대수롭지 않다는 듯 호쾌하게 답했다.

"뭐 하려고. 그쪽도 지금 크루마의 주력 부대와 대치 중이야. 괜히 전하께 부담감을 드리고 싶은 마음은 없어."

제임스는 시선을 저 멀리 있는 돌프렌 요새로 돌렸다. 돌프렌 요새는 과거 가므 왕국 침공군이 기지로 사용했던 코린트 제국의 북동쪽 관문 역할을 하던 대형 요새였다. 타이탄의 공격에도 어느 정도는 견딜 수 있도록 요새 전체는 잘 구어진 벽돌로 만들어져 있었고, 상당수의 대타이탄 방어 장비까지 갖춰져 있었다. 돌프렌 요새는 1차 전쟁 이후 크루마군에게 함락되었고, 지금은 크루마 침공군의 후방 보급 기지 역할을 하고 있었다. 크루마군의 모든 보급 물자는 긴급 수송품을 제외하고는 미란 국가 연합을 통과하여 이곳 돌프렌을 거쳐 수송되고 있었다.

"수고하게나. 만약 발각되어서 일이 어려워지면 연락해. 지체 않고 달려갈 테니까."

"그러지."

"도중에 길 잃어버리지 않게 조심하고……."

제임스의 얼굴을 향해 종이쪽지 같은 것을 펄럭이며 까미유가 장난스레 말했다.

"뭐, 이게 있는 한 걱정할 필요는 없어. 만약 놈들의 타이탄이 투입되면 뒤를 부탁해."

"알았어, 걱정 말라고. 불꽃놀이가 시작될 때까지, 우리들은 여기에서 대기하지. 작전이 성공하고 나면 어디서든지 알아볼 수 있게 큼직한 불꽃을 부탁해."

만약을 대비해 뒤를 받쳐 주기 위해 남아 있는 무리들을 뒤로하고, 까미유 일행은 요새를 향해 출발했다. 요새를 향해 출발하기 전에, 마법사인 스타키는 일단 요새 안으로 침투해 들어갈 모든 동료들을 향해 하이드 마나 포스(Hide Mana Force)와 하이드 매직 포스(Hide Magic Force)의 주문을 걸었다. 이 정도 규모의 요새인 경우 경비병들과 기사 외에도 몇 명의 마법사들이 경비에 동참하고 있을 것이다. 물론 뷰 매직 포스나 뷰 마나 포스 따위의 주문을 사용해서 장시간 경비를 서고 있을 골 빈 마법사는 없을 것이다. 하지만 누군가 변덕이 생겨서 주문을 이용해서 한번 둘러본다면 끝장이었기에 미리 대비를 해야 했던 것이다.

요새에 점점 다가가면서 까미유 일행은 엄청나게 행동에 조심했다. 가장 앞서 나가는 마법사 두 명이 뷰 매직 포스의 주문을 통해 마법이 걸린 트랙들을 공들여 우회하면 뒤따르는 일행들은 앞서 간 마법사의 발자국 위를 그대로 밟으며 따라갔다. 하지만 마법 트랙의 수는 우려했던 것만큼 많지는 않았다. 크루마 쪽도 지금 파괴된 타이탄을 재생산하기 위해 고위급 마법사들의 대부분이 본국으로 소환되어 있는 상태였기에 이곳에 있는 마법사들은 수나 질에서 상당히 떨어졌기 때문이었다.

희미한 달빛 아래로 드러나는 요새의 외곽은 상당히 많이 파괴되어 있었다. 크루마의 주력 부대는 일단 코린트 기사단들이 후퇴한 후 격렬한 저항을 해 대는 이곳 돌프렌 요새를 보급 기지로 써먹기 위해 우선 함락시켜야 할 필요성이 있었다. 그렇기에 주력 부대는 시간 절약을 위해 우회하여 진격하고, 그들을 뒤따르던 후속 공격대가 시간을 들여 여러 가지 계략을 써서 요새를 함락하는 통상적인 전법을 쓴 것이 아니라 주력 부대가 힘으로 밀어붙여 단시간 내에 함락시켰다. 그렇기에 돌프렌 요새는 상당 부분 파괴된 상태에서 점령되었고, 아직 보수가 제대로 되지 않고 있었다.

　돌프렌 요새는 처음부터 코린트 쪽에서 건설한 것이었기에 한밤에 찾아든 손님들은 이미 그 내부를 속속들이 파악하고 있는 상황이었다. 돌프렌 요새의 한쪽 구석으로 다가간 일행이 힘주어 밀어젖히자 그르르릉 하는 낮은 소리와 함께 비밀 통로의 문이 열렸다. 요새 외곽에서 좀 더 안으로 들어서는 비밀 통로도 있었지만 그쪽은 침입자를 대비하여 방비하고 있을 가능성이 컸기에 요새에 가장 가까운 '거의 알려지지 않은' 비밀 통로를 택한 것이다. 내부를 슬쩍 살펴본 마법사는 뒤쪽을 향해 이상 없다는 신호를 보냈다. 그리고 그 비밀 통로 안으로 한 명씩 들어가기 시작했다.

　비밀 통로 안은 썩은 악취를 풍기고 있었다. 평상시에 이 비밀 통로는 '비밀 통로'가 아닌 또 다른 이름으로 불리고 있었고, 그것이 이 통로의 주된 용도였다. 바로 '하수도'였다. 성 외곽으로 통해 있는 '진짜 비밀 통로'는 포위되었을 때 탈출용, 또는 적의 후미를 기습하는 군대의 이동을 위해 건설되었다. 그렇기에 다수의 군인들이 신속히 이동할 수 있도록 큰 규모로 만드는 것이 정석이었다. 그 말은 들킬 가능성도 컸고, 또 그런 비밀 통로에 대해 역으로 치고 들어올 적에 대한 대비 또한 충분히 되어 있다는 말이었다.

　하지만 요새 안을 거미줄처럼 가로지르는 하수도망은 다르다. 일단 쓰레기와 물이 충분히 잘 빠져나갈 수 있을 정도로 크지만 사람이 통과하기는 힘들 정도로 좁은 것이다. 어쩔 수 없이 사람이 통과할 수 있을 정도로 넓게 만들어야 한다면 침입을 막기 위해 굵은 쇠말뚝이 가로질러 설치된다. 돌프렌 요새는 거의 성이라고 부를 수 있을 정도로 규모가 매우 컸기에 거기에서 하루 동안에 나오는 오물의 양은 엄청난 것이었다. 그렇기에 하수도의 구멍은 꽤 넓은 편이었고, '이론적으로는' 웬만한 구멍은 다 사람이 기어 다닐 수 있을 정도의 크기였다.

하지만 언제나 이론과 실제는 다른 법. 비밀 통로야 어느 정도 폭만 된다면 사람이 충분히 기어 다닐 수 있을 정도지만, 하수도는 완전히 달랐다. 왜냐하면 그 구멍으로 사람이 기어 다니라고 뚫은 것이 아니기 때문이다. 덕분에 까미유 일행은 하수도 안을 기기 시작한 다음부터 거의 대부분의 시간을 간신히 머리통만을 꺼낼 수 있는 상황에서 천천히 이동했다. 그리고 어떤 곳은 주둥이를 억지로 위로 들어 올려야 구린내 나는 공기를 간신히 흡입할 수 있었고, 심지어는 아예 잠수를 해야만 이동이 가능한 곳도 아주 많았다.

"제기랄, 지독한 곳이군."

모두들 하수도 안을 기어 다닌 덕분에 꼴이 말이 아니었다. 조금 전에는 아예 그 더러운 물속을 몇 분간 잠수하면서 통과했기에 입속에까지 오물이 들어온 듯 찝찝했다.

"스타키, 빛!"

"예, 대장."

스타키가 마법을 이용해서 희미한 빛을 뿜어내는 자그마한 구슬 같은 것을 만들어 내자 까미유는 그 빛 아래에 종이쪽지 같은 것을 펴 들었다. 머리통만 물 위에 내놓고 그 위로 살펴보는 것이었기에 힘들기는 했지만, 이것보다 더한 수련도 견뎌 낸 그였기에 별 어려움은 없었다. 그가 펴든 것은 종이처럼 보이지만 사실 매우 얇게 공들여서 가공된 양피지(羊皮紙)였다. 양피지 위에는 수많은 선들이 교차하고 있었다. 바로 이것이 여기 돌프렌 요새의 모든 비밀 통로들이 기록되어 있는 지도였다. 놈들이 포로로 잡은 기사나 마법사들을 모두 다 이곳 돌프렌 요새로 이동시켰다는 것을 알아내자마자 로체스터 공작에게 부탁하여 본국에서 마법진으로 긴급 입수한 것이니만큼 그 신뢰성은 두말할 필요가 없었다.

"얼마 전에 수중을 통과했으니까 대충 이쯤이겠군. 그러면 지하 감옥은 다음에 나오는 두 번째 갈림길에서 오른쪽이다."

불빛을 끄고 또다시 기어서 앞으로 전진. 통로의 거의 반 이상이 오물에 잠겨 있는 만큼 이동 속도는 지독하게 느렸다. 더듬더듬 모두들 앞으로 나가고 있을 때 그들은 오물의 질이 좀 더 걸쭉해지는 것이 느껴졌다.

"우웩! 이거 뭐야?"

"에휴…, 냄새……."

"후각도 좋으시군. 아직도 냄새를 맡을 수 있다니……."

모두 낮게 한마디씩 투덜거리게 만든 이유는 오물의 양이 아니라 질이었다. 여태까지는 그래도 반쯤 썩은 물이었는데, 이번에는 아예 걸쭉한 분뇨 덩어리에 걸린 것이었다. 그래도 소변하고 함께 섞인 것이었기에 통과가 불가능할 정도로 걸쭉하지는 않았지만, 그 냄새와 감촉은 도저히 참기가 어려울 지경이었다. 똥 덩어리가 둥둥 떠다니는 하수도를 통과해야만 한다고 생각하고 이곳으로 왔겠는가?

"제기랄, 이래서 제임스 자식이 나를 보고 안으로 들어가라고 했던 거였군."

까미유가 투덜거리면서 앞으로 나가고 있을 때, 제일 앞서 가고 있던 기사가 속닥거렸다.

"두 번째 통로입니다."

"좋아, 빨리 그리로 이동해라. 도저히 못 참겠다."

하지만 악취와 그 걸쭉한 내용물의 밀도(密度)는 더욱 심해졌다. 바로 그 똥 덩어리들이 흘러나오는 곳이 그들이 이동하고자 하는 곳이었던 것이다.

"우욱, 지독하군."

속이야 메슥거리든 뒤집어지든 그건 생각 외로 접어 두고 모두들 분뇨더미 속에서 머리통만을 꺼내 놓고 서서히 이동하기 시작했다. 그들이 목표로 한 지점에 가까워질수록 끼익끼익 하는 귀에 거슬리는 소리가 점점 더 크게 들려왔다. 그들이 바짝 접근하자 긴 로프에 매달린 큼직한 통들이 끼익거리는 소음을 흘리며 지하 저 아래쪽에서 위로 줄줄이 올라오며 똥물을 퍼내고 있는 중이었다.

물이란 것은 위에서 아래로 흘러내리는 성질을 가지고 있다. 그렇기에 성이나 요새의 안에 있는 모든 배수로는 처음 시발점에서 시작해서 제일 마지막에 밖으로 통하는 곳까지 약간의 경사를 가지게 만들어 원활하게 배수가 이루어지도록 만들어 놓는 것이다. 하지만 필요에 의해 아래에서 위로 오물을 끌어 올려야 할 때도 있다. 대부분의 경우 성이나 요새에는 지하 구조물을 잘 만들지 않는다. 만약 만든다면 창고 종류가 대부분이기에 거기에서 오물이 나올 일이 없었지만, 지하 감옥의 경우는 얘기가 다르다.

감옥 안에 살고 있는 죄수들도 사람인 이상 먹고 쌀 수밖에 없었고, 그렇게 되면 지하 깊은 곳에서 만들어진 오물들을 배출할 방법

또한 마련해 둬야 했다. 그렇다면 힘들여 오물 배출할 방법을 강구할 것이 아니라 감옥을 지상에 만드는 것도 고려해 봄직도 하겠지만, 지하에 만들어 두는 것이 감옥으로 들어올 침입자들을 방비하기에 훨씬 더 편하다는 것과 고문할 때 비명 소리가 밖으로 새 나가는 것을 막기에 좋다는 점을 들어 과거부터 감옥을 지하에 만드는 것을 선호하고 있었다.

"지하 감옥에서 나오는 오물을 퍼내는 곳입니다."

"과연, 감옥의 죄수들이 물을 많이 쓸 리도 없을 테니까 이렇게도 내용물이 뻑뻑한 거였군. 스타키! 밑으로 내려갈 준비를 해."

스타키는 저 지하 깊은 곳에서부터 기계 장치로 서서히 올라오고 있는 긴 로프에 연결된 오물통들과 그 오물통이 통과하는 수직 통로를 세심하게 살펴봤다. 이 수직 통로는 올라오는 통만 있을 뿐, 아마도 내려가는 통들은 저 뒤쪽에 또 다른 통로를 만들어 둔 것 같았다. 이 요새를 어떤 미친놈이 설계했는지 모르겠지만, 침입해 들어오는 사람들도 좀 배려해 줘야 할 게 아닌가? 수직 통로는 아무것도 잡을 것이 없었고, 통로의 태반을 통이 차지하고 있는 바람에 만약 내려가다가 통을 붙잡기라도 하면 이 통을 움직이고 있을 노예가 갑자기 무게가 꽤 무거워졌다는 것을 눈치 챌 가능성이 컸다.

"예, 백작님. 그런데 저 정도 공간으로는 통들을 헤치면서 내려가기 힘들 것 같은데요? 통로의 태반을 통들이 차지하고 있잖습니까?"

스타키의 항변에 까미유는 퉁명스레 대답했다.

"알게 뭐야. 지금 중요한 것은 우리가 저 아래로 내려가야 한다는 것이지. 그 방법은 마법사인 자네가 생각해 내."

이리저리 한참을 궁리하던 스타키가 방법을 생각해 냈다는 듯 속닥거렸다.

"페더 폴(Feather Fall) 마법을 쓰면 되겠군요. 몸무게를 깃털처럼 가볍게 해 주니까 통을 대충 잡고 헤치면서 내려가도 저 통을 움직이고 있는 녀석들이 눈치 채기는 힘들 겁니다."

"좋아. 그게 좋겠군. 빨리 내려가자구. 속이 메슥거려서 죽을 지경이니까 말이야."

일행들은 모두 마법사들의 도움으로 아래쪽으로 간단하게 내려올 수 있었다. 물론 자신들이 밑으로 내려올 수 있는 공간을 마련하기 위해 통들을 밀어내야 했지만 여태껏 걸쭉한 곳을 헤치며 다닌 것에 비하면 그건 결코 어려운 축에 들어가지도 않는 작업이었다.

"바닥입니다."

그들이 내려선 곳은 거대한 지하 탱크였다. 지하 탱크의 벽면에 꽤 높은 위치까지 오물이 차올랐던 표시가 있는 걸 보면 탱크가 어느 정도 차면 퍼내는 방식을 취하는 모양이었다.

지하 탱크의 내용물이 얼마나 걸쭉한지 페더 폴 마법이 아직 풀리지 않은 그들의 몸이 수면 밑으로 내려가지도 않고 있을 지경이었다. 큼직한 통들이 소음을 흘리며 그 밑에 고인 오물을 위로 위로 천천히 퍼 올리고 있었다. 이리저리 구석을 살펴보던 부하들이 말했다.

"좌우에 통로가 있기는 하지만 너무 작습니다."

부하들이 가리키는 곳을 봤을 때 그곳에는 한 사람이 기기에도 빠듯할 정도의 구멍 두 개가 뚫려 있었다. 아마도 그 구멍들이 감옥 밑을 가로지르는 배수구인 모양이었다. 이리저리 밖으로 나갈 방법을 궁리하고 있을 때 끼익거리며 소음을 흘리던 물통들이 움직임을 멈췄다.

"이제 웬만큼 퍼냈으니 멈춘 모양입니다. 아마도 적당히 오물이 차오르면 그때부터 다시 퍼내기 시작할겁니다."

"그렇겠지. 그건 그렇고 어떻게 밖으로 나가지?"

"조금 위험 부담이 크더라도 벽을 부수고 나가는 것 외에는 방법이 없겠는데요?"

"할 수 없지. 될 수 있으면 조용하게 처리할 수 있나?"

"그건 염려하지 마십시오."

스타키는 제3근위대 소속의 정예 마법사답게 목표 지점을 한 곳 정한 후 세 개의 마법을 걸었다.

일단 사일런트(Silent) 마법을 걸어 굉음이 밖으로 새 나가지 않도록 막은 후 오브젝트 리머테이션(Object Limitation : 목표 제한) 마법을 이용하여 목표물 외에 화기(火氣)가 미쳐서 부상자가 생기지 않도록 막았다. 그런 다음 큼직한 파이어 볼(Fire Ball)을 날려 벽을 박살 내 버렸다. 하지만 그 거대한 불꽃이 벽을 거의 반쯤 녹이고 반쯤은 박살 냈는데도 아무런 소리도 들리지 않았다. 까미유는 벽이 박살 나는 순간 구멍을 통해 밖으로 뛰쳐나갔다. 혹시나 밖에 경비병이 있을 가능성도 있었기에 그의 몸놀림은 엄청나게 신속했다.

스타키는 자신이 사용한 마법의 소리만을 차단했을 뿐, 그 빛까지 차단한 것이 아니었기에 폭발에 따른 빛은 지하 4층 거의 전체에 걸쳐 뿜어졌고, 도대체 무슨 일인가 하고 경비병 몇 명이 다가오고 있는 중이었다.

"이봐, 아까 번쩍하지 않았어?"

"도대체 무슨 빛이지?"

웅성거리며 두 명의 경비병이 다가오는 것을 순간적으로 포착한 까미유는 그쪽을 향해 엄청난 속도로 뛰어들었다.

슉!

은빛 궤적을 남기며 까미유의 검이 거의 빛의 속도로 움직인 찰나 두 경비병의 몸이 토막 나며 허물어졌다. 놀라울 정도의 쾌검이었다. 까미유는 거기에서 멈추지 않고 혹시나 빛을 본 또 다른 경비병이 있는지 알아 보기 위해 몸을 날렸다.

잠시 후 까미유는 슬쩍 한숨을 내쉰 후 구멍으로 다가가서 나지막이 속삭였다. 그가 쥐고 있는 검에 살짝 묻어 있는 핏방울이 일이 어떻게 끝났는지 대신 말해 주고 있었다.

"모두들 나와."

까미유의 지휘에 따라 일곱 명의 기사들은 혹시나 있을지도 모를 적의 경비병들을 해치우기 위해 위층으로 달려갔다. 까미유가 제압하고 돌아온 것은 지하 4층뿐이었기에 그 위층들도 제압해 둘 필요가 있었다.

이곳 지하 감옥은 지하에 4층에 걸쳐 건설된 대단히 규모가 큰 감옥이었다. 전쟁 전에는 국경을 몰래 통과하려다가 잡힌 밀수자, 도망자, 정치범 따위로 득실거렸기에 이 정도로 규모가 컸던 것이다. 하지만 전쟁을 통해 그 주인이 코린트에서 크루마로 바뀐 지금 범법자들보다는 전쟁 포로들로 득실거리고 있었다.

까미유를 비롯한 모든 기사들이 감옥 전체를 장악하기 위해 움직이는 동안 마법사 두 명은 각각 공간 이동 마법진을 그리기 시작했다. 한 명이라도 더 많은 포로들을 탈출시키는 것이 중요했기 때문이다. 몇 분 지나지도 않아서 까미유는 어슬렁거리며 돌아와 마법진이 얼마나 그려졌는지 확인했다. 스타키는 그런 까미유를 슬쩍 바라봤다가 폭소를 터뜨렸다. 까미유는 평소에 매우 깔끔한 멋쟁이였는데 똥 무더기를 뒤집어쓰고 코를 이상하게 실룩거리고 있는 모습이 매우 재미있게 보여졌기 때문이었다.

"이봐, 스타키. 네 녀석 꼴도 나하고 똑같으니 비웃지 말라구. 그건 그렇고 다 되어 가?"

"예, 곧 끝납니다."

"좋아, 이제 녀석들을 풀어 줘야겠군."

검을 이용해서 감옥 문을 부수는 것은 별로 어렵지 않았다. 경첩 부분이나 열쇠가 있는 부분만 검으로 잘라 내면 어김없이 문은 열렸기 때문이다. 하나 둘씩 피곤에 찌든 동료들이 모습을 드러냈다. 그중에는 기사도 있었고, 마법사도 있었다. 그리고 부근에서 게릴라 활동을 하다가 잡혀온 귀족들도 많았다. 하지만 용병(傭兵)들이나 정규군 병사들의 모습은 거의 보이지 않았다. 왜냐하면 귀족이 거느린 사병(私兵)의 주축을 이루는 용병들의 경우 포로로 잡힌 후에는 상대방과 흥정을 해서 그쪽의 용병으로 뛰게 되는 경우가 허다했고, 정규군 병사들의 경우 본보기로 처형해 버렸기 때문이다. 원래가 게릴라 활동의 주축이 황제에게 충성심을 가진 일부 귀족들이었기에, 귀족도 아닌 놈들이 그들에게 협력하면 어떤 대가가 주어진다는 것만 확인시키면 주민들의 협력을 막을 수 있었기에 흔히들 사용하는 방법이었다.

 포로들은 풀려나오며 고맙다는 인사를 하기에 앞서, 구출하러 온 사람들의 꼴을 보고는 잡을세라 기겁을 하는 꼴들이었다. 모두들 똥통에 빠졌었는지, 지독한 악취들을 풍기고 있었기 때문이다. 옷이건, 머리카락이건 곳곳에 누런 것들이 묻어 있었다. 그것을 보고 구출하러 온 인물들의 안색이 씁쓰리하게 변했다. 고생고생해서 구해 주러 왔는데, 마치 문둥병자라도 만난 듯 안색이 변해서 슬금슬금 피하는 꼴을 보니 결코 기분이 좋을 수가 없었던 것이다.

 여기저기 감옥 문이 열리면서 거의 3백 명에 가까운 사람들이 모여들자 마법사들이 바빠지기 시작했다. 예상을 훨씬 웃도는 숫자였기 때문이다. 하지만 그들 중에서 상당수의 마법사들도 포함되어 있었기에 오히려 탈출에 도움이 되었다. 포로로 잡혀 있던 마법사들은 마나를 부리지 못하게 처리된 팔찌를 풀어 주자 서둘러 일행들이 탈출할 수 있도록 저마다 마법진을 그려 대기 시작했다. 곧이어 수십 명의 마법사들에 의해 수십 개의 마법진이 그려졌을 때쯤에는 충분히 모두들 한꺼번에 탈출할 수 있을 것이 확실해졌다.

 "모두들 주문을 외우기 시작해!"

 까미유의 허락이 떨어지자 마법사들은 저마다 주문을 외워 대기 시작했다. 물론 목표지는 이곳에서 거의 3백 킬로미터 정도 떨어진 곳에 위치한 강 위였다. 마법사들은 똑같은 위치를 목표로 공간이동함으로써 발생하게 되는 참사(慘死)를 일으키지 않도록 서로간에 충분한 토의를 거친 후였다.

 마법진이 완성되자 저마다 이동을 시작했고, 그때쯤 감옥 위쪽에서 쿵쾅거리는 소리가 울려오기 시작했다. 물론 이쪽에서 무슨 일이 벌어지고 있는지를 눈치 챈 녀석들이 막아 놓은 문을 부수고 난입해 들어오려고 하는 것이다. 까미유는 위쪽을 힐끗 바라봤다. 사실 이 정도 마나의 폭풍이 일어나면, 마나를 부리는 자라면 간단히 눈치 챌 수 있을 것은 당연했다. 하지만 반수 정도는 아직까지도 이동을 못 하고 있었다. 체력이 많은 덕분에 벌써 이동 마법을 성공시킨 스타키와 아이가스가 자신을 바라보고 있는 것을 안 까미유는 재빨리 지시했다.

"스타키, 자네는 할 수 있는 최강의 공격 주문을 준비해라. 그리고 아이가스는 또다시 이동 마법진을 준비해라. 우리들이 탈출할 것 말이야."

"예."

"옛."

까미유가 데리고 온 두 명의 마법사는 저마다 대답한 후 각기 주문을 또다시 외우기 시작했다.

"대장, 문이 부서지려고 합니다."

제일 위쪽에서 감시하고 있던 부하가 외치자 까미유는 더 이상 생각할 것도 없다는 듯 답했다.

"빨리 내려와. 빨리!"

지하 감옥의 복도 높이가 그렇게 높지 않은 만큼 이 안으로 타이탄을 끌고 들어올 수는 없었다. 아마도 위쪽에서 문을 부수려고 하는 놈들은 갑자기 나타난 적들 때문에 매우 당황하고 있을 것이 분명했다.

"준비 다 되었습니다."

"위에 올라갔던 녀석들이 돌아오는 대로 스타키는 위쪽으로 마법을 날려라. 그리고 곧장 이동이다."

"옛."

"아이가스, 준비되었나?"

"예."

이때 저쪽에서 네 명의 기사가 검집을 덜그럭거리지 않게 꽉 잡고는 맹렬한 기세로 달려오는 것이 보였다. 스타키는 그들이 꽤 거리를 좁혀 오는 그 순간 마법을 발동시켰다.

"익스플로우전(Explosion : 폭발)!"

시뻘건 불빛이 스타키의 손에서 뻗어 나가는 그 순간, 기사들은 저마다 최대한의 속도로 마법진 안으로 달려 들어왔고, 제일 마지막 녀석이 슬라이딩을 통해 마법진 위로 미끄러져 올라왔을 때 아이가스는 이동 마법을 시작했다. 천장이 강력한 마법에 의해 박살이 나면서 화염이 위로 치솟아 올랐고, 또 일부 벽들은 무너져 내리며 밑으로 떨어졌다. 하지만 까미유 일행은 그 벽돌에 깔려 죽지 않고 빛을 뿜으며 사라져 버렸다.

쿠콰콰쾅!

엄청난 빛과 함께 불꽃이 밤하늘을 향해 치솟았다. 요새의 일부가 붕괴되었을 정도로 막강한 위력을 지닌 불꽃 덕분에 주위가 한순간 밝아졌다가 다시 어둠 속에 묻혔다. 요새 위에는 수많은 병사들이 우왕좌왕하고 있었고, 몇몇 인물들은 불이 붙은 곳을 끈다고 물통을 들고 달려가고 있었다. 아닌 밤중에 갑자기 시작된 이런 난리법석을 멀찍이서 바라보던 제임스의 입가에 미소가 떠올랐다. 제임스는 뒤쪽에 서 있는 기사를 향해 말했다.

"저 녀석은 언제나 저렇게 화려한 걸 좋아한단 말씀이야. 안 그래, 오스카?"

"물론이죠, 대장. 저런 난리통 안에 들어가서 휘저으실 생각이십니까?"

제임스는 미소를 지으며 고개를 가로 저었다.

"천만에, 내가 끼어들 여지도 없겠다. 돌아가자."

"예."

마법진이 번쩍 빛나면서 우글우글 모여 있던 기사와 마법사들이 흔적을 감췄다. 일단 '불꽃놀이'가 시작된 이상 까미유가 임무에 성공했을 게 분명한데, 여기서 어기적거리고 있을 이유가 없었던 것이다.

내 친구의 원수

똑똑.

"무슨 일이냐?"

자다가 깬 미네르바가 짜증스런 목소리를 내자, 문밖에서 조심스러운 목소리가 들려왔다.

"공작 전하, 긴급 통신이 도착했사옵니다."

"긴급 통신? 말해 봐라."

부하는 문밖에서 조심스럽게 말하기 시작했다.

"예, 30분 전, 돌프렌 요새에 수감 중이던 전쟁 포로들이 탈출했사옵니다."

"뭣이? 그게 사실이냐?"

"예, 전하. 아마도 소수의 공격대가 침투해 들어와서 구출해 간 모양이온데, 어디로 도망쳤는지 현재로서는 추측 불가능이라고 하옵니다."

미네르바는 너무나도 원통한지 이빨을 갈며 외쳤다.

"제기랄, 잘들 노는군. 피해는?"

"예, 강력한 공격 마법에 의해 요새 일부가 파괴되었고, 사상자(死傷者) 3백여 명 정도가 발생했다고 보고받았사옵니다. 일단 대기 중인 기사들을 파견했사옵니다만, 후속 조치에 대해 하명해 주십시오."

미네르바는 이불을 다시 뒤집어쓰며 퉁명스럽게 내뱉었다.

"후속 조치? 후속 조치 따위가 필요할 리가 없잖나? 놈들은 보나마나 죽자고 내뺐을 게 뻔하고, 아마 흔적을 따라가면 쟈크렌 요새로 이어져 있겠지. 쓸데없이 그런데 신경 쓸 필요 없어. 그만 잠이나 자게나."

"예, 전하."

발자국 소리가 점차 문 앞에서 멀어지는 것을 느끼며 미네르바는 머리를 감싸 쥐었다. 또다시 코린트 놈들에게 뒤통수를 얻어맞은 거나 다름이 없었다.

"이럴 줄 알았으면 포로들을 좀 더 빨리 본국으로 보내 버리는 거였는데…, 제기랄!"

미네르바는 천장을 바라보며 투덜거렸다.

"요새 사령관으로 임명된 쥬크노 남작은 모든 비밀 통로를 발견해 냈고, 그곳에 대해 철저하게 방비를 하겠다고 보고했었어. 그렇다면 그때 발견되지 않은 비밀 통로가 있었을까? 있을 가능성도 있겠지. 하지만 돌프렌 요새에서 사로잡은 포로들을 철저하게 심문했었고, 고위급 장교들까지 족쳤는데 새로운 통로가 있었을까? 에잇 제기랄, 잠이나 자자. 없었다면 하수도라도 기었겠지…….”

불편한 심사를 억누르며 미네르바가 억지로 잠을 청하고 있을 때, 거기서부터 엄청난 거리에 떨어져 있는 어떤 남자 또한 게릴라 때문에 골치를 썩고 있었다.

"제기랄, 이놈의 게릴라는 끝도 없군. 이래서는 진격은커녕 보급로를 유지하는 것도 버거워. 진격 속도를 줄이더라도 차근차근 확실하게 뿌리를 뽑아 나가는 수밖에 도리가 없겠어. 그렇지 않나?"

질문을 받은 마법사는 상대를 향해 공손하게 대답했다.

"그게 훨씬 더 효과적이라고 생각되옵니다, 전하."

"그렇다면 지시를 내려라. 이번에 새로이 투입되어 진격 중인 사단들에게 명령해서 한 마을 한 마을 철저하게 색출하여 격멸하라고 전해. 그리고 각 사단에 콜렌 기사단의 타이탄을 두 대씩 지원해 줘라. 그리고 기사 네 명씩하고…….”

"옛, 전하."

"크로나사가 넓긴 넓군. 현재 본국에서 동원 중인 군사력으로는 현상 유지하기도 힘들 정도로 넓어. 영토를 장악하지 못하면 이런 땅덩어리 위에 기사단을 주둔시키는 것은 무의미해."

"그렇사옵니다, 전하. 이번에 올라온 보고로는 제16경장 보병 사단에 파견 나가 있던 오너가 게릴라를 토벌하던 중에 철십자 기사단의 마크가 붙은 크라메(0.85)를 한 대 파괴했다고 들었사옵니다. 아마도 놈들이 본격적인 게릴라전으로 응수해 오는 것이 아닐까요? 그에 대한 대비도 해야만 하옵니다."

크라레스의 기사들은 거의 30여 년간 크로나사 평원을 되찾기 위해 피땀 어린 훈련을 받은 인물들이었다. 그들 대다수는 그래듀에이트 시험에 응시할 자격조차 박탈당한 채 역사의 전면(前面)에 나서지도 못하고 오로지 수련만을 받았다. 그에 비해 다른 국가의 기사들은 권력의 전면에 등장하여 각종 업무를 처리하고, 무도회에 참석하는 등 시간 낭비를 일삼았기에 아무리 코린트의 기사들이 강하다고 하지만 크라레스의 기사들보다는 질적인 면에서 떨어지는 것이 사실이었다.

"그럴지도 모르지. 하지만 놈들에게 신경 쓰기 힘든 처지야. 어떻게 한다? 놈들의 주력 부대가 크루마에 묶여 있는 이때를 최대한 이용해야 하는데 말이야. 그러기에는 군사력이 턱도 없이 부족해. 이런 때 전방에서 타이탄을 더 빼낸다는 것은 자살 행위야."

"근위 기사를 투입하면 어떨까요? 청기사 한 대면 놈들을 상대하는 데 충분할 것이옵니다."

"근위 기사를? 하기야 열 대 중에서 한 대 정도 꺼내는 거야 별 일은 아니겠지만…, 그래도 폐하께서 허락을 하실까?"

"아마도 허락하실 것이옵니다. 그렇게 못한다면 지금 수도에서 대기 중인 유령 기사단 분대를 쓸 수도 있사옵니다. 원래는 크라레인 공방전 때 합류할 예정이었사오나 그쪽으로 빼도 상관은 없을 것이옵니다."

"몇 대나 되지?"

"테세우스 여덟 대이옵니다."

"테세우스 여덟 대라……. 좋아. 그중 네 대만 쓰기로 하지. 그 네 대는 수도에 주둔하면서 언제든지 출동할 수 있도록 하고, 적들의 타이탄이 나타났을 때 파견 나간 타이탄이 그놈을 잡고 시간을 끄는 동안 그쪽에 합류하여 놈을 때려잡는 것으로 하자."

"좋은 생각이시옵니다, 전하."

"그리고 만일을 대비해서 폐하께 허락을 받아, 근위 기사 한 명도 순번을 정해 돌아가면서 대기하라고 하면 되겠지."

"옛, 전하."

"이제 대충 정리가 끝났군. 자네도 눈 좀 붙이게. 이거 매일매일 이래서야 몸이 버텨 내지를 못하겠군."

"예, 전하. 그래도 초전(初戰)부터 어느 정도 잘 풀리고 있다는 것에 희망을 걸어야 하겠죠. 안녕히 주무시옵소서."

"자네도 잘 자게나."

마법사가 인사를 하고 방에서 나가자 그는 방 한쪽에 놓여 있는 낡은 침대 위에 거의 쓰러지듯 누웠다. 그리고 얼마 지나지 않아 낮은 코고는 소리가 들려오기 시작했다.

이렇듯 영토를 점령한다는 것은 매우 어려웠다. 완벽하게 점령된 땅, 즉 자신들의 영토인 경우 문제가 없었지만, 타이탄 전투를 통해 상대의 주력 부대만 몰아 낸 점령지는 매우 많은 문제점을 내포하고 있었다. 만약 이 전쟁이 치레아나 스바시에 점령처럼 빠른 시간 내에 적의 수도를 점령하고, 국왕이나 황제를 처형해 버렸다면 구심점을 잃어버린 게릴라의 활동은 저조할 수밖에 없었다. 그러나 이 전쟁은 서로가 변방의 땅덩어리를 집어삼킨 국지전일 뿐이었기에 각 지역을 관할하고 있던 영주들은 끝까지 저항하게 되는 것이다.

모든 나라가 이런 것 때문에 아르곤 제국을 겁내는 것이다. 만약 코린트가 아르곤을 점령한다는 가정을 세운다면 그건 별로 어려울 것이 없었을 것이다. 아르곤 성기사단의 타이탄 전력은 그렇게 강하지 못했기 때문이다. 하지만 일단 영토를 점령한 후에는 어떻게 될까? 지방 영주들만이 아닌 전 국민들로 이루어진 광신도들과 타이탄이 없는 성기사들을 상대로 싸워야만 했다. 그야말로 거의 대부분의 국민들을 학살하고 나서야 그 영토를 자신의 것으로 만들 수 있게 되는 것이다. 그렇게 된다면 얼마나 많은 병력과 기사들이 그 드넓은 아르곤의 대지에 퍼져서 싸워야 할지 상상하기도 힘들다. 그 때문에 아무도 아르곤을 건드리지 못하는 것이다. 물론 군사력이 약한 아르곤에게 침략을 당할 걱정도 할 필요 없으니 더 잘 된 것이었지만.

"수고했다."
"맡은 바 소임을 다했을 뿐이옵니다, 전하."
"자네들이 해낸 일 덕분에 병사들의 사기도 많이 올라갔어. 잘해 주었다. 이리 앉거라."
로체스터 공작은 밖에다 대고 외쳤다.
"포도주를 좀 가져오너라."
"예."
로체스터 공작이 기거하고 있는 방은 흔히 성주의 방이 그러하듯 요새 내의 탑 꼭대기에 있었다. 6층에 이르는 탑을 통과해 들어오려면 밑에 층층이 배치되어 있는 경비병들을 지나치지 않을 수 없었기에 취해지는 조치였다. 그 때문에 로체스터 공작이 머무는 방의 창문을 통해 웅장한 쟈코니아 산맥의 장관이 숨김없이 드러나 있었다.
"어때? 경치가 대단히 좋지? 사방이 쓸모없는 산들인데도 이렇듯 눈을 즐겁게 해 주니, 그렇게 쓸모없다는 생각은 들지 않는군. 그리고 만약 이 산맥이 없었다면 크루마군은 쟈코니아 전체를 삼켰겠지."

"그렇군요."

"키에리가 떠난 것은 정말 유감스런 일이야. 이제 남은 본국의 마스터는 너희들과 나뿐이구나. 하기야 세월이 더 흐른다면 몇 명이 더 탄생할 수 있겠지만 너무 늦어."

"예."

하녀가 포도주와 잔들을 놔두고 절을 한 후 물러가자, 공작은 세 개의 잔에 포도주를 따라 권한 후 입을 열었다.

"자, 들게나."

"예."

"그건 그렇고 통신상이라서 별로 말을 못 했다만, 그때 부탁한 것은 뭐냐? 왜 크라레스 침공군에 대해 조심하라는 것이지? 그 때문에 지금까지는 그냥 지켜보고만 있는 형편이다만……."

"예, 그때 아버님을 쓰러뜨린 검객은 크라레스에서 파견 나온 인물이었사옵니다. 그리고 크라레스는 엄청난 위력의 타이탄까지 생산해 냈고요."

로체스터 공작은 생각에 잠긴 채 고개를 끄덕이며 말했다.

"흐음…, 크라레스였었나? 그렇다면 크로아 공작인가?"

"크로아 공작이라니요?"

두 젊은이가 무슨 말인가 하여 되묻자 로체스터는 회상에 잠긴 듯한 표정으로 말하기 시작했다.

"이름은 잊어버렸지만…, 크라레스의 크로아 가문은 정말 대단한 무가(武家)였지. 그때 그 크로아 공작의 목을 벤 것이 나였으니까 말이야. 자신이 타고 있던 카프록시아가 파괴되어 밖으로 끌려 나왔을 때도 당당함을 잃지 않는 뛰어난 인물이었다. 크로아 공작과 몇몇 기사들이 목숨을 걸고 끝까지 막아 낸 덕분에 크라레스 황제가 도망칠 수 있었지. 아마도 그의 아들이나 손자들 중에서 걸출한 녀석이 나올 수도 있겠지."

까미유는 공작이 잠시 말을 멈춘 틈을 이용해서 끼어들었다. 원래 자신들이 원하는 방향에서 대화가 어긋나고 있었던 것이다.

"험험, 저…, 말씀 중에 죄송합니다만 크로아가 아닌데요? 로니에르라고 하옵니다, 전하."

"로니에르? 그런 가문은 들어 본 적이 없는데? 가만…, 요 근래에 치레아에 부임했다는 총독의 성이 로니에르였던 것 같군."

대충 로체스터 공작이 기억하고 있는 것 같자 제임스가 곧장 대꾸했다.

"예, 바로 그 인물이옵니다. 다크 폰 로니에르 공작."

"크라레스에 그런 뛰어난 무가가 또 하나 있었던가?"

"그런 모양이옵니다. 제가 코타스 공작 전하 실종 사건 때문에 뒷조사를 하다가 알아낸 이름이니까 말이옵니다."

"그놈이 코타스의 실종과 관계가 있다고?"

"예."

"그렇다면 그 녀석은 내 친구 두 명을 없앴다고 봐야겠군. 키에리를 죽일 실력이라면 코타스도 가능했을지도 모르지."

"예, 그런데 로니에르 공작은 너무 수상하옵니다. 그 용모도 그렇고, 그 실력도 그렇고, 또 그렇게 강력한 실력을 가진 인물이 요

근래에 갑자기 등장했다는 것도 그렇고, 또 그녀가 가지고 있는 타이탄도 수상하고…….”

제임스의 말에 로체스터는 의외라는 듯 반문했다.

“그녀라고? 여자라는 말이냐?”

“예, 많이 봐 줘야 열여덟 살 정도로 보이는 가녀린 소녀죠.”

로체스터 공작은 말도 안 된다는 듯 부인했다.

“그건 말도 안 돼. 무술의 경지가 올라갈수록 젊어질 수 있다고는 하지만 어려질 수는 없어.”

“마법을 사용한 게 아닐까요? 젊어지는 마법 같은…….”

“그건 아닐 거야. 마법사나 신관이 아닌 이상 마법을 계속 유지하기는 힘들어. 또 자신이 아무리 실력이 좋다고 하더라도 가녀린 소녀의 몸을 가진다는 것은 미친 짓이야. 검의 파워는 근력과 무게에 상당한 영향을 받는다. 네가 가녀리다고 하는 걸 보니 대충 어떤 몸매인지 짐작이 가는데, 그런 몸매로는 절대로 파워를 낼 수 없어. 수련을 거치다 보면 자연히 근육은 적당하게 붙게 되는 것이고, 또 자신이 익힌 무술에 알맞은 몸체를 만들어 가게 되는 것이지.”

“그럴까요?”

“까미유.”

“예, 전하.”

“너는 그 로니에르라는 인물에 대해 철저하게 조사해라. 아버지가 누구인지, 그 가문에서 가장 뛰어났던 검객은 누구인지, 누구에게 검술을 배웠는지, 뭐 그런 것들을 말이야. 알겠느냐?”

“옛, 전하.”

까미유를 향해 로체스터 공작이 지시를 끝내자 제임스가 공작을 향해 물었다.

"그렇다면 크라레스 쪽은 어떻게 하실 생각이시옵니까, 전하."

"그렇게 강한 상대가 크라레스에 있다면 그냥 놔두는 편이 좋을 것 같군. 괜히 싸워 봐야 남는 것도 없어. 본국의 동맹군 타이탄 3백여 대를 전멸시킨 살라만더 기사단을 거느린 나라라면, 싸워 봤자 결과는 뻔해. 그냥 게릴라전으로 몰고 가는 것이 좋을 거야. 기사는 강하지만 군사력은 약하니까 그 점을 철저히 이용하면 되겠지."

"예, 전하."

이상한 유령의 도시에 가다

"여기 맞아요?"

아들의 앙칼진 말에 아르티어스는 당황해 주춤주춤 말했다.

"그…, 글쎄다. 책으로 봤을 때는 여기가 맞는데? 아니, 내가 잘못 왔나?"

또다시 책을 이리저리 뒤져 봤지만 변한 것은 하나도 없었다. 다크 일행은 정확하게 약속된 시간에 크라레인시 외곽에 도착했다. 아르티어스가 안내한 것이었기에 사람 열 명, 드워프 하나, 말 열 필, 그리고 당나귀 한 마리는 공중에 나타나서는 매우 우아하게 착지에 성공했다. 하지만 그곳에는 엄청난 숫자의 대군(大軍)이 집결해 있지 않았다. 원래 예정대로라면 크라레인시에는 크로나사 평원 수비군의 주력 부대가 방어를 위해서 집결해 있어야 했고, 또 그에 대치해서 크라레스의 주력 부대도 공격을 위해 집결을 완료하고 있어야만 했다. 하지만 그 어디에도 군대는 보이지 않았다.

"이거, 여기가 크로나사 평원이 맞기나 한 거예요? 그거조차 의심스럽네."

못 믿겠다는 시선으로 자신을 바라보는 아들을 보고 아르티어스는 발끈해서 말했다.

"여긴 크로나사가 맞아! 아무리 이 책이 잘못되었다고 해도 그렇지. 내가 그 넓은 크로나사 땅덩어리를 찾지 못해 엉뚱한 곳으로 데려왔을 것 같으냐?"

"글쎄요. 그럴 수도 있죠."

아들 녀석이 이죽거리자 열 받은 아르티어스 어르신은 주저리주저리 한탄을 늘어놓기 시작했다.

"아니, 절대로 그럴 리 없어. 이거야 원, 아들 녀석이 아버지를 못 믿다니. 이런 비극이 있을 수가 있단 말이야? 아무리 이 세상의 모든 도덕과 윤리가 무너져도 그렇지……."

나중에는 별소리가 다 나올 것 같자 다크는 발칵 화를 내면서 기를 꺾어 버렸다.

"말장난하지 마세요. 아버지가 실수한 걸 가지고 도덕과 윤리까지 따질 이유가 뭐가 있어요?"

"이런 젠장! 내 기억까지 잘못되었나? 그럴 리가 없는데?"

공간 이동해서 도착하자마자 다투기 시작하는 것을 말에 탄 채 뒤에서 멍청히 보고 있던 기사 한 명이 아르티어스가 머리를 감싸쥐느라 잠시 말다툼이 끊어진 틈을 이용해서 끼어들었다. 그는 저 멀리 아주 자그마하게 보이는 커다란 도시 쪽을 가리키며 머뭇머뭇 말했다.

"저…, 공작 전하. 혹시 저기 있는 도시가 크라레인시가 아닐까요?"

기사의 말에 아르티어스는 바로 힘을 얻어 아들에게 우기기 시작했다.

"그래 맞아. 여기 지도에 따르면 저쯤에 도시가 있다고. 저게 크라레인시가 맞을 거야."

하지만 다크는 콧방귀를 뀌며 대꾸했다.

"흥, 저게 도시예요? 눈 있으면 똑바로 봐요. 도시라는 것은 사람들이 흥청거리면서 돌아다니는 곳이 도시라구요. 그리고 한눈에 척 보면 몰라요? 사람이라고는 한 명도 없잖아요? 건물 안이고 밖이고 말이에요."

그녀의 말에 아르티어스는 짜증난다는 듯 대꾸했다. 그도 이게 도대체 어디서부터 잘못되었는지 궁금해 죽을 지경이었기 때문이다.

"그건 나도 알고 있어."

둘이서 아옹다옹 떠들어 대자 그들을 수행해서 따라온 일행들은 어안이 벙벙한 표정으로 저 멀리 보이는 도시를 다시 한 번 훑어봤다. 자신들의 안목으로는 도저히 저 안에 사람이 있는지 없는지 알 수가 없었기 때문이다.

"혹시 말이지. 너희들이 온다는 것을 알고 다 도망친 것은 아닐까?"

"말도 안 되는 소리 하지 마세욧! 크로나사 평원 위에 위치하고 있는 최대의 도시가 크라레인시인데 그걸 버리고 완전히 빈 도시를 만들어요?"

이상한 유령의 도시에 가다 123

"그럼 돌림병으로 모두 죽었다던가······."

"쳇! 그럼 시체를 먹으려고 까마귀나 뭐 그런 것들이 돌아다녀야 하죠."

"으음···, 제기랄. 나도 모르겠다. 한번 가서 알아 보자구."

"좋아요, 가자구요."

두 사람은 일행의 앞에 서서 앞서거니 뒤서거니 말을 몰아 그들의 말로는 사람이 아무도 없는 유령 도시를 향해 다가가기 시작했다. 점차 도시가 가까워지자 그들을 뒤따르던 기사 한 명이 그 뒤에 따라오던 두 명의 기사한테 살짝 눈짓을 했다. 그러자 그들은 재빨리 말에 채찍질을 가해 속도를 내어 앞으로 달려갔다. 그들에게는 공작 일행을 호위해야 하는 임무가 있는 만큼 혹시나 있을지도 모를 적의 매복에 대처하기 위해서였다.

다크 일행이 도시에 완전히 다가섰을 때쯤 앞서 간 두 명의 기사들이 말을 몰아 돌아와서 보고를 올렸다. 말들은 갑작스럽게 막대한 운동을 해서 그런지 거친 숨을 몰아쉬고 있었다.

"정말 아무도 없사옵니다, 전하."

"사람은커녕 개 한 마리도 보이지 않는 도시는 처음 봤사옵니다."

그들의 보고를 듣고 다크는 시큰둥하게 대답했다.

"이봐, 그건 벌써 알고 있었어. 이 도시 이름이 뭔지는 알아 봤어?"

"예? 그건 아직···, 지나가는 사람이 있어야 물어보지요."

"도움이 안 되는 놈들이군. 자, 가스톤을 제외하고 모두들 흩어져서 이 망할 도시 이름을 빨리 알아 봐, 빨리."

"옛!"

기사들이 말을 몰아 사방으로 달려가자 팔시온이나 미카엘이 움직이기 시작했고, 그 뒤를 따라 미디아도 마지못해 그들을 따라가기 시작했다.

"왠지 으스스하군. 유령 도시에 들어와 보기는 처음인데?"

팔시온은 미디아가 조금 두려워하고 있다는 것을 눈치 채고는 일부러 두려운 듯 사방을 둘러보는 척하자, 미디아도 재빨리 그 시선을 따라가며 투덜거렸다.

"그런 말 하지 마. 소름 끼치잖아."

일단 미디아가 두려워하고 있다는 것을 포착한 팔시온은 일부러 괴기스런 표정을 지으며 미디아를 놀리기 시작했다.

"흐헤헤, 누가 알아? 좀비(Zombi)라도 떼거리로 나올지. 저 거리만 돌아가면 아마 수십 구의 좀비들이 식칼이나 도끼를 들고 기다리고 있을 거야."

좀비라면 흑마법에 의해 걸어 다니는 시체를 말한다. 이런 유령 도시에 나옴직한 그런 괴물이었다. 팔시온의 말에 미카엘은 고개를 가로 저으며 필요 이상으로 침착하게 말했다.

"설마…, 거기 있을 리가 없어."

"맞아, 그렇지?"

두려움을 감추고 있는 미디아가 재빨리 동의를 구해 오자 미카엘은 미디아의 뒤쪽을 손으로 쭉 가리키며 큰 소리로 외쳤다.

"바로 저기 있잖아."

"꺄악!"

기겁을 하는 미디아를 보며 둘은 낄낄거렸다.

"흐헤헤헤헤…, 전장을 돌아다녔다는 용병이 좀비를 겁내다니. 자격 미달이야."

그들의 장난기에 잔뜩 열 받은 미디아는 두려움에서 벗어났다. 그녀는 분노 때문에 미세하게 떨리는 손으로 검을 뽑아 들며 악악거렸다.

"으으…, 감히 나를 가지고 놀다니. 거기 서. 죽여 버릴 거야."

두 사람은 역전의 용사답게 재빨리 말을 몰아 그녀의 공격권에서 벗어나며 뒤를 쫓아 달려오는 미디아를 향해 계속 이죽거렸다.

"헤헤… 이봐, 참아. 참으라고……."

일행들이 모두 다 흩어지고 나자 다크는 뒤를 돌아보면서 가스톤에게 말했다.

"통신 준비를 해 줘. 이게 어떻게 된 일인지 물어봐야겠어."

"응."

가스톤은 말에서 내린 후 안장에서 커다란 수정 구슬을 꺼내 들고는 통신용 마법진을 그리기 시작했다. 시간이 얼마 지나지 않아 마법진은 완성되었다. 제법 숙련된 솜씨로 일하고 있는 가스톤을 바라보며 다크와 아르티어스는 말에서 내려 통신이 개통되기를 기다렸다.

"예, 여기는 유령 기사단 사령부입니다."

"이쪽은 로니에르 공작 전하의 유령 기사단 분대입니다. 잠시만 기다리십시오. 공작 전하를 바꾸겠습니다."

가스톤이 그렇게 말한 후 자리를 내주자 다크가 쓱 하니 앞으로 나서며 말했다.

"이봐, 크라레인시 침공 작전은 어떻게 되었나?"

"예? 안녕하시옵니까? 전하."

"아, 그래. 침공 작전은 어떻게 되었어? 크라레인시에 모이기나 한 거야? 나는 누군가가 지금 크라레인시라고 주장하고 있는 곳에 와 있는데, 도대체 아군은 고사하고 적군도 보이지 않아."

"아, 예. 적군은 크라레인시를 포기한 것으로 사료되옵니다. 크라레인시의 모든 시민들은 오래전에 철수한 상태고, 크라레인 수비군이 마지막으로 철수한 것이 어제이옵니다."

수정 구슬에서 들려온 대답을 슬쩍 엿들은 '누군가'는 의기양양한 표정으로 "거봐, 내 말이 맞다니까!" 하고 말했지만, 다크는 그쪽으로는 눈길도 주지 않고 수정 구슬을 향해 말했다.

"그럼 아군은?"

"크라레인시로 맹진격을 하다가 적들이 그곳을 포기했다는 것을 알고 지금은 주위의 게릴라들을 토벌하며 천천히 진격하는 중이옵니다. 적 주력 부대의 위치가 파악되지 않는 한 계속 그런 식의 소규모 전투가 되풀이 될 가능성이 크옵니다. 모든 첩보망을 동원하여 코린트군의 집결지를 알아 보고 있는 중이오니 조만간에 답이 나올 것 같사옵니다."

다크는 수정 구슬을 바라보며 짜증난다는 듯 말했다.

"작전이 그렇게 바뀌었으면 나한테 연락을 해야 할 것 아냐?"

"하지만 전하께옵서는 3일 전부터 행방불명이셨지 않사옵니까? 토지에르 경께 연락을 드렸사온데, 혹시 연락을 못 받으셨사옵니까?"

"뭐 하려고 만나. 청기사만 가져오면 되는 거였는데……. 그래, 알았어. 이만 끊자구."

이상한 유령의 도시에 가다 127

"전하, 잠시만……. 지금 첩보부의 예측에 의하면 17일 후 크라레인시에 유성이 떨어질 확률이 85퍼센트이옵니다. 그 때문에 코린트에서는 그곳에 사는 모든 주민들을 대피시킨 것 같사옵니다. 하지만 일단 그곳에서 전쟁을 할 결심이었는지 그 일대로 병력을 집결 중이었는데, 이틀 전 갑자기 모든 병력이 그곳을 떠났사옵니다. 전하께옵서도 그곳에 오랜 시간 머무시는 것은 별로 좋지 못할 것이옵니다."

다크는 아르티어스 쪽으로 시선을 돌리며 말했다.

"아버지, 유성이 떨어진다는 게 무슨 소리예요? 유성이라면 저 밤하늘에서 번쩍거리면서 길게 지나가는 그걸 말하는 거 맞아요?"

"대충 그 말하고 비슷하지."

"그럼, 그게 여기 떨어진다는 거는 무슨 소리예요? 그냥 유성은 밤하늘에 휙하고 지나가는 거 아니었어요?"

"아니, 그 휙하고 지나간 것이 덩어리가 크면 땅바닥까지 도착할 수 있지."

"그렇게 되면 어떻게 되는데요?"

아르티어스는 휙 주위를 둘러본 후 말했다.

"방어 마법진도 제대로 안 갖춰져 있는 이 정도 도시라면 아마 흔적도 없이 깨끗하게 없어져 버릴 거다. 유성이 떨어지면 그 위력이 엄청나거든."

"설마, 아무리 위력이 대단하다고 해도 도시가 없어져요? 이 도시가 얼마나 큰데……."

피식 비웃는 아들을 보며, 아르티어스는 주위에 구르고 있는 돌멩이 몇 개를 주워 들고는 그중 한 개를 건네주며 말했다.

"너 이 돌을 가지고 저기 있는 집에다가 힘껏 던져 봐라. 자, 여기 있다."

다크는 돌멩이를 바라보며 아르티어스의 정신 상태가 의심스럽다는 듯 물었다.

"진담이세요?"

"진짜야."

"저 집에 구멍이 날 텐데요?"

"그러라고 던지라는 거야."

그녀의 손을 벗어난 돌멩이는 가공할 속도로 날아가 벽에 큼직한 구멍을 뚫고 들어가 사라져 버렸다.

"어떠냐? 네 손에서 날아간 돌멩이도 저 정도의 힘을 가지고 있는데, 저 하늘 위에서 엄청난 속도로 떨어지는 바위의 경우 그 파괴력은 보나 마나지. 한 방에 도시 하나 정도 부수는 것은 일도 아니야."

"한 방에 도시 하나라면 정말 대단하네요. 그런데 왜 이렇게 도시들이 번창하죠? 그런 거 몇 방으로 도시들을 완전히 박살 내고 쳐들어가고 했다면 남아날 도시들이 없을 텐데."

"그렇지 않아. 인간들의 싸움도 동물들의 영역 싸움과 별로 다를 게 없어. 동물들이 영역을 두고 싸우는 것은 자기 새끼들을 풍족하게 먹이기 위해 사냥할 만한 영토를 확보하기 위해서지. 인간들이 벌이는 싸움도 보다 많은 자원과 돈을 확보하기 위해서야. 너 같으면 이런 도시를 온전하게 그냥 뺏을 수 있는 방법을 쓰겠냐? 아니면 사람도 건물도 완전히 가루로 만들어서 점령하겠느냐?"

"당연히 멀쩡한 상태에서 뺏으려고 하겠죠."

"그렇지? 그래서 안 쓰는 거야. 그리고 유성 소환의 경우 시간도 많이 걸리고 말이지. 마법을 쓴 후 30일쯤 후에나 날아오니까 아마 전쟁이 끝난 후에나 떨어지겠지. 그러니까 유성 소환을 썼다는 말은 절대로 이길 수 없는 상대와 싸우게 되었다는 말이겠지."

"흐음…, 이길 수 없다는 것을 뻔히 아는 상대와 싸우는 것은 정말 멍청한 짓이죠. 그건 그렇고 여기가 크라레인시라는 것은 알았으니까 슬슬 이동해서 합류하는 것이 좋겠죠? 아마도 뒤쪽으로 가다 보면 만날 수 있을 것 같은데요."

후작을 호위하는 공작

　크루마 제국과 코린트 제국 사이에는 지루한 소모전이 벌어지고 있었다. 양쪽 다 간간이 타이탄이 모습을 드러내긴 했지만, 대규모 격전으로 연결되지는 않고 있었다. 대부분의 전투가 쟉센 평원을 평정하려는 크루마군과 그 저항군들 사이에서 벌어지는 단순한 소모전이 주를 이루고 있었기 때문이다.
　코린트 제국의 경우 키에리가 생존해 있을 때의 군부(軍部)는 매우 강력한 힘을 자랑했었다. 키에리를 기점으로 까뮤, 리사, 그라세리안이 뭉쳐 코린트의 모든 것을 좌지우지하고 있었던 것이다. 또 그들이 권력을 잡은 후부터 코린트는 눈부신 발전을 거듭했다. 그라세리안의 능력으로 타국에 비해 뒤쳐져 있던 마법을 부흥시켰고, 막강한 타이탄들을 대량 생산했다. 그리고 그 힘을 밑바탕으로 크라레스 제국 영토의 대부분을 빼앗았다. 그리하여 코린트를 세계 최강의 대국으로 만들었던 것이다.

하지만 이들의 집권 기간은 너무 길었다. 모두들 90세에 달하는 나이에 이르도록 50여 년에 가깝게 정권을 쥐고 있었으니 당연히 그에 불만을 품은 인물들이 나타나기 시작했던 것이다. 다른 제국들처럼 이들이 늙어서 은퇴할 가능성이라도 보였다면 그들도 이렇듯 극단적인 방법을 사용하지는 않았을 것이다. 하지만 그들로서는 이번 기회를 이용하지 못한다면 자신들이 살아서 정권을 잡아볼 가능성은 아예 없었다.

그라세리안이 행방불명되었고, 리사는 전사했으며, 키에리는 크루마와의 전쟁에서 패한 후 중상을 입었다. 최고 권력자들의 대부분이 갑자기 사라졌기에 그들은 이 기회를 이용해서 황제를 설득하여 키에리를 실각시키는 데 성공했다. 하지만 키에리의 경우 아들이 셋이나 되었고, 그들은 각각 뛰어난 실력에다가 키에리라는 배경에 힘입어 매우 높은 자리를 차지하고 있었다. 첫째는 발렌시아드 기사단장, 둘째는 제1근위대 기사, 셋째는 제3근위대장.

키에리를 처형한다면 그 아들들까지 모두 다 없애 버려야 한다는 결론이 나온다. 하지만 그건 현실적으로 사실상 불가능했다. 왜냐하면 타국과 전쟁 중이었기 때문이다. 그렇기에 그들은 마지막 남은 실력자 까뮤와 협상을 하기에 이른다. 전사로 발표하기로 하고 자살하는 것으로. 그 제의는 받아들여졌고 키에리는 권력의 전면(前面)에서 영원히 사라져 버렸다.

처음부터 승리를 자신하며 전쟁을 주장해 왔던 군부는 패전 덕분에 입지가 약화되었고, 현 황제의 먼 친척뻘이 되는 그로체스 공작이 권력의 전면에 나서게 되었다. 그가 자신이 쥐게 된 권력을 확고하게 다지기 위해 제일 먼저 행한 일은 크루마 제국과의 휴전이었다. 만약 전쟁이 장기화되면서 승리를 거두게 되거나 또는 패전을 하게 된다면 좋을 게 없었다. 특히 승리를 거두면 군부의 입지는 다시 강화될 것이 확실했기에 그것만은 막을 필요가 있었다.

"휴전…이라고?"

아연한 표정으로 되묻는 까뮈에게 깔끔한 복장의 젊은 무인은 다소곳이 답했다. 그 무인의 복장은 매우 화려했는데 오른쪽 가슴 윗부분에 푸른 늑대의 문장이 붙어 있었다.

"예."

로체스터는 기가 차다는 듯 말했다.

"허허…, 크루마 따위에게 땅덩어리를 뺏긴 채 휴전을 하려 한단 말이지. 이건 폐하의 뜻이신가?"

"그렇게 알고 있습니다."

"키에리가 들으면 땅을 치겠군. 로젠, 너는 수도에 있었으면서도 그걸 막을 수 없었느냐?"

로젠은 분하다는 듯 답했다.

"불가능했습니다. 아저씨도 잘 아시겠지만 그로체스는 폐하의 인척(姻戚). 어떻게 해 볼 도리가 없었습니다. 그리고 저는 크라레스 기사단의 움직임을 좇느라 정신이 없는 상태였구요. 그 녀석의 움직임을 알았을 때는 이미 칙명이 내려진 후였습니다."

"허허헛, 기가 차서 웃음밖에 안 나오는군. 그래, 휴전의 조건은?"

"그건 저도 잘 모르겠습니다."

"제길, 여기서 조금 더 밀어붙이면 크루마를 자신들의 영토 안으로 몰아넣고 전쟁을 끝낼 수 있어. 지금 녀석들은 후방의 보급로도 제대로 유지하지 못하고 있는 형편이야. 그런데, 그런데…….”

로젠은 분해서 말도 잘 잇지 못하는 로체스터를 향해 담담하게 말했다.

“아마 그로체스 공작도 그걸 잘 알고 있을 겁니다. 그렇기에 휴전을 서두르고 있는 것이겠죠. 자신의 권력이 커지기 위해서는 먼저 폐하께 신뢰를 더욱 받아 내야 하니까요. 그 방법 중에 하나로 선택한 것이 휴전일 뿐입니다. 그런 후 나중에 자신이 사령관이 되든지 해서 쟉센 평원을 되찾는다면 영웅이 될 수 있을 거라는 계획이겠죠.”

“정말 치졸해서 말이 안 나오는군. 언제 떠날 거냐?”

“아마도 내일 떠날 것입니다. 단지 저는 호위를 위해 따라왔을 뿐이니까요.”

“흐음, 도중에 암살해 버릴 수는 없을까? 그렇게 해서 그 책임을 크루마에 뒤집어씌운다면……. 힘들구나. 만약 네가 호위로 따라오지만 않았어도 호위를 포함해서 모두 다 죽여 버렸을 텐데.”

로젠은 이미 예상하고 있었다는 듯 말했다.

“그 녀석은 그걸 잘 알고 저를 보냈을 겁니다. 아버님이 전사하셨기에 이번에 저는 대공(大公)의 작위와 발렌시아드 공국을 물려받았습니다. 그런 제가 고작 후작을 호위해야 한다는 것은 말이 안 되죠.”

로젠은 멀리 창가 쪽으로 시선을 돌리며 중얼거렸다.

“델리피어 후작의 낯짝만 봐도 두 토막을 내고 싶은 때가 한두 번이 아닙니다. 하지만 폐하께서 명을 내리신 이상 저는 따라야만 합니다."

 로체스터 공작은 고개를 끄덕이며 말했다.

 "그래, 기사인 이상 그것은 어쩔 수 없는 숙명이지."

 로젠은 시선을 다시 로체스터 쪽으로 돌려, 똑바로 그를 쳐다보며 나지막하지만 힘 있게 말했다.

 "아저씨께서 제 목숨을 거둬 주실 수는 없을까요? 델리피어 후작 녀석과 함께……."

 로체스터 공작은 그의 눈을 자세히 바라본 후 천천히 고개를 가로 저으며 한숨을 내쉬듯 중얼거렸다.

 "그렇게는 할 수 없다. 먼 길 잘 다녀오거라. 겨우 그따위 일로 친구의 아들을 죽일 수는 없지."

평화 협정

 흰 깃발을 든 기사 한 명이 앞장선 가운데, 다섯 명의 기사들이 마차 한 대를 호위한 채 크루마군 진영을 향해 달려갔다. 한참 달려가자 수풀 속에서 기사 두 명이 달려 나와 그들의 길을 가로막았지만 그들은 적대감이 없다는 것을 보이기 위해 곧장 멈춰 섰다.
 "무슨 일입니까?"
 앞을 가로막은 기사는 흰 깃발을 든 선두에 서 있는 기사를 향해 물었다. 하지만 그 흰 깃발을 든 기사의 뒤에 서 있는 기사를 향해 주의의 눈길을 거두지는 않은 상태였다. 푸른 늑대의 문장, 그 기사의 문장은 익히 자신이 알고 있는 것이었다. 키에리가 공들여서 키운, 근위 기사단을 제외한다면 코린트 최고의 정예라 할 수 있는 발렌시아드 기사단의 문장이라는 것을 모르는 기사는 그렇게 많지 않았다. 물론 발렌시아드 기사단 내에서도 오너가 아닌 기사들도 있었고, 또 마법사들도 있었다. 하지만 갑옷조차 입지 않고 태연한 표정으로 말 위에 앉아 있는 기사의 호화로운 복장 위에는 기사단장(騎士團長)임을 표시하는 자그마한 금빛 표식이 붙어 있었기에 그는 더욱 놀랐던 것이다.

"우리는 코린트의 평화 사절입니다. 양국의 평화 협상을 책임질 수 있는 위치에 있는 분에게로 안내해 주셨으면 좋겠습니다."

크루마의 두 기사는 잠시 뭔가 쑤군쑤군 의논을 하더니 곧 한 명이 숲 속으로 몸을 감췄다. 그리고 남은 한 명이 그들을 향해 정중하게 입을 열었다.

"일단 본대에 연락해 보겠습니다. 잠시만 기다려 주십시오."

"알겠습니다."

약간의 시간이 흐른 후, 숲 속으로 사라졌던 기사가 다시 나오더니 정중하게 말했다.

"미네르바 전하께서 면담을 허락하셨습니다. 저쪽으로 가시면 됩니다. 만약 필요하다면 이쪽의 정찰조들이 나와서 길 안내를 할 테니 염려하지 마십시오."

그들의 말에 백기를 들고 있던 기사는 정중하게 답했다.

"예, 고맙습니다."

미네르바를 만나기 위해 파견된 델리피어 후작은 거의 세 시간이 넘도록 마차 안에서 시달려야 했다. 미네르바는 적의 기습에 대비하기 위해 상당한 거리를 두고 기사단을 포진시키고 있었기 때문이다. 그들이 미네르바의 본진에 도착했을 때 크루마 쪽에서는 다섯 명의 기사들이 마중을 나왔다. 크루마군의 병사 한 명이 마차 문을 열자 그 안에서 멋진 콧수염을 기른 중년의 남자가 거만한 표정으로 천천히 내렸다. 그 사내는 꽤나 풍족한 귀족 집안에서 자란 듯 옷의 단추들은 모두 순금으로 만들어져 있었고, 붉은색의 큼직한 보석이 박힌 반지를 끼고 있었다. 그리고 그가 차고 있는 검 또한 금은과 보석으로 도배가 되어 있어서 과연 이게 실전용(實戰用)인지 의심스러워 보였다.

크루마 쪽에서는 마차를 호위하고 있는 기사 때문에 사절로 온 인물의 신상에 대해 도착하기 직전까지 의논이 분분했었다. 발렌시아드 기사단장이 호위를 맡을 만한 인물이 거의 없다는 것이 문제였기 때문이다. 키에리는 상처의 악화로 인해 전사했다는 것이 첩보망에 걸렸으므로 그를 제외한다면 떠오르는 인물은 로체스터 공작인데, 그는 총사령관이었기에 이런 위험한 곳에 직접 나타날 가능성이 희박했다. 그렇다고 로체스터 공작을 제외하고 보니 키에리를 대신하여 대공의 작위를 물려받은 그가 호위할 인물은 거의 없는 거나 다름없었다.

마중 나왔던 인물들 중에서 가장 앞에 서 있던 중년의 기사는 마차에서 내리는 인물을 보고 터져 나오는 웃음을 억지로 참았다. 그는 그것을 환영의 미소로 대충 눈가림하며 환한 표정으로 말했다.

"어서 오십시오, 미네르바 전하께서 기다리고 계십니다."

모두들 말에서 내려 미네르바가 기다리고 있는 작은 농가로 들어가려고 할 때 농가의 문 앞에 서 있던 기사가 사신 일행의 앞을 가로막으며 정중하게 말했다.

"무기를 맡겨 주십시오."

로젠은 비무장인 상태로 이런 곳을 어슬렁거릴 생각이 전혀 없었기에 그 말을 기회로 뒤로 쳐졌다. 또 이번 협상에서 모든 권한을 위임받고 있는 것은 자신이 아니라 델리피어 후작이었다. 자신이 옆에 있든지 없든지, 델리피어 후작은 자기 마음대로 자신의 윗사람과 의논한 각본대로 밀어붙일 것이 뻔했기에 자신이 따라 들어가서 상대방의 눈요깃감이 되어 줄 이유는 없다고 생각했다. 로젠이 뒤로 처지자 세 명의 기사도 그를 따라 뒤로 빠졌고, 결국 델리피어 후작을 따라 무기를 맡기고 들어간 기사는 두 명뿐이었다.

"어서 오시오. 먼 길에 수고하셨소."

미네르바가 반가이 맞이하는 가운데 델리피어 후작은 자리에 앉았다. 델리피어 후작이 자리에 앉는 모습을 보며 미네르바는 생긋 미소를 지었다. 이런 중요한 자리에 저런 겉만 번지르르한 얼뜨기가 나타난 것이 의외였지만, 그것이 그녀에게 불리한 일은 결코 아니었다. 그렇기에 미네르바는 본국에서 이동용 마법진을 이용하여 신속히 불러들인 외교 담당관을 왼편에 앉혀 둔 상태에서 매우 기분 좋게 델리피어 후작을 맞이했다. 하지만 협상이 진행되자 미네르바는 그냥 탁자에 자리를 차지하고 앉아 있었을 뿐, 협상은 미네르바의 왼편에 앉아 있는 날씬한 체구의 중년 사내에 의해 이루어졌다. 미네르바는 만일의 경우 상대방에서 로체스터 공작이 나타났을 때를 대비하여 앉아 있었을 뿐, 자신의 신분으로 봤을 때 델리피어 후작 따위와 상대할 이유는 없었다. 하지만 그녀는 자리를 뜨는 대신 그 자리에 남아 있는 것을 택했다. 그녀는 강대한 크루마의 힘을 대표하는 상징적인 존재였기 때문이다.

협상은 매우 지루하게 천천히 진행되었다. 서로 상대로부터 최대한 많은 양보를 얻어 내려고 했고, 또 자신들이 가진 것을 줄 생각은 없었기에 사실 시간만 줄창 날아갔을 뿐, 대화는 제자리걸음이었다. 아마도 델리피어 후작은 이런 지루한 협상은 처음인지 그 인내심이 바닥을 드러내고 있는 것이 슬슬 보이기 시작하고 있었다. 요 근래 30여 년간 코린트는 강압적인 외교만을 했을 뿐 이런 지루한 협상을 한 적이 없었기 때문이다. 델리피어 후작의 속마음이야 어떻든 시간이 지날수록 협상의 윤곽이 잡히기 시작하고 있었다.

"그러니까, 쟈코니아 산맥을 기준으로 양국을 나눕시다. 본국은 쟉센 평원을 획득하기 위해 엄청난 피를 흘렸소. 그렇기에 절대로 그 땅을 포기할 수는 없소."

똑같은 얘기가 벌써 몇 바퀴 돈 상태였기에 일단 그 뒤로 넘어가려면 어쩔 수 없었다. 그렇기에 델리피어 후작은 크게 인심이나 쓰듯 말했다. 물론 쟉센 평원은 처음부터 돌려받을 가능성이 없었다. 하지만, 이걸 따지고 들면 다른 부분을 크루마에 양보할 필요가 없었기에 델리피어 후작은 그걸 계속 물고 늘어졌던 것이다. 하지만 이제는 인심을 쓰는 척해야 했다.

"귀국에서 그런 식으로 나온다면 어쩔 수 없지요. 좋소. 일단 이쪽에서는 쟉센 평원을 잃은 것이니 그건 어쩔 수 없다고 하고, 휴전이 선포되고 나면 쟉센 평원에 남아 있는 본국의 귀족들 이하 전쟁 포로들이 무사히 본국으로 돌아올 수 있게 해 줘야 하오."

델리피어 후작의 제안은 흔쾌히 받아들여졌다.

"그건 당연하지요. 휴전 선포와 동시에 길을 터줄 것이오. 조국을 위해 피땀 흘려 싸우고 있는 그런 인물들을 본국에서 학살한다면 후세에까지 욕을 듣게 되죠. 그건 인도적인 차원에서 당연히 해 드려야 하는 것이죠."

물론 지금 크루마군의 가장 큰 골칫거리는 그 귀족들이 거느리고 있는 게릴라들이었다. 상대가 그들을 데려가겠다는 데야 쌍수를 들고 환영해야 함에도 죽인다면 욕을 듣는다고 말해 대는 이 외교 담당관도 꽤나 얼굴 가죽이 두꺼운 인물이었다. 그런데 그는 거기에서 멈추지 않고 능글맞은 미소를 지어 보이며 말을 이었다.

"그 정도면 어느 정도 해결은 난 듯싶습니다만, 가장 중요한 것이 빠졌습니다."

또 뭔 소리를 하나 싶어 델리피어 후작의 눈꼬리가 위로 살짝 올라갔다.

"무엇을 말하는 것이죠, 가레신 후작?"

상대의 표정이 어떻건 신경 쓰지 않고 가레신 후작은 얼굴 가죽도 두껍게 말했다.

"귀국이 침공해 들어와서 잿더미로 만든 미란 국가 연합에 대한 피해 보상금이죠. 만약 본국과 귀국만이 얼렁뚱땅 휴전을 맺고 넘어간다면 본국의 혈맹이라고 할 수 있는 미란에게 너무 미안한 일이 아니겠소? 그리고 귀국의 침공을 막기 위해 군대를 파견한 다섯 동맹국들에게도 어느 정도 손해 배상은 해 줘야 합니다."

순간 델리피어 후작은 피가 거꾸로 솟는 것 같은 느낌을 받았다. 현재 이 일대에 포진하고 있는 군사력의 균형은 당연히 코린트 쪽이 우세했다. 그런데도 저따위 소리를 하다니. 저것들이 정말 협상을 제대로 할 생각이 있는지 의심스러웠다. 덕분에 델리피어 후작의 목소리가 조금 커졌다.

"귀국은 본국과의 전쟁에서 막대한 전리품을 챙기지 않았소? 그것을 가지고도 모자란다는 말이오? 정 그대들이 이런 식으로 나온다면 전쟁 쪽으로 계속 밀고 나갈 수밖에 없소."

델리피어 후작의 위협에도 불구하고 가레신 후작은 눈도 깜짝 안 했다. 그는 오히려 미소를 지어 보이며 능글맞게 말했다.

"호오, 그것은 본국에서도 원하는 바요. 이미 본국으로부터 새로운 사단들이 속속 도착하고 있고, 용병 사단 6개도 편성을 마쳤소. 그리고 귀국이 이번에 입은 피해는 막대한 정도를 넘어섰지 않소? 본국이 쟈코니아 산맥을 넘어 쟈코니아 지방 전체를 병합하려고 해도 막을 힘이 없을 텐데?"

가레신 후작의 말은 반은 진실이었고, 반은 거짓이었다. 그의 말대로 새로운 사단들이 속속 쟉센 평원으로 이동해 온 것은 사실이었지만, 그들은 몽땅 다 게릴라들에게 발목이 잡혀 고전을 면치 못하고 있었던 것이다.

"물론 있소. 더 나아가 쟉센 평원까지 탈환할 정도의 여력도 남아 있다 이 말이오. 하지만 이런 식으로 두 나라가 싸워 봐야 남는 게 뭐가 있소? 이번 전쟁을 벌이느라 양국 다 막대한 재화를 낭비했고, 또 뛰어난 병사들과 기사들을 잃었소. 그러고도 더 싸우고 싶다는 거요?"

"필요하다면 싸워야지요. 자, 전쟁 배상금을 지불하시겠소?"

가레신 후작의 최후통첩과도 같은 말에도 불구하고 델리피어 후작은 우직스럽게 대답했다. 대 코린트 제국이 크루마 따위에게 전쟁 배상금을 지불할 수는 없었기 때문이다. 만약 너무 심하게 기우는 협상을 하면 자신을 이곳으로 보낸 분의 명성이 올라가기는커녕 오히려 황제의 총애를 잃게 될 가능성마저 있었다.

"배상금은 단 한 푼도 줄 수 없소. 만약 이쪽에서 배상금을 줘야 한다면 그쪽에서는 금지된 마법을 사용한 대가를 본국에 지불해야 하오."

"그렇다면 어쩔 수 없지요. 이 협상은 결렬된 것으로 합시다. 잘 가시오."

상대가 이렇게 단호하게 나오자 델리피어 후작은 잠시 당황했다. 이 틈을 이용해 여태껏 조용히 지켜보던 미네르바가 천천히 입을 열었다. 죄었으면 풀기도 해야 하는 것이 외교의 원칙이었기 때문이다. 그녀는 짐짓 나무라는 듯한 어조로 가레신 후작을 향해 말했다.

"가레신 후작, 먼 길을 찾아온 손님에게 너무한 것이 아닌가? 델리피어 후작도 황제로부터 명령을 받고 왔을 텐데, 그를 그렇게 핍박하는 것도 좋은 것은 아니지. 서로 간에 휴전을 하여, 전쟁 난민을 줄이고 또 쌍방 간의 피해를 줄이자는 좋은 목적에서 온 것이 아닌가?"

그녀의 참견에 델리피어 후작은 그녀의 속셈 따위는 생각하지 않고 고마워했다. 그는 이 길고 지루한 협상 덕분에 정신적으로 너무나 피로를 느끼고 있었다.

"그렇습니다, 미네르바 전하. 서로 간에 될 수 있는 한 평화롭게 해결하는 것이 좋지 않겠습니까?"

"좋소, 이렇게 하기로 합시다. 귀국에서 본국에 전쟁 배상금을 지불하지 않는 대신, 그쪽도 유성이 떨어진 데 대한 피해 보상을 요구할 수 없소. 어떻소?"

"그렇게 하는 것이 좋겠습니다, 전하. 대신, 유성 공격의 목표 도시들을 알려 주십시오."

"당연히 알려 주는 것이 도리죠. 물론 그것은 협정서에 서명이 된 후에 알려 줄 것이오. 이의는 없지요?"

"예."

휴전 협정을 맺은 후, 유성 공격의 목표 도시의 목록을 받아 들고 새하얗게 질린 얼굴로 돌아가는 델리피어 후작의 뒷모습을 보며 미네르바는 낮게 웃음을 터뜨렸다.

"정말 표정이 가관이군, 그렇지 않나?"

"그렇사옵니다, 공작 전하."

"왜 저런 얼뜨기를 보냈는지 이해가 가지 않는군."

"그렇사옵니다, 전하. 크라레스에서 왔던 그 돼지 같은 녀석은 정말 상대하기 힘들었는데, 그 녀석에 비하면 저런 녀석은 어린애나 다름없습지요. 헤헤……."

"좋았어! 이제부터 그 지긋지긋한 게릴라로부터 해방이군. 조금 지나면 이 쟉센 평원도 확실한 본국의 영토가 되어 줄 거야. 그건 그렇고, 미란 국가 연합에다가 황금 몇 톤 정도는 보내 줘야 하겠지? 가장 큰 피해를 본 국가니까 말이야."

"지당하신 말씀이시옵니다, 전하."

"자네가 가서 가므 의장을 잘 다독거려 주라구."

"염려 놓으시옵소서, 전하."

"저놈들은 지금 우리를 가장 강력한 적이라고 착각하고는 우리와는 휴전을 맺고, 아마도 크라레스를 뭉갠 후 이쪽으로 다시 군사력을 돌릴 계획인 모양인데, 그게 잘될지 궁금하군. 호호호……."

훨씬 인간적인 무림(武林)

"저기서 쉬다가 가자. 좀 제대로 된 음식을 먹고 싶구나."

저 멀리 제법 큰 마을이 나타나자 그곳을 손짓으로 가리키며 아르티어스가 말했다. 그 말에 다크는 즉시 찬성의 의사를 전달했다.

"예, 그러죠."

"먼저 정찰을 해 보는 것이 어떻겠사옵니까? 전하."

기사가 조심스럽게 의견을 묻자 다크는 고개를 저으며 말했다.

"아, 상관없어. 저런 마을 볼 게 뭐가 있다고 정찰을 해? 그냥 가자."

"옛, 전하."

그들은 유령 도시를 떠나 온 후 계속 일직선으로 남하(南下)하고 있었다. 만약 길을 따라서 계속 내려왔다면 마을들을 많이 거쳤겠지만 관광 여행을 하는 것이 아니었기에 길이건 아니건 가리지 않고 밑으로 내려오고 있었던 것이다. 하지만 처음부터 주력 부대와 합류할 것을 예상하고 있었기에 노숙 준비를 제대로 하지 못했으므로 아르티어스의 불평은 이만저만한 것이 아니었다.

그들은 천천히 말을 몰아 마을에 들어섰다. 숨어서 타지인을 향해 경계의 시선을 보내는 마을 사람들. 하지만 모두들 두터운 갑옷 같은 것은 입지 않고 가벼운 옷차림을 하고 있었기 때문인지 그 눈길에 두려움까지는 포함되어 있지 않았다. 그런데 그들이 마을 중심에 이르렀을 때, 커다란 나무 기둥이 세워져 있고, 거기에 목이 매달린 시체 몇 구가 걸려 있었다. 고문을 당했는지 여기저기에 피가 묻어 있는 그 시체들은 여덟 구는 되어 보였다.

중앙 광장 부근에 보이는 주점에 말을 매어 놓은 후 그들은 그곳으로 걸어 들어갔다. 그곳에는 여러 명의 사람들이 앉아서 대낮부터 술을 마시고 있었는데, 낯선 사람들이 들어서자 잠시 대화를 멈추고 동정을 살피고 있었다. 다크 일행은 그들의 시선을 받으며 자리를 잡고 앉았다. 열다섯 살쯤 되어 보이는 소년이 주문을 받기 위해 재빨리 다가왔다. 여행자라고 보기에는 너무 복장이 좋았기에 소년은 주저하듯 조심스러운 어조로 물어 왔다.

"어서 오십시오. 주문은 뭘로 하시겠습니까?"

"아버지, 뭐 드실래요?"

"가만있자……. 우선 시원한 맥주 한 잔. 그리고 닭찜, 비프 커틀렛하고 스튜. 뭐 우선은 이 정도만 하지."

아르티어스가 주문을 끝내자 다크는 재빨리 뒤를 이어 주문했다.

"시원한 맥주 한 잔. 그리고 아무거나 좀 맛있는 걸로 가져와."

화려한 미모를 지닌 소녀가 말도 안 되는 주문을 끝내자, 퉁명스레 말하는 소녀와 달리 나머지 사람들은 제각기 자신의 취향에 맞는 음식들을 주문하기 시작했다. 태양이 작렬하는 무더운 날씨에 먼지 나는 길에서 오랫동안 시달린 탓인지 모두들 시원한 맥주를 주문했고, 소년은 재빨리 맥주가 가득 들어 있는 잔들을 쟁반에 담아 나르기 시작했다. 일행들이 시원한 맥주로 갈증을 풀며 기다리고 있을 때 먹음직스럽게 요리된 음식들이 배달되었다. 모두들 배가 고팠기에 묵묵히 음식을 입속에 쑤셔 넣고 있었다.

 팔시온과 파이어해머는 타고난 대식가들이라는 것을 자랑하듯 맥주를 한 잔씩 더 주문했다. 소년은 재빨리 맥주 두 잔을 가져왔다. 팔시온은 자신의 잔을 받아 들며 소년에게 물었다.

 "저기 걸려 있는 시체들은 뭐냐?"

 "예? 손님들은 전쟁이 벌어진 것도 모르세요?"

 "그건 알고 있지. 그런데 저기 매달려 있는 사람들은 한눈에도 무술을 익힌 사람들 같지는 않아서 하는 말이야."

 팔시온의 물음에 소년은 두려움에 질린 듯 슬픈 표정으로 말했다.

 "예, 협력하지 않는다며 죽인 거예요."

 "누가?"

 "누구는요? 여기 영주님이죠. 아마 머지않아 크라레스의 군대가 들이닥칠 거라며 영주님은 병사들을 모으고 있어요. 그리고 식량도요. 하지만 아직 추수할 때가 멀었기에 대부분 식량이 많지 않거든요. 그래서 반항했다가 저렇게……."

 소년의 눈에 슬쩍 눈물이 고이는 것으로 보아 소년이 잘 알던 사람들인 것이 분명했다.

"요즘 전쟁이 벌어진 다음부터 영주님은 좀 더 포악해지셨어요. 전에는 그렇지 않았어요. 그냥 매달아 놓고 채찍으로 때리는 정도였는데……."

"정말, 나쁜 녀석이군. 그렇다면 여기는 그 녀석의 영지라는 말이야?"

이런 마을들은 눈에 보이지 않는 두 가지로 나뉘는데, 하나는 영지였고, 다른 하나는 영지가 아닌 평민들이 모여 사는 곳이었다. 영지인 마을은 농노들이 모여 사는 곳이다. 농노는 평민들이 아닌 그 영지에 부속된 노예들이었고, 영주는 황제에게 그 경작권과 함께 농노들의 생사여탈권을 부여받아 마음 내키는 대로 다스릴 수 있었다. 농노들의 미래는 순전히 어떤 영주를 만나게 되느냐에 따라 바뀌는 것이다. 팔시온의 물음에 소년은 고개를 끄덕이며 대답했다.

"예."

"쳇, 아무리 자신에게 소속된 노예들이라고 해도, 저렇게 죽이고 착취하는 것은 너무 심한 처사야."

하지만 소년은 다소 의심스런 시선으로 팔시온을 바라봤을 뿐, 찬성도 반대도 하지 않았다. 이런 식으로 와서 슬쩍 떠보는 영주의 앞잡이도 있었기 때문이다. 음식을 우물거리며 그런 소년의 표정을 바라보던 미카엘이 입 안에 든 것을 꿀꺽 삼킨 후 말했다.

"쓸데없는 소리 하지 마, 팔시온. 이런 영주가 있으면 저런 영주도 있는 거야. 노예를 어떻게 부리든, 또 어떻게 대하든 그 녀석들의 자유라고."

"그, 그거야 그렇지만……."

당황한 어조로 팔시온이 말하는 것을 보고, 소년은 그들을 향해 조심스레 말했다.

"빨리 드시고 가세요. 언제 영주님의 사병들이 들이닥칠지 알 수 없거든요. 영주님의 사병들이 낯선 사람들이라고 시비를 걸어 올 수 있어요. 얼마 전에 영주님 밑으로 들어간 한스하고 그 패거리들은 아주 거친 사람들이에요. 술만 마시면 마을 사람들한테 시비를 걸거든요. 알아서 조심하는 게 좋죠. 그럼 많이 드세요."

인사를 건네고 뒤로 돌아서는 소년을 향해 여태껏 말없이 음식을 삼키고 있던 다크가 말을 건넸다.

"이봐, 꼬마."

소년은 '꼬마'라고 자신을 부르는 자기 또래의 계집아이를 기가 차다는 듯 돌아봤다. 하지만 상대는 '손님'이었고 자신은 '점원'이었다. 그렇기에 소년은 신경질이 났지만 자신의 몸에 밴 상술 덕분에 실수는 하지 않고 넘어갔다. 소년의 머리가 따지라고 명령을 내리기도 전에 몸이 먼저 아래로 숙여지며 자신도 모르게 주절거리고 있었던 것이다.

"예, 무슨 일이십니까? 손님."

"여기 레드 드래곤 있냐?"

"없습니다, 손님. 여기는 작은 마을이라서 드래곤 같은 게 있을 리가 없거든요. 그러지 마시고 깊은 숲 속이나 산맥을 뒤지시는 편이……."

그 말에 뒤쪽에 앉아서 술을 마시고 있던 남자가 폭소를 터뜨리며 말했다.

"야, 스테판. 레드 드래곤은 술 이름이야. 큰 도시에 가면 있지."

그 말에 스테판의 얼굴은 새빨개졌다. 소년은 그게 진짜 드래곤을 말하는 것인 줄 착각했던 것이다. 그 사내는 그런 스테판의 얼굴은 보지도 않고 그런 허무맹랑한 주문을 하는 소녀를 향해 말했다. 그는 소녀의 복장이 검은색 일색이긴 했지만 꽤나 고급스러워 보였고, 여기저기 그림도 그려져 있었기에 아마도 귀족일 가능성도 있다고 생각하며 말투를 정중하게 했다.

"좀 풍족한 마을이라면 있겠지만, 이 마을에는 레드 드래곤 같은 고급술은 없습니다. 꽤 독한 술을 좋아하는 모양인데 이 마을 특산의 디지드를 한잔하는 것은 어떻겠습니까? 후회는 하지 않을 겁니다."

상대의 추천을 듣고 다크는 스테판에게 주문을 정정해서 말했다.

"이봐 스테판, 그거 한 병 가져와."

스테판은 속으로 투덜투덜하며 디지드를 한 병 가져다줬다. 대충 밀주(密酒)같은 것이라서 그런지 포장은 아예 되어 있지 않았고, 짙은 갈색의 액체가 포도주병 안에 담겨 있을 뿐이었다. 소녀는 겁도 없이 여태껏 물이 있던 잔을 비워 버린 후 그 안에 디지드를 한 잔 가득 붓고는 꿀꺽꿀꺽 삼켰다. 이윽고 한 잔을 다 비운 후 감탄했다는 듯이 말했다.

"후…, 이거 정말 괜찮은데? 뒷맛만 좀 더 개선한다면 레드 드래곤보다 더 좋을 거 같아."

"진짜야?"

그녀의 술에 대한 취향을 잘 아는 팔시온은 슬쩍 병을 집어서는 이미 비어 있던 자신의 물컵에 조금 따른 후 꿀꺽…….

"후와…, 정말 대단하군. 아예 뱃속까지 찌릿찌릿한데?"

감탄했다는 듯 중얼거리는 팔시온을 뒤로하고 소녀는 술병을 잡고 일어서며 말했다.

"이제 그만 가지."

다크는 밖으로 나가려다 뒤를 돌아보며 덩치 큰 사내에게 말했다.

"린넨."

"예."

"저거 한 열 병만 사 둬. 나중에 루빈스키한테도 한 병 선물하고 싶으니까."

"예."

소녀가 제법 괜찮아 보이는 검을 차고 있는 덩치 좋은 중년 남자에게 명령하고는 밖으로 걸어 나가는 것을 보고 술집 안에 앉아 있던 사람들은 의외라고 생각하며 지켜봤다. 하지만 그것뿐, 잠시 지나자 술집 안은 다시금 자신들의 얘기로 와자지껄해지기 시작했다.

"전쟁과는 아무런 상관도 없는 사람을 이렇게 죽여도 괜찮은 것일까?"

말을 몰아 시체 근처를 통과하면서 다크는 린넨 백작에게 물었다. 심각한 물음에도 불구하고 린넨 백작은 당연하다는 듯이 답해 왔다.

"전하, 국가 간의 전쟁에서 이런 일은 매우 흔한 것이옵니다."

"흔하다고?"

훨씬 인간적인 무림(武林)

"예, 전쟁이란 것이 상대의 주력 부대만 격멸했다고 종료되는 것이 아니기 때문입니다. 각 지방의 영주들은 영주들대로 황제로부터 하사받은 이 땅을 지키기 위해 피를 흘려야 하는 것이죠. 전에 치레아나 스바시에 전쟁처럼 재빨리 왕가를 끝장내 버리면 이런 무의미한 전쟁으로 연결되지 않사오나, 코린트는 아직도 황제가 건재하지 않사옵니까? 황제를 몰아내든지, 아니면 점령지의 영주들을 모두 다 없애 버리지 않는 한 이런 비극은 끝나지 않습니다. 전에 이 땅을 크라레스로부터 빼앗아 낸 코린트 제국도 휴전 협정이 맺어지기 전까지는 각 지방에서 끝까지 저항하는 지방 영주들 때문에 상당히 고생을 했었죠. 그 덕분에 빨리 휴전이 이루어진 것이지만 말이옵니다."

"특이하군. 전쟁에서 벌써 졌는데…, 그리고 이런 식으로 싸워도 아무런 득이 없는데 왜 계속 싸우려고 드는 것이지?"

"각 지방의 영주들은 황제에 대한 '충성'이란 고리로 연결되어 있기 때문이옵니다. 황제가 항복하지 않는 한, 영주들은 끝까지 황제의 땅을 지키기 위해 싸울 의무가 있는 것이옵니다. 일부 영주들은 새로운 점령군에 대해 '충성의 서약'을 하고 전향하는 경우도 있사오나, 그런 식의 배신자는 이쪽에서도 좋은 대접을 받을 수 없지요. 한 번 배신자는 영원한 배신자로 낙인이 찍히는 것. 이러나 저러나 그들에게도 선택의 여지는 없는 것이옵니다."

"그렇게 되는 것인가?"

다크는 손에 들고 있던 술병을 입으로 가져갔다. 화끈한 액체를 몇 모금 삼킨 후 하늘을 바라봤다. 새파란 하늘, 중원의 하늘도 이런 색이었다. 하지만 중원…, 그것도 무림에서 자라 왔던 그는 지금의 이 상황을 이해하기 힘들었다. 절망적인 상황에서도 충성이라는 것 하나만으로 끝까지 저항하는 녀석도 이해하기 힘들었지만, 그런 행동을 할 수밖에 없게 강요하는 그들의 의식도 이해하기 힘들었다.

아무리 욱일승천(旭日昇天)의 기세로 뻗어 나가던 강대한 문파라고 하더라도 그 총단이 무너지고 나면 나머지 지단들의 경우 뿔뿔이 흩어져 저마다 살길을 찾아 헤매게 된다. 또 총단의 힘이 약해지든지, 그 지역에서의 힘을 상실해도 결과는 마찬가지였다. 무림이란 곳은 충성심이 아닌 힘에 의해 지배되는 사회. 힘이 모든 것을 말해 주는 곳이었기 때문이다. 그곳에는 충성도, 우정도, 사랑도, 정(情)도 무의미했다.

"무림이 훨씬 더 인간적인 것일까? 아니면 여기가 더 인간적인 것일까?"

슬쩍 나지막하게 목소리를 내서 물어봤지만 그 어디서도 답은 들려오지 않았다. 물론 옆 사람들이 들을 수 있을 정도의 큰 목소리로 말한 것도 아니었기 때문이다. 그저 자신에게 물어본 것일 뿐.

다크는 천천히 말 머리를 돌려 저 멀리 지평선 가까이 큰 성이 바라다 보이는 곳으로 향했다. 그녀의 돌연한 행동에 당황한 린넨 백작이 그녀의 옆으로 따라붙으며 말했다.

"어디로 가시는 것이옵니까? 전하. 아군은 그쪽이 아니라······."

"알고 있다. 저기 영주 녀석에게 몇 가지 물어볼 것이 있기 때문이야."

죽는 그 순간까지 기사이고 싶다

한 3킬로미터 정도 말을 달려가다가 갈림길 안으로 들어서자 숲속에서 우악스런 목소리가 크게 들려왔다.
"정지!"
모두들 그쪽을 바라보자 20여 명의 사내들이 숨어 있는 것이 보였다. 그중 반 정도는 활을 가지고 이들을 겨누고 있었고, 나머지 반 정도는 검이나 철퇴, 전투 도끼, 전투 망치 등 개성적인 무기들을 들고 접근해 왔다. 그들 중에서 왼쪽 뺨에 흉터가 있는 인물이 입을 열었다. 모두들 가죽 갑옷을 입고 있었는데 그만이 철로 만들어진 갑옷으로 상체를 가리고 있는 것을 보면 아마도 그가 이 패거리의 우두머리인 모양이었다.
그는 갑자기 나타난 이 낯선 일행들을 주의 깊게 훑어봤다. 모두 깨끗한 복장에, 상당히 고급 옷들을 입고 있었다. 그리고 옷 여기저기에 몇몇 문장들까지 붙어 있는 것을 보면 절대로 평민들은 아니라는 것이 확실했다. 그렇기에 그는 정중하게 상대에게 질문을 던졌다.

"어디로 가는 길이십니까?"

"성으로……."

뜻밖에도 가장 앞장서서 가던 예쁜 여자 애가 말을 받았기에 그는 이제 소녀를 훔쳐볼 필요도 없이 아예 대놓고 엉큼한 시선으로 바라보며 물었다.

"성에 가시는 용무를 여쭤 볼 수 있을까요?"

"성주를 만나러 왔다."

"성주님을 만나러 오셨군요. 그럼 통행증을 보여 주십시오."

"통행증 따위는 없어."

소녀의 말에 그 사내는 이제 본색을 드러냈다.

"헷? 웃기는 계집이군. 통행증도 없이 그리로 가겠다고? 흐흐흐…, 좋아. 데려가 주지. 이봐, 저것들을 모두 체포해. 저 계집을 제외하고 반항하면 죽여도 좋다."

덩치 큰 사내의 명령이 떨어지자 그들은 모두들 희번뜩거리는 시선으로 무기를 겨눈 채 천천히 다가왔다. 하지만 다크는 그들 쪽에서 시선을 돌려 린넨 백작을 향해 차갑게 말했다.

"저 녀석만 살려 놓고 나머지는 해치워라."

그 말과 동시에 린넨 백작과 그의 부하 세 명이 말 등에서 몸을 날렸다. 그들은 언제 검을 뽑았는지 모를 정도로 빠른 속도로 움직였고, 가장 가까이에 있던 인물들 네 명의 목이 떨어진 것도 언제였는지 알기 힘들었다. 팔시온과 미카엘, 그리고 미디아가 상대를 향해 말을 달려 접근했을 때쯤에 우두머리를 제외하고 선두에 진출해 있던 인물들의 목이 모두 벌써 날아간 후였다. 뒤쪽에 대기하고 있던 인물들이 화살을 날렸지만 그래듀에이트 중에서도 상급의 실력에 랭크되는 린넨 백작 일행은 간단하게 검으로 그것들을 막아 내며 돌진해 들어가 끝장을 내 버렸다.

"쳇! 검 한 번 못 휘둘러 봤군."

팔시온이 투덜대고 있을 때, 린넨 백작은 이미 숲 속의 적들까지 끝장낸 후, 돌아와서 다크를 향해 정중하게 말했다.

"모두 해치웠사옵니다, 전하."

"좋아."

그녀는 아예 사색이 되어 벌벌 떨고 있는 사내를 향해 날카로운 눈빛을 던졌다.

"성에는 얼마나 많은 병력이 있지?"

"5, 5백 명가량 있습니다."

"성주는 지금 성에 있나?"

"예."

더 이상 물어볼 것이 없다는 듯 다크는 성을 향해 말 머리를 돌렸다. 린넨 백작은 서둘러 그녀를 향해 물었다.

"이자는 어떻게 할까요?"

"죽여!"

뒤도 돌아보지 않고 말하는 소녀의 차가운 말 한마디에 그 사내의 운명은 결정되었다. 이렇듯 갑작스레 진행되는 그녀의 얼음장 같은 태도에 린넨 일행을 제외한 사람들은 뭔가 불길함을 느꼈다. 평상시 그녀의 행동이 제법 차가운 것은 사실이지만 이 정도는 아니었기 때문이다. 그녀는 불필요한 살생을 별로 좋아하지 않았는데…….

다크 일행이 성에 도착했을 때, 성 주위에는 깊은 구덩이가 파여 있었고, 아직 적이 없다고 생각해서 그런지 구덩이를 가로지르는 다리는 내려와 있었지만, 성문은 굳게 닫혀 있었다. 그 닫혀 진 성문 앞쪽에 서 있던 세 명의 경비병들이 도끼날이 붙어 있는 기다란 창인 할버트를 가지고 그들을 향해 겨누었고, 또 다른 한 명이 그들 쪽으로 다가오며 말했다. 그 사내는 할버트 대신 허리에 장검을 차고 있었다.
"정지. 용건을 말하십시오."
"성주를 만나러 왔다."
"통행증을 보여 주십시오."
"그런 거 없어."
"미친놈들이군. 말에서 내려! 체포하겠다."
아래쪽을 향해 경계를 펴고 있던 성문 위쪽의 병사 네 명은 재빨리 화살을 장전하여 밑에 있는 무리들을 향해 겨누었다. 그것을 본 다크는 슬쩍 오른손을 들고는 막강한 마나를 뿜어냈다. 정확히 여덟 줄기의 시퍼런 빛이 그녀의 손에서 뻗어 나간 그 순간, 여덟 명의 병사들은 미간에 구멍이 난 채 쓰러져 버렸다. 일단 병사들을 해치운 그녀는 이번에는 기를 응축하지 않고 앞쪽을 향해 다시 마나를 뿜어냈다.
쾅!
엄청난 흙먼지를 일으키며 거대한 성문에 커다란 구멍이 뚫렸다. 도저히 한 사람이 해냈다는 것이 믿어지지가 않았다. 아르티어스는 방금 그녀가 사용한 것이 도대체 무슨 마법인지 궁리하기 시작했고, 나머지 인물들은 그저 입이 딱 벌어진 채 구경만 할 뿐이었다.

그녀는 린넨 백작을 향해 말했다.

"성주 녀석을 내 앞으로 데려와."

그녀의 말이 떨어지자마자 린넨 백작 이하 세 명의 기사들은 재빨리 검을 뽑아 들고 구멍 난 문 안으로 뛰어들었다. 다크는 린넨 일행의 행동을 바라보는 대신 시선을 먼 하늘 위로 올리며 생각에 잠기고 있었다. 그런 그녀를 지긋이 바라보던 아르티어스는 천천히 다가서며 말했다.

"왜 그러냐? 무슨 일이야?"

"아무것도 아니에요. 그냥 성주에게 물어볼 말이 있어서요."

"성주에게 물어볼 말이 좀 있다고 사람들을 이렇게 죽여? 너는 저 안에서 들려오는 비명 소리가 들리지 않느냐?"

"무사들의 목숨은 싸우기 위해 존재하는 것. 그들은 오늘 자신들보다 강한 자들을 만났기에 죽는 것이니, 그들을 동정할 필요는 없겠죠. 그들 또한 지금껏 살아오며 자신보다 약한 사람들을 많이 죽였을 테니 피장파장이 아닐까요?"

"그야 그렇지만…, 그렇다고 쓸데없이 사람들을 이렇게 죽일 수는 없는 것이야. 그들 중에는 착한 사람도 있을 것이고 나쁜 사람도 있지. 왜 그것을 생각하지 않느냐?"

물론 아르티어스가 엄청 착한 드래곤이기에 이런 말을 하는 것은 결코 아니었다. 사실 이 몇 배가 넘는 호비트가 죽어 나간다고 해도 눈 한 번 깜짝하지 않을 그였으니까. 그런데도 그가 이렇게 나서는 것은 이들을 죽이는 사람이 자신의 사랑하는 아들이었기 때문이다. 제대로 된 정신 상태를 가진 호비트는 이런 짓을 하지 않는다는 것쯤은 그도 잘 알고 있었으니까.

"아버지, 저는 선악 따위를 생각하며 사람을 죽인 적은 없었어요."

"그러면?"

"제가 하는 일에 방해가 되느냐, 그렇지 않느냐를 따졌을 뿐. 지금 저는 성주를 만나 물어볼 것이 있어요. 그것만이 중요할 뿐이에요."

"그렇다면 좀 더 좋은 방법도 있었을 것 아니냐? 위협을 한다든지……."

"그럴 수도 있겠죠. 하지만 그 방법은 번거로워요."

파이어해머는 부녀간에 오가는 대화를 훔쳐 들으면서 소름이 끼치는 것을 느꼈다. 드래곤은 정말 자신이 알고 있는 최악의 생명체였다. 하지만 둘의 대화를 들어 보면 오히려 저 망할 드래곤보다 저 예쁘장한 인간이 더 지독한 것처럼 느껴졌다. 다크는 자신을 징그러운 괴물 보듯 힐끔거리고 있는 파이어해머의 시선을 느끼고는 그를 향해 말했다.

"이봐, 드워프."

갑자기 자신을 향해 말하자 화들짝 놀라서 파이어해머가 급히 대답했다.

"예, 예? 무슨 일이십니까?"

"드워프들도 국가를 세우나?"

"아뇨, 드워프는 그냥 마을 단위로 모여 살 뿐, 국가를 세우지는 않죠."

"드워프들도 서로 간에 죽이고, 싸우고, 증오하고 그러겠지?"

뜬금없이 뭔 소리를 하느냐고 생각하긴 했지만, 파이어해머는 성실하게 대답했다.

"물론 그런 게 있을 수도 있겠지만, 드워프들은 그렇게 큰 무리를 형성하는 일이 거의 없기에, 서로 간에 충돌이 일어날 일은 거의 없죠. 그리고 우리들은 자신들이 원하는 목표가 있기에 그것에 방해가 되지 않는 한 웬만한 것은 별로 따지지 않죠. 보다 나은 예술품을 만드는 것, 자신의 이름이 후대에까지 알려질 만한 최고의 물건을 만드는 것이 불과 대장간의 신 헤파이스투스(Hephaestus)를 섬기는 우리들의 꿈입니다."

"만약 누군가가 네가 꿈꾸고 있는 그 일을 못 하게 막는다면?"

다크의 말에 파이어해머는 더 이상 생각할 것도 없다는 듯 즉석에서 단호하게 말했다.

"그놈과 사생결단을 내야죠."

파이어해머가 이 망할 드래곤과 함께 다니고 있는 이유도 자신의 창작욕을 절대로 감퇴시키지 않고 있었기 때문이다. 오히려 강제적(?)으로 더욱 왕성하게 만들고 있다는 것이 문제였을 정도니까. 드워프는 최고의 예술품을 만들려고만 할 뿐, 그것에 대한 소유욕은 없었다. 그렇기에 무엇인가를 만들기 좋아하는 드워프와 소유욕으로 뭉친 드래곤이 만났으니 서로 잘(?) 지내고 있었던 것이다.

"쯧, 나와 매우 비슷한 놈이군."

그 말에 파이어해머는 마치 지독한 욕이나 들은 듯 발끈해서 물었다.

"어째서요?"

"나도 방금 내가 하려고 하는 일을 막는 놈들을 없앴을 뿐이야. 안 그래?"

"그, 그거야……."

"쓸데없는 소리 하지 마. 나는 아주 정직하게 행동하는 사람이야. 내가 하고자 하는 일을 정당화시키기 위해 떠드는 것을 좋아하는 사람도 아니고, 또 일부러 남이 잘되는 것에 심술이 나서 방해하는 사람도 아니야. 내가 하려는 일에 방해만 되지 않는다면 잘 지낼 수 있다구. 나를 그렇게 괴물 보듯 할 필요는 없다는 말이야. 알겠어?"

꼭 꼬집어서 뭐가 잘못 되었는지 말하기가 힘들기에 파이어해머는 마지못해 대답했다.

"예."

이때 안으로 들어갔던 린넨 백작이 웬 사내의 멱살을 그러쥔 채 돌아왔다. 아직도 성 안에서는 요란한 비명 소리가 터져 나오고 있었고, 린넨 백작의 옷 여기저기에도 검붉은 피가 묻어 있었다. 다크는 최선을 다해 위엄을 잃지 않으려고 노력 중인 그 사내를 지긋이 바라보며 말했다.

"네가 이 성의 성주인가?"

이곳 영지를 뜻하는 문장인지 웬 이름 모를 꽃이 그려진 화려한 복장에, 머리를 어깨 위까지 길게 기른 영리하게 생긴 그 남자는 자신을 향해 말을 건네 오는 매우 젊은 여자 아이의 신분이 무엇인지 궁리하며 간단히 대답했다.

"그렇다."

"자네는 이번 전쟁이 승산이 있다고 보는가?"

사내는 매우 자신 있게 대답했다.

"물론 황제 폐하의 군대는 승리할 것이다."

"언제? 자네가 죽은 후에?"

"언제가 되었건 그건 상관없다. 나는 나에게 주어진 일만을 열심히 하면 된다. 그런 것까지 생각하고 있을 이유는 없다."

"재미있는 대답이군. 자네는 목숨이 중요하지 않나? 또 가족의 목숨도?"

"물론 중요하게 생각한다. 하지만 황제 폐하의 명령이 우선하는 것이다. 나는 폐하로부터 이 성과 영지를 하사받았고, 이것을 관리할 책임이 있는 사람이다. 그리고 거기에는 폐하의 군대가 오기 전까지 이곳을 방어할 책임 또한 포함된다. 그대가 강력한 기사들을 이끌고 와서 비열하게도 기습 공격을 가했기에 책임을 완수할 수 없었다는 것이 원통할 따름이다."

"그대는 왜 황제의 명령에 그토록 집착하는가? 황제가 그렇게 무서운 인물인가? 아니면 황제에게 볼모라도 잡혀 있나? 코린트 황제는 이따위 땅덩어리 포기한 것 같은데 왜 그토록 헛되이 반항을 하나? 영지의 주민들까지 괴롭히면서 말이야."

"하하핫! 기사도를 숭상하는 기사에게 그따위 질문을 하다니, 그 대답은 그대도 잘 알고 있을 것이 아닌가?"

다크는 고개를 갸우뚱하면서 대답했다.

"글쎄, 나는 기사가 아니라서 잘 모르겠는데?"

사내는 말 위에 꼿꼿한 자세로 앉아 있는 여자 아이를 지그시 바라보며 비웃듯 말했다.

"기사가 아니라고? 어떻게 기사가 아닌 인물이…, 그렇다면 황족인가? 철부지 황족이라면 잘 모를 수도 있겠지. 그렇다면 내가 설명해 줄 테니 잘 들어라. 황제의 검(Sword)인 기사는 죽는 그 순간까지 기사도를 지켜야만 한다. 기사도를 저버린 행동을 했을 때 그는 이미 기사이기를 포기한 것이기 때문이다. 기사도의 기본은 주군에 대한 충성, 그리고 숙녀에 대한 존경, 제일 마지막이 약자에 대한 관용이다. 나는 죽는 그 순간까지 기사이고 싶다."

"재미있는 말이군. 그렇다면 그대는 자신이 세 번째를 어기고 있다고 생각해 본 적은 없나? 영지의 주민을 꽤나 악랄하게 착취하는 모양이던데."

소녀의 말에 사내는 자신 있게 대답했다.

"그런 적 없다. 농노 따위를 사람으로 생각해 본 적이 없었으니까."

'그것도 말 되네' 하고 생각하면서 다크는 다시 입을 열었.

"좋아. 그럼 마지막으로 한 가지만 더 묻지. 그렇게도 모두가 기사도를 숭상한다면, 그래서 황제에게 충성을 다한다면 이 세계에는 새로 만들어지는 국가는 없는가? 그리고 반역으로 인해 황제가 바뀌는 경우는 단 한 번도 없었나?"

그 말에 사내는 코웃음을 터뜨리며 비아냥거렸다.

"훗, 그대는 내 말을 잘 못 알아들은 모양이군. 주군에 대한 충성을 끝까지 지킨 인물이 기사다. 만약 그것을 이행하지 못한다면 변절자나 반역자, 또는 왕이 되겠지."

다크는 크게 웃음을 터뜨렸다.
"하하하핫! 그 대답이 마음에 드는군. 역시나 이 세계도 똑같은 것인가? 사람이 사는 곳은 어디나 다 똑같은 것이었어. 한때나마 이 세계가 무척 특이한 곳이라는 생각을 했었지만 말이지. 이봐, 린넨."
"옛, 전하."
린넨이 전하라고 말하자, 그 사내는 자신이 대충 짐작한 것이 맞다는 것에 미소를 짓고 서 있었다.
"자네도 저 녀석이 한 말이 옳다고 생각하나?"
"제일 마지막 말은 그런대로 틀리지는 않다고 생각하지만, 찬성하기는 조금 힘들군요. 나머지는 모두 제가 알고 있는 그대로이옵니다, 전하."
"아버지도 그렇게 생각하세요?"
"글쎄다. 내가 호비트가 아닌 이상 어찌 호비트의 생리를 가장 정확하게 알 수 있겠느냐. 하지만 내가 대충 그 세계를 떠돌면서 배운 것들을 꽤나 함축성 있게 요약해서 설명한 것처럼 느껴지는구나."
"팔시온은 어떻게 생각해?"
"글쎄, 나는 그런 것 깊게 생각해 보지 않아서 잘 모르겠지만, 대충 맞는 말인 것 같은데?"
팔시온이 주저리주저리 말하자 미디아가 비웃듯 말했다.
"뭐가 대충 맞는 말이야? 정답이라고 정답. 이 멍충아."
"내가 생각하는 것과는 좀 다르지만, 맞는 말인 것 같아."
"그럼 미카엘은 어떻게 생각하는데?"

다크가 물어 오자 미카엘은 목에 힘을 잔뜩 주고는 뻐기듯 말했다.

"나의 아버지께서는 언제나 그러셨지. 주군에 대한 충성은 무조건 지켜져야 한다고 말이야. 그 외에는 나보고 알아서 하라고 하시더군. 하지만 내 생각은 조금 달라. 나는 뜨거운 가슴이 시키는 대로 하는 것이 기사도라고 생각해. 충성, 관용, 복종…, 모두 다 가슴이 뜨겁게 달아오르게 만드는 단어들 아니야? 귀부인에 대한 숭상은 으음…, 더 이상 말이 필요 없어. 으아아, 왜 우리 패거리에는 귀부인이 없는 거야?"

혼자 분위기 잡고 놀고 있자 미디아가 투덜거렸다.

"이봐, 다크. 저놈이 한 말은 그냥 지나가던 오크가 한마디 했다고 생각하고 못 들은 걸로 하라구. 들어서 도움이 되는 말은 하나도 없으니까."

다크는 미디아의 말을 충실히 이행하려는 것인지 미카엘 쪽에는 아예 시선도 주지 않고 말했다.

"기사도를 지키지 못한다면 변절자나 반역자, 또는 왕이 된다고 생각하는 놈이 있다는 것도 꽤나 재미있군. 좋아, 목숨은 살려 주지. 린넨, 돌아가자."

오히려 사내는 소녀가 아무것도 안 하고 그냥 돌아간다는 것에 뭔가 배신감을 느낀 듯한 기분이 들었다. 이렇게 와서 자신의 기반을 풍비박산으로 만들었으면 다른 후속 조치가 취해져야만 했다.

"이…, 이봐. 여기는 어쩌고 그냥 간다는 거지? 이곳을 점령하기 위해서 온 것 아니야?"

"이봐, 린넨. 저 녀석에게 뭐라고 한 거야? 나는 방금 말했던 그놈의 기사도라는 것이 뭔지를, 아무런 희망도 없이 전쟁 준비를 하고 있는 멍청한 놈에게 물어보고 싶었을 뿐이었어. 자네의 대답은 꽤 만족스러웠어. 이제 내 볼일 다 봤으니 자네는 이제부터 자네 볼일을 보도록 하라구."

정말 황당스럽기 그지없는 말이었다.

"이런 제기랄! 그따위 일이었다면 그냥 와서 물어보면 되잖아. 내 부하들을 학살하지 말고."

다크는 뻗어 있는 경비병들의 시체를 가리키며 시큰둥하게 말했다.

"나는 여기서 저놈들에게 말했지. 성주를 만나게 해 달라고. 하지만 그걸 결사적으로 막으려고 하더군. 그래서 저렇게 만들었지. 아마 나머지도 자네를 나하고 만나지 못하게 막았기에 저렇게 되었을 거야. 이제 대답이 되었나?"

돌아서서 가려는 다크를 향해 그는 악을 쓰듯 외쳤다.

"이름을 밝혀라. 오늘의 굴욕, 자손대대로 복수해 줄 테다!"

다크는 천천히 멀어져 가면서 뒤도 돌아보지 않고 말했다.

"후후훗, 내 이름은 다크 폰 로니에르 공작. 크라레스 제국 치레아 지구의 총독이며 코린트 침공군 부사령관. 나는 대부분의 경우 내 영지에서 살고 있어. 내 영지의 위치는 아무나 잡고 물어보면 잘 가르쳐 줄 테니 찾아오는 데 무리는 없을 거야. 자네의 복수를 기대해 보기로 하지."

닭대가리 사령관

　크로나사 지방과 코린토비아 지방은 드넓은 황무지와 산들에 의해 나누어진다. 이곳은 몬스터들이 살기 좋은 넓은 황야임에도 불구하고, 30여 년 전에 크라레스 제국과 코린트 제국의 국경선이 위치했었기에, 양국의 막대한 군사력이 주둔함으로써 몬스터들이 살아가기에는 별로 좋은 곳이 아니었다. 그 후 코린트는 크로나사 지방을 점령한 후에는 이곳에 몬스터가 정착하지 못하도록 몇 군데에 요새를 건설하고 상당한 군사력을 주둔시켜 두었다. 미투랑성은 그때 건설된 요새들 중의 하나였다. 사단급의 병력이 주둔할 수 있을 정도의 큰 성으로서, 산 위를 깎아 내고 건설된 미투랑성은 대단히 웅장하면서도 아름다웠다.
　얼마 전까지만 해도 미투랑성에는 겨우 1개 연대가 주둔했을 뿐이었지만 지금은 군인과 기사, 그리고 마법사들과 그들의 하인이

나 노예들로 북적거리고 있었다. 총사령관이 된 로체스터 공작의 결정에 의해 크로나사 지방에 대한 탈환은 크루마 정복 후로 미루어졌었다. 그런 까닭에 코린트의 주력 부대는 모두 다 크루마 전선에 집중되었다. 그런데 갑자기 크루마와 휴전 조약을 체결한 후에 이곳 요새가 북적거리기 시작했다는 것은 또 다른 정세의 변화를 예견하고 있는 것이었다.

"어서 오십시오, 후작 각하."

성주가 직접 행하는 환영 인사에도 불구하고 구레나룻을 멋지게 기른 인물은 오만한 표정으로 대충 답례를 한 후 말했다.

"그래, 현재 크라레스 방면에 투입 가능한 군사력은 얼마나 되지?"

상대가 아무리 검을 차고 있고, 후작이라는 작위를 가지고 있다고 해도 그 비대한 몸매로 봤을 때 절대로 고도의 검술을 익힌 기사로는 보이지 않았다. 물론 귀족의 교양 필수인 검술을 조금 익히기는 했겠지만 그 정도로 익혀서는 행세를 하기 힘든 것이다. 이 후작이란 양반의 경우 검술이 아닌, 황제와 인척인 그로체스 공작이 아끼는 부하였기에 이렇듯 거만했던 것이다. 그의 뒤 배경을 잘 알고 있는 성주는 공손하게 대답했다.

"예, 로체스터 공작 전하께서 결전을 회피하시고 모든 병력을 후퇴시키셨기에 거의 모든 병력이 남아 있다고 보시면 될 것이옵니다. 그 병력 및 주둔지 상황은 따로 보고서를 마련해 뒀습니다. 그리고 크로나사 방면에서 반격을 펼치기로 했던 동십자 기사단은 모두 이곳에 집결해 있습니다."

후작은 흡족한 듯 고개를 끄덕이며 말했다.

"좋아, 기사단 전 대장들은 나중에 따로 만나 보기로 하지. 아마 며칠 내로 쟈크렌 요새에서 기사들이 올 거다. 그들의 대접에 소홀함이 없도록 조심하게."

"예, 후작 각하. 그런데 기사들이라고 하시면 어떤?"

"그로체스 공작 전하께서 폐하께 상소하여 얻어 낸 은십자 기사단의 일부다. 은십자 기사단장 투르넨 후작이 도착하면 나에게 안내하도록 하게."

"예, 각하."

"자, 내 방으로 안내해 주게."

"옛."

자신의 방으로 안내된 후작은 성주가 올려놓은 각종 서류들을 꼼꼼하게 살펴보기 시작했다. 사실 무술을 제외한다면 후작의 능력은 대단히 탁월했다. 모든 검술을 익히는 무리들이 작위를 받은 후 군부에서 일하게 되며, 또 더욱 뛰어난 검술들을 익히기 위해 발렌시아드, 로체스터, 크로데인 가문에 문하로 들어가게 된다. 그렇기에 키에리와 그 친구들이 가진 권력에 대한 비판 세력을 모으기는 매우 힘이 들었다. 최고의 검술 실력을 지닌 인물들은 모두 다 세 가문에서 키워 내고 있었고, 또 검술을 익히고자 하는 인물들은 그 세 가문과 어떤 형식으로든 관계를 맺지 않을 수 없는 상태였기 때문이다.

그렇기에 그로체스 공작은 자신의 동료들을 문관들에게서 찾았다. 검술을 익히지 못한 귀족 집안의 자제들이나 평민들 중에서도 뛰어난 인물들은 많았다. 또 그들은 권력의 핵심에서 소외되었던 인물들이었기에 아주 손쉽게 그로체스 공작을 중심으로 뭉쳤다.

그들로서는 권력의 단물을 빨아먹을 길이 그것 외에는 없었기 때문이다.
똑똑…….
"은십자 기사단장 투르넨 후작 각하께서 오셨습니다."
"안으로 모셔라."
후작의 허락이 떨어지자 큼직한 문이 위병들에 의해 열렸고, 그들의 안내를 받으며 당당한 체구의 사내가 실내로 들어섰다. 그 사내는 잠시 날카로운 눈빛으로 후작을 바라본 후 슬쩍 고개를 숙여 인사했다. 그것은 절대로 하급자가 상급자에게 보내는 인사는 아니었다.
"오랜만이외다, 다리엔 후작."
"마중 나가지 못해 미안하외다. 이리 앉으시지요. 이봐라, 차를 내오거라."
투르넨 후작이 자리에 앉자 다리엔 후작은 일부러 크게 웃으면서 말했다.
"하하하, 이렇듯 빨리 와 주셔서 고맙소이다. 그래, 몇 명이나 거느리고 오셨소이까?"
"일단 선발대만 거느리고 왔소. 하지만 내일 2진, 그 다음 날 3진이 도착할 예정이오. 모두 다 도착하면 내 휘하 기사단의 절반이 될 것이오. 이곳에 오기 전에 로체스터 전하께 설명을 약간 듣기는 했지만……. 일을 어떻게 벌이려고 하는 것이오?"
상대의 무례한 어투에 약간 자존심이 상한 다리엔 후작은 품속에 손을 푹 집어넣었다. 그리고 그것을 보고 있는 투르넨 후작의 눈썹이 약간 꿈틀했고, 미세하지만 그의 손이 검 있는 곳으로 살짝 이동했다. 하지만 그의 쏘아 내는 듯한 눈빛은 상대가 이상한 것을 꺼냈을 때 추호도 망설이지 않고 두 토막 내 버리겠다는 강렬한 의지를 담고 있었다. 그런 눈빛으로 자신을 쏘아보고 있는 투르넨 후작을 의식하며 다리엔 후작은 약간 어설픈 미소를 지었다. 자신이 이렇듯 갑작스레 행동한 것은 분명한 자신의 실수였기 때문이다. 집어넣을 때와는 달리 다리엔 후작의 손은 천천히 품속에서 빠져 나왔다. 그리고 그 손에는 봉인된 편지가 한 장 들려 있었다.

"그게 뭐요?"

"자, 읽어 보면 알 거외다."

투르넨 후작은 슬쩍 편지를 받아서 그 봉인을 살펴봤다. 봉인은 비밀스런 편지를 보낼 때 밀랍으로 봉투의 닫히는 부분을 막고, 그 위에 인장(印章)을 찍어 놓은 것을 말한다. 이때 인장의 경우 그 가문이나 신분을 나타내는 문양이 새겨져 있는 반지를 사용하게 되는데, 그 인장의 모양이 황실의 것임을 알아본 투르넨 후작의 손은 미세하게 떨리기 시작했다.

봉인을 뜯고 내용물을 자세히 읽어 본 투르넨 후작은 편지를 다시 다리엔 후작에게 건네주며 퉁명스레 말했다.

"어이가 없군. 전쟁터라고는 가 보지도 못한 그대가 사령관이라니……. 뭐 그것이 칙명이라면 어쩔 수 없겠지. 그래 어떻게 할 작정이오?"

"내 작전은 간단하오. 타이탄이라는 병기가 개발되기 이전의 전쟁사를 살펴보면 수많은 군대들을 이동시키고 포진시키는 수많은 기법들이 발전했었소. 그리고 그것은 마법사나 강력한 무술을 지닌 소수의 기사들에 의해 더욱 복잡해지고 발전했었지. 하지만 타이탄 이후에는 어떻소? 타이탄의 수가 별로 많지 않다는 그 이유 때문에, 또 타이탄은 타이탄 외에는 적이 없다는 그것 때문에 결국에는 타이탄들끼리의 격투로 결말지어졌소. 그렇다보니 전략이나 전술 따위는 써먹을 이유도 없어진 것이지."

"그대가 하고 싶은 말의 요점이 뭐요?"

"그래서 내가 하고 싶은 말은 타이탄이 등장한 후에는 닭대가리들이 전략이나 전술을 세워 놨다고 하더라도 타이탄 부대만 강하다면 승리가 가능하다는 말이오."

무인들을 깔아뭉개는 듯한 말에 자존심이 상한 투르넨 후작이 역으로 꼬집었다.

"지금 당신 자신을 닭대가리라고 말하고 있는 것이오?"

분명 은십자 기사단의 반이나 되는 병력을 거느리고 적을 상대하겠다는 것은, 강력한 타이탄 전력을 가지고 적과 싸우겠다는 말이니까 투르넨 후작의 말에도 일리는 있었다.

"하하하, 그대도 정말 만만찮은 사람이군. 나는 은십자 기사단을 본격적으로 투입해서 대규모 타이탄 전투를 벌일 생각은 없소. 지금 그로체스 전하께 필요한 것은 시간과 승리요. 그렇기에 너무 갑작스럽게 승리를 거둬 버리면 안 되지. 크루마를 없애기에 충분한 준비가 갖춰질 때까지 시간을 끌면서 싸워야 한다는 것이오. 내 말 이해하겠소?"

"이해 못 하겠소. 나는 예로부터 전쟁은 속전속결이 최고라고 배웠소."

"이해 못 한다면 어쩔 수 없소. 어쨌건 지휘권은 나에게 있고 당신은 내 지휘에 따라 움직여 주면 되오. 이건 이해하겠소?"

"나는 당신 같은 닭대가리가 아니니까 그 정도는 이 편지를 봤을 때 벌써 이해하고 있었소. 그럼 일이 있을 때 부르시오."

당당한 체구를 꿈틀거리며 밖으로 사라지는 무인을 보며 다리엔 후작은 한숨을 내쉬었다. 투르넨 후작이 거대한 기사단을 호령하던 인물이니만큼 자신의 밑에 두기에는 만만한 상대가 아니었기 때문이다.

다리엔 후작은 책상으로 돌아가서 털썩 주저앉은 후 그 위에 놓여 있던 서류 중의 하나를 집어 들었다. 그것은 그가 이곳에 와서 읽은 보고서들 중에서 매우 흥미 있게 읽은 몇 안 되는 서류들 중의 하나였다. '크로사나 전투 집행 명령서'라고 쓰인 그것은 마법사 라진느가 총사령관 로체스터 공작의 지시에 의해 작성했다고 기록되어 있었다. 거기에 기록된 전투 방식은 철저한 게릴라전이었다. 상대방의 후방 보급로를 차단함으로써 전진의 속도를 둔화시키고, 적이 산발적인 공격을 막지 않을 수 없도록 기사들을 분산하도록 압력을 가한다. 그러면서 뛰어난 기사 몇 명으로 이루어진 특수 부대로 그들을 각개 격파하는 것이 요점으로 되어 있었다.

이것은 시간을 끄는 데 있어서 매우 뛰어난 전략이었다. 그리고 가랑비에 옷 젖는 식으로 상대는 자신들의 피해가 얼마나 되는지도 모르게 막대한 피해를 입게 되는 것이다. 그 자신도 바로 이 전술로 적과 싸우기 위해 여러 가지 준비를 하고 왔기에 다리엔 후작은 이 전술이 가지는 이점을 충분히 파악하고 있었다.

철십자 기사단으로부터 올라온 보고서에 따르면 작전에 따라 두 차례 타이탄을 내보냈지만 적 기사를 제압하지 못하고 오히려 격파 당했다고 되어 있었다. 하지만 다리엔 후작은 그 보고서를 읽어 보기는 했지만 그것에 그렇게 신경 쓸 값어치가 있다고 생각하지 않았다. 등급이 낮은 철십자 기사단의 타이탄 한 대를 적 타이탄 두세 대가 협공했다면 당연히 질 수도 있을 것이다. 하지만 좀 더 강력한 기사라면 얘기가 달라진다. 그 때문에 자신은 은십자 기사단의 정예들을 부탁한 것이니까…….

꿈을 이루어 가는 것

"공작 전하."

"무슨 일이냐?"

노장군과 작전을 논의하고 있던 크로아 공작은 막사 밖에 서 있는 마법사를 향해 물었다. 마법사는 공손하게 크로아 공작을 향해 말했다.

"예, 전방 정찰조로부터의 보고이옵니다. 로니에르 공작 전하께옵서 오신다고 하옵니다."

그 말에 크로아 공작의 표정이 확 펴졌다. 기다리고 기다리던 인물이었던 것이다. 지금 그에게는 가히 1개 기사단급 이상의 위력을 지니고 있는 구원병이 도착했다는 말처럼 들렸다.

"오, 그래? 지금 어디 있느냐?"

"아마 저녁쯤에는 도착하실 것이옵니다."

"잘되었군. 이제 한시름 놓을 수 있겠어. 연락이 안 돼 고심하고 있었는데 말이야."

이때 앞에 앉아 있던 노장군이 조심스레 말했다.

"전하, 호위병들을 보내야 하지 않겠사옵니까?"

"아니, 그럴 필요는 없을 것이야. 별로 그런 것을 따지는 사람은 아니니까 말이지. 대신 오늘 저녁은 좀 맛있는 걸로 준비하라고 일러라."

"예, 전하."

마법사가 대답하고 물러가자, 공작은 노장군에게 급히 말했다.

"그녀가 도착했으니까 병력을 좀 더 빼자."

"예? 하지만 더 이상 빼면 위험할지도……."

하지만 공작은 상관없다는 듯 지도를 짚으면서 말했다.

"상관없어. 5개만 더 빼는 거야. 그것들을 이 일대에 투입한다면 보급 사정이 좀 더 좋아지겠지. 그녀 혼자만 해도 그 정도는 충분히 메워진다. 그리고 그녀와 함께 있는 것은 최강의 마법사. 더 이상 뭐가 필요한가? 안 그래?"

"예, 지시대로 따르겠사옵니다, 전하."

다크 일행이 크로아 공작이 주둔하고 있는 곳에 도착했을 때, 크로아 공작은 휘하의 기사들 및 장군들과 그녀를 반갑게 맞이했다.

"어서 오게나. 먼 길에 수고가 많았네."

"수고랄 거야 있나? 멀찍이 떨어진 덕분에 꽤 재미있는 여행이 되었는걸. 덕분에 많이 배웠고 말이야. 참, 내 아버지야, 인사해."

크로아 공작은 다크의 뒤편에 서 있는 대단한 미남에게 공손하게 인사를 건넸다.
 "예, 폐하로부터 말씀은 들었습니다. 많은 도움 부탁드립니다."
 "뭐, 도움이랄 거야 있나? 아들 녀석 혼자서도 잘하던데……."
 "오는 길에 자네에게 줄 선물도 준비해 왔지. 린넨!"
 다크로부터 호명을 받자 린넨 백작은 자신의 말이 있는 곳으로 걸어가 말안장에 넣어 뒀던 술병 중의 하나를 꺼내 다크에게 건넸다. 그녀는 그것을 받아 크로아 공작에게 건네줬다.
 "오는 길에 구한 건데, 아주 쓸 만해. 자네한테도 마시게 해 주고 싶더군. 디지드라는 술이야."
 크로아 공작은 아무런 상표도 없는 그 술병을 부드러운 눈빛으로 바라보며 말했다.
 "아직도 디지드를 만드는 마을이 있던가?"
 "어? 디지드를 알고 있었어? 그 녀석들은 자기 마을 특산이라고 하던데……."
 "예전에는 여러 곳에서 생산했었지. 디지드는 고구마와 몇몇 약초를 섞어서 만드는데, 코린트가 지배하게 된 후에는 그 녀석들의 입맛에 안 맞는다며 포도주나 브랜디만 만들게 한다고 들었지. 술이란 것은 판로가 없으면 생산을 중지하게 되어있는 거야. 그러다 세월이 지나면 그 생산 비법은 사라지는 것이고. 정말 고마워. 아주 마음에 드는 선물이야. 자, 들어가서 이 녀석을 같이 마셔 볼까?"
 그날 저녁 식사에는 아르티어스와 다크만이 초대되었다. 그도 그럴 것이 나머지 인물들의 경우 공작 두 명이 모이는 자리에 함께 끼일 정도의 위치가 되지 못했기 때문이다.

아르티어스는 다크와 함께 크로아 공작의 숙소에 초대를 받았기에 내심 꽤나 기대를 하고 있었다. 공작, 그것도 크라레스 제국의 실세인 공작 두 명이 모이는 자리라면 과연 어떤 메뉴가 등장할지 궁금했다. 하지만 병사 두 명이 들어와서 큼직한 솥을 하나 놔두고 간 후, 크로아 공작이 손수 그 내용물을 접시에 담아 각자에게 나눠 주기 시작했을 때, 아르티어스의 환상은 깨지고 말았다.

"이, 이게 뭐야?"

정체불명의 음식. 대충 걸쭉한 스프처럼 생겼는데 도대체 내용물이 뭔지는 알기 힘든 음식. 허연색이 나는 것을 보면 밀가루도 들어간 것 같았고, 군데군데 채소도 보였지만 얼마나 삶았는지 본래의 형상을 하고 있는 채소가 없다 보니 어떤 게 들어갔는지도 알기 힘들었다.

"예? 뭐긴 뭐예요? 저녁밥이지."

아르티어스가 퉁명스레 대답하는 아들 녀석의 상판대기와 무럭무럭 김이 나고 있는 정체불명의 음식을 번갈아서 바라보고 있자 크로아 공작이 쓴웃음을 지으며 말했다.

"음식이 형편없어서 죄송합니다, 아르티어스 님. 하지만 지금 보급 상태가 좋지 못한 관계로 어쩔 수 없습니다. 그래도 오늘 저녁은 특별한 날이라고 고기도 좀 넣었는데……."

"고기? 고기라고는 기름기 하나 안 보이는데?"

고기 조각이라도 들어 있는지 수프 그릇을 훑듯이 살펴보고 있는 아르티어스를 향해 당혹스런 미소를 보내고 있던 크로아 공작은 문득 생각났다는 듯 말라비틀어진 빵 조각을 토막 내어 그들에게 건네줬다.

"그래도 맛은 날 겁니다. 며칠 전에 어떤 백작의 영지에서 징발한 말린 고기가 남은 게 좀 있었는데, 그걸 모두 다 넣었거든요. 하지만 1만 명이 넘는 인원이 먹는 식사다 보니 흔적도 안 보이는 게 당연하겠죠. 빵이 딱딱하니까 수프 안에 넣어서 드십시오."

"따지지 말고 먹어요. 언제부터 음식을 가렸다고 그래요?"

다크는 아무렇지도 않은 듯 빵 조각까지 넣은 그 정체불명의 음식을 한 숟가락 가득 떠서 입속에 밀어 넣은 후 대충 씹어서 삼켰다. 그걸 보고 아르티어스도 억지로 음식을 먹기 시작했다. 크로아 공작도 그것을 우물거리다가 삼킨 후 말했다.

"입맛에 안 맞으실지 모르겠지만, 병사들은 모두 이런 것을 먹고 있습니다. 사령관이랍시고 저만 좋은 음식을 먹는다면, 내 밑에 있는 기사들도 좋은 것을 먹으려고 들 테고, 그렇게 되면 고급 장교들도 그것을 먹으려고 하겠죠. 하지만 음식의 양은 한정되어 있는 것이니까 병사들의 몫은 줄어들 수밖에 없는 것입니다. 저는 전장에 나가면 병사들과 똑같이 먹으라는 말을 돌아가신 아버지에게 들은 후 지금까지 실천해 오고 있습니다."

크로아 공작은 그 말을 아르티어스에게 했지만, 아르티어스는 음식만 먹고 있을 뿐 공작의 말은 듣는 둥 마는 둥 하고 있었다. 대신 다크가 크로아 공작의 말에 응수를 했다.

"아주 현명하신 아버님이었군. 언제 돌아가셨지?"

"30년쯤 전, 폐하를 피하게 하시려고 몇몇 기사들과 함께 적의 발목을 잡으셨어. 그 덕분에 폐하는 탈출에 성공하셨지만, 아버지는 돌아가셨다고 들었지. 언제나 전장에서 죽고 싶다고 말씀하시던 분이셨는데, 뭐 평생의 소원은 푸셨으니까 여한은 없으셨겠지."

"자랑스런 아버지로군."

"그럼, 아주 자랑스러운 분이셨지. 내가 가장 존경하는 기사야. 그리고 내가 가장 되고 싶은 이상형이기도 하고. 밥은 대충 다 먹은 것 같으니 술이나 한잔할까?"

"좋지."

크로아 공작은 디지드의 마개를 딴 후 한 잔씩 건넸다. 그런 다음 잔을 들고는 눈을 감고 향기를 음미했다. 옛날 수련하던 도중에 마을로 살짝 도망쳐 나와 조금씩 마셔 봤던 디지드. 평민들이 즐기던 결코 좋은 술은 아니었지만 그에게는 그 향기와 텁텁한 뒷맛이 아련한 추억이 되어 돌아오고 있었다.

"보급 사정이 형편없는 모양이지?"

다크가 말을 걸자, 공작은 회상에서 깨어나며 대답했다.

"어쩔 수 없지. 7개 사단을 후방에 풀어 놨지만, 원체 점령지가 넓다 보니 그것 가지고는 어림도 없어. 아쉬운 대로 점령지에서 징발하고 있지만 그것도 이제는 한계야."

아르티어스는 아들과 공작의 얼굴을 번갈아 바라보며 자신에게 주어진 디지드를 조금씩 홀짝거리고 있었다. 이런 인간들의 일에 드래곤인 자신이 나설 이유는 없었던 것이다.

"농민들로부터 뺏으면 말썽이 생기지 않을까?"

"아, 물론 농민들이나 농노들의 것은 빼앗지 않아. 지방 영주들의 주머니를 털 뿐이지. 하지만 녀석들도 우리 쪽으로 식량을 넘기기 전에 창고를 불태워 버리는 실정이라서 징발도 쉽지는 않아."

"전쟁이 오래간다면 아주 힘들어지겠군. 머잖아 가을이 오고, 겨울이 올 거야. 그에 대한 대비도 해 두는 것이 좋지 않을까?"

"글쎄, 하루하루도 빠듯한데 그렇게 멀리까지 계획을 잡고 있을 여력이 없어. 우선은 지금 후방에서 새로이 증원되어 배속된 5개 사단을 뒤로 돌려서 차근차근 부숴 나오고 있지만 그런 식으로 해서는 언제 끝이 날지 의문이지."

"그렇다면 대책이 없는 거야?"

"아니, 대책은 있어."

"어떤?"

"조금 냉정하게 생각해 보면 답은 나오지. 첫째, 놈들은 여기저기에서 공격해 들어오기는 하지만 소수야. 둘째, 녀석들은 각 영주의 소속 부대로서 분산되어 활동하기에 일관된 명령 체계가 없지. 셋째, 녀석들은 모든 보급을 자기들이 알아서 해결해야만 해. 그것 때문에 첫째처럼 규모가 작을 수밖에 없는 것이고……. 넷째, 각 지방에 흩어진 영주 직속의 부대들이기에 검술에 능한 인물은 없어. 자, 그렇다면 자네라면 어떻게 하겠나?"

조금씩 디지드를 마시면서 크로아 공작의 말을 듣고 있던 다크는 술잔을 내려놓으며 말했다.

"일관된 명령 체계가 없다면 하나하나 다 부수는 수밖에 도리가 없잖아? 그리고 검술에 능한 인물이 없는 데다가 소수라면 이쪽은 기사 몇 명을 내보내면 될 테고……."

"대충 그렇게 답이 나오겠지?"

"그렇지 않을까?"

"하지만 이쪽에서 기사단을 분산시키면 녀석들은 때를 놓치지 않고 기사단을 투입해 올 거야. 파견 기사들로부터 올라온 보고서에 의하면 철십자 기사단의 타이탄도 두 번 나타났었지. 물론 격퇴하긴 했지만, 녀석들이 보다 뛰어난 실력을 지닌 은십자나 금십자 기사단을 동원해 온다면 얘기는 또 달라질 거야."

"기사단을 분리시킬 수도 없다면 도대체 어떻게 하자는 거지?"

"물론 기사단을 분리시키기는 해야겠지만, 그렇게 큰 규모로 할 수는 없다는 것이지. 벌써 유령 기사단 쪽에 명령해서 오너 셋, 그래듀에이트 둘, 기사 넷, 마법사 한 명으로 구성된 소규모 부대 5개를 내보냈지."

다크는 궁금하다는 듯 물었다.

"효과는 있던가?"

"물론, 효과는 좋았어. 하지만 본진의 전투력이 너무 약화되는 것 같아서 그게 문제지. 그런 때 자네가 와 준 거야. 그 덕분에 나는 그런 부대 5개를 더 만들어서 내보낼 수 있었지. 이제부터 전세가 조금씩 호전되기 시작할 거야."

"잘되었군. 그러면 나는 여기서 그냥 앉아만 있어도 모든 게 끝난다는 건가?"

"아니지, 그러다가 놈들이 오면 싸워 줘야겠지. 그건 그렇고, 토지에르에게서 연락이 왔었는데 크루마와 코린트가 휴전을 했다고 하더군. 혹시 들었나?"

"아니."

"만약 그게 사실이라면 아주 위험해. 코린트는 주력 부대를 이쪽으로 돌릴 여유가 생긴 것이거든."

"대책은 있어?"

"토지에르의 말로는 와리스 백작을 크루마에 보내어 따질 거라고 했지만, 글쎄…, 효과가 있을지 의문이야."

"와리스 백작을 보내 어떻게 하려고?"

"일단 전쟁 도중에 발 뺀 것에 대한 사과는 받아야 하겠지. 그리고 될 수 있다면 원군을 얻어 내야 할 테고……. 물론 그 녀석들이 원군을 파견해 준다고 해도 정식적인 원군은 힘들고, 아마도 자네가 했던 것처럼 정체를 숨긴 기사단쯤이 되겠지."

"뭐, 잘되겠지. 그런데 이런 식의 게릴라전은 여기서 처음 보는 것 같은데 정말 대단하군. 크라레스의 강력한 기사단이 힘을 못 쓰는 것을 보면 말이야."

크로아 공작은 쓴웃음을 지으며 말했다.

"기사단만 강하면 뭐 하나? 원래 기사단을 받쳐 줄 강한 군대도 필요한 거야. 보급로를 확보하고, 점령지를 지킬 군대가 말일세. 시시각각 보급로를 위협받고, 기사단이 뚫고 들어간 대지의 반의 반도 통제하지 못하는 군대라면 정말, 흐휴……. 힘들군. 토지에르의 말로는 지금 새롭게 용병을 모집 중이라고 하던데, 여기를 통제할 만한 군대를 확보하려면 얼마나 시간이 더 필요할지 감도 잡히지 않아."

크로아 공작이 투덜거리자 다크는 미소를 지으며 말했다.

"그래도 자네나 토지에르는 지금 꿈을 이뤄 가고 있잖아? 저 예전부터 목표로 해 왔던 꿈을 말이지. 내 앞에서 죽는 소리 해 댄다고 해도 자네의 눈을 보면 알 수 있지. 피곤해도 기분은 좋으면서 딴 소리 하지 마."

크로아 공작은 빙그레 미소 지으며 말했다.

"어떻게 알았나? 하지만 꿈을 이뤄 가는 것은 정말 힘든 작업이야."

뚱뚱이의 패배

　세계 최강의 제국이라 자처하던 대제국 코린트를 농락한 두 국가의 외교 담당관은 처음 만남이 있고 얼마 지나지 않아 다시 만남을 가질 수밖에 없었다.
　"요즘 아주 좋은 소식이 들려오고 있더군요."
　가레신 후작은 일부러 크라레스의 승리를 빙 둘러서 말했다. 가레신 후작은 이 능구렁이 뚱뚱보를 만나기 전에 크라레스가 현재 처한 상황을 철저하게 파악하고 왔기에 미리 선수를 치고 있는 것이다.
　"허허허, 그거야 뭐……."
　뚱뚱이의 말이 채 끝나기도 전에 상대의 말을 끊으며 가레신 후작은 슬슬 공격을 시작했다. 하지만 공격을 시작하기에 앞서 일단 튼튼한 발판을 마련해 두는 것이 최선의 방책이었다. 이 능구렁이 가레신 후작은 매우 교묘한 타이밍에 말을 차단했기에, 뚱뚱이의 뒤편에 서 있는 크라레스의 마법사나 기사도 가레신 후작이 일부러 말을 막았다고는 생각할 수도 없을 정도였다.

"그 넓은 크로나사 평원을 다 차지하셨으니 곧이어 크라레스 제국의 위명이 천하에 진동할 것 같더군요. 그렇게도 막강하던 코린트에게서 연전연승을 거두고 계시다니, 정말이지 대단하외다."

"글쎄요. 그렇지만……."

또다시 가레신 후작은 뚱뚱이가 반격할 기회를 주지 않고 말을 끊으면서 자신이 싸우기 좋은 토대를 다지기 시작했다.

"무슨 겸양의 말씀을. 귀국의 기사단이 정말 부럽군요. 본국의 기사단은 코린트의 기사단과 몇 번 부딪친 다음 거의 전멸에 가까운 타격을 받았을 정도인데 말이오. 그것 때문에 미네르바 전하께서는 새롭게 기사단을 편성하신다고 눈코 뜰 새 없이 바쁘시죠."

상대는 높여 주고, 자신들의 처지는 매우 심각하게 말하는 것을 보고 이제야 뚱뚱이도 상대의 의도를 눈치 채고 방어를 시작했다.

"설마 그 정도야 되겠습니까? 대 크루마의 기사단이 그 정도로 전멸에 가까운 타격을 입었다면 지나가던 오크가 비웃을 겁니다. 귀국의 기사단을 쳐부수는 것은 오우거를 맨손으로 때려잡는 것보다 더 어렵다는 것을 잘 알고 있으니 그렇게 심한 겸양의 말씀은 필요 없지요."

뚱뚱이의 말에 가레신 후작은 고개를 가로저으며 심각하게 말했다.

"겸양이 아니외다. 지금 레디아 근위 기사단의 오너들 중에서 걸어 다니는 사람보다 병원 침대에 누워 있는 사람이 더 많다는 사실을 모르는 것이오? 이런 식의 전쟁을 한 번만 더하게 되면 아예 국가가 망할 지경이 될지도 몰라요. 그에 비하면 귀국 기사단의 무훈은 정말 대단하지요. 아직까지 크로나사 전선에서 잃은 타이탄은 단 한 대도 없다고 들었는데, 내가 잘못 알고 있는 건가요?"

"그건 바로 알고 계신 겁니다. 하지만 그건 코린트의 기사단이······."

상대의 말이 모두 사실이었으므로 일단 뚱뚱이는 그 말을 인정했다. 하지만 가레신 후작은 그 뒤에 연결되는 뚱뚱이의 말은 의도적으로 끊었다.

"아, 그것도 정보국에서 들었소. 코린트의 외곽을 담당하던 동십자 기사단 전대를 단시간 내에 전멸시키셨다구요. 정말 대단하더군요. 그 눈부신 진격 속도에 할 말을 잃을 지경이었소이다. 그토록 뛰어난 기사들을 보유하고 계신 것도 그래지에트 황제 폐하의 복이시겠죠."

간신히 말할 틈을 잡은 뚱뚱이는 재빨리 지금 크라레스가 처한 상황을 토로했다.

"그렇지만 지금 본국은 전선이 너무 확장되어 어려움을 겪고 있습니다. 거기에다가 귀국에서 일방적으로 휴전을 해 버리는 바람에······."

이번에도 가레신 후작은 상대의 말을 끊으며 사과했다. 가레신 후작은 능구렁이답게 매우 미안해하는 듯한 표정으로 사과의 말을 던지며 시작했기에 이것 또한 그전처럼 도중에 말을 끊은 것이 전혀 부자연스럽지 않았다. 하지만 당하기만 하던 뚱뚱이는 지금 슬며시 약이 오르고 있는 중이었다.

"아, 그건 어쩔 수 없었소. 본관은 대지의 여신 케레스께 맹세코 어떻게 해서든지 휴전 조약을 방해하려고 했지만 미네르바 전하께서 일방적으로 결정하신 일이라 본관의 힘으로는 어쩔 수 없었소."
 이번에는 상대가 말을 끊지 못하도록 뚱뚱이는 재빨리 말했다.
 "가레신 후작 각하의 입장도 이해는 하지만 동맹국인 본국이 아직도 전쟁 중인데, 전쟁을 시작한 그쪽에서 발을 먼저 빼면 어떻게 하겠다는 것입니까?"
 가레신 후작은 매우 가증스럽게도 애처로운 표정까지 연출해 보이며 잘도 말을 이었다.
 "그것에 대해서는 입이 열 개라 해도 할 말이 없소이다. 하지만 코린트 쪽에서 치열한 게릴라전을 감행해 오는 데다가 쟈크렌 요새에는 놈들의 주력 부대가 버티고 있고…, 보급은 어렵고, 최전방에는 막대한 병력을 주둔시켜 둬야만 하고, 그 어려움을 조금이나마 이해해 주셨으면 좋겠소."
 "그렇게 어려운 것은 이쪽도 마찬가지지요."
 "아아, 그렇지는 않을 거외다. 귀국의 기사단은 대단한 정예가 아니오? 그리고 본국과의 전선에 코린트의 주력 부대가 잡혀 있으니 녀석들도 섣불리 손을 쓰지는 못할 거다, 이 말이외다."
 "섣불리 손을 못 쓴다고 해도 크로나사 지방에서는 연일 치열한 전투가 계속되고 있습니다. 본국에서는 귀국에 정예 기사단을 파병했었습니다. 이제는 귀국에서 본국에 병력을 파병해 주는 것이 예의가 아니겠습니까?"
 드디어 뚱뚱이가 우려하고 있던 문제를 끄집어내자 가레신 후작은 침을 튀겨 가며 열변을 토했다.

"아아, 와리스 백작. 본국도 귀국이 어렵다는 것은 잘 알고 있소. 당연히 도와 드려야 하겠지요. 하지만 본국은 얼마 전까지 전쟁터가 되었던 미란 국가 연합에도 원조를 해 줘야 하고, 또 본국 기사단이나 군대가 입은 피해도 막심하오. 그리고 쟈크렌 요새에 주둔 중인 코린트의 주력 부대는 대단히 강력하지요. 본국의 정예 부대는 어쩔 수 없이 코린트와 힘의 균형을 이루기 위해 그곳에 주둔하고 있어야만 한다 이 말이오. 귀국의 사정만 주장하지 말고 본국의 어려움도 이해해 주셔야지요."

"좋습니다. 그렇다면 귀국 본토를 지키고 있는 로투스급이면 어떻습니까? 귀국 기사단보고 적 타이탄을 상대해 달라는 부탁은 아닙니다. 게릴라들을 상대하기 위해 로투스급 타이탄과 그레듀에이트, 마법사, 기사, 그리고 10개 사단의 병력만 빌려 달라는 거지요."

가레신 후작은 정말이지 놀랍다는 듯, 깜짝 놀란 표정 연출까지 하며 능청스레 말했다.

"10개 사단이라고요? 10개 사단이나 되는 병력을 빌려 줄 여력은 없소. 본국에서도 점령지를 관리하기 위해 병력이 부족한 형편이니까 말이오. 그러지 말고 우선 1개 여단을 파병해 드리겠소. 그리고 나머지는 나중에 형편이 좋아지면 보내 드리겠소. 어떻소?"

"병력은 최소한 1만 명은 넘어야 합니다."

"그러지 말고 5천 명으로 합시다. 본인이 폐하께 허락받은 최대한의 군대요. 나중에 어떻게 해서든 폐하를 설득할 테니 우선은 그 정도로 참아 주시오."

와리스 백작이 확정적으로 말했지만, 아직도 가레신 후작은 미련을 버리지 못했는지 주절대기 시작했다. 하지만 그의 말은 꽤나 설득력이 있었기에 와리스 백작은 어쩔 수 없이 그의 말에 수긍할 수밖에 없었다. 일단 상대편의 황제가 그렇게 결정을 내렸다는 데야 어쩔 것인가?

"나중에 꼭 증원을 해 주셔야 합니다."

와리스 백작이 사정하듯 말하자, 가레신 후작은 매우 자신 있게 대답했다.

"여부가 있겠소? 본인을 믿어 보시오."

"그렇다면 기사들은?"

또다시 증원군 얘기가 나오자 가레신 후작은 주절주절 그것이 불가능함을 역설하기 시작했다.

"코린트 최강의 기사단들이 모두 크루마 쪽에 집결해 있는데 어떻게 기사나 타이탄을 꺼낸단 말이오? 지금 본국의 정규급 이상의 타이탄들은 대부분 최전선에 배치되어 있소. 골고디아 일부와 로투스는 모두 산악 지대나 북서부에서 몬스터 또는 적국들과 대치 중이지요. 도저히 그들을 뺄 수는 없소. 그들을 빼기보다는 오히려 최전선의 기사들을 빼는 것이 더 쉬울 거요."

이제 완전히 열 받은 뚱뚱이가 얼굴이 벌게져서 하소연을 시작했다.

"그렇다면 어떻게 하시겠다는 말씀입니까? 가레신 후작 각하. 본국은 지금 단 한 명이라도 많은 병력이 필요합니다. 귀국은 지금 전쟁을 종료했는데도 이렇듯 혈맹(血盟)의 처지를 무시해도 상관없는 것입니까? 이 전쟁을 일으킨 사람이 누군데 이렇듯 혈맹을 박대하시는 겁니까?"

뚱뚱이의 패배 189

"와리스 백작, 오해하지 마시오. 내가 하는 말은 절대로 귀국을 박대하는 것이 아니외다. 우리도 지금 귀국을 도울 만한 여유가 없다는 얘기지요. 우선은 5천 명의 병력으로 만족해 주시오. 미네르바 전하와 상의를 해 보고 여력이 남는 데로 계속적인 증원을 약속하겠소."

가레신 후작은 자신의 힘으로는 어쩔 수 없다는 것을 은연중에 드러내며 간곡히 말했기에, 와리스 백작도 어쩔 수 없이 물러설 수밖에 없었다.

"좋습니다."

"그대가 문서로 확답을 받는 것을 좋아한다는 것은 잘 알고 있소. 일단 오늘 토의된 내용을 서류로 만들어야 하겠지요? 그대가 초안을 잡아 주시오. 내 기꺼이 서명해 드리리다."

상대의 말에 와리스 백작은 일단 종이에다가 쓱싹쓱싹 대충 초안을 잡아서 가레신 후작에게 넘겼다. 후작은 차근차근 읽어 본 후 심각한 어조로 와리스 백작을 향해 말했다.

"이건 말이 잘못되었소. 본관은 곧이어 2차 파병을 한다고 말한 적이 없소. 본국의 상태가 호전되는 대로 미네르바 전하와 상의한 후 즉각 보내 준다고 했소."

"그렇다면 어쩌자는 겁니까?"

가레신 후작은 직접 펜을 잡고 자신의 마음에 안 드는 부분을 직직 지운 후 토를 달아서 와리스 백작에게 넘겼다. 와리스 백작은 그것을 보고 어이가 없다는 듯 말했다. 이제 상대의 속셈이 완전히 드러났기 때문이다.

"이 말은 상태가 호전되지 않는다면 더 이상 병력을 보내 줄 수 없다는 말이십니까?"

와리스 백작이 따지고 들자, 가레신 후작은 난처한 듯 말했다.

"아아, 그렇게 오해하지 마시오, 와리스 백작. 아마도 조만간에 코린트 쪽에서 어느 정도 긴장을 완화하면 그때 전선에서 표시 나지 않게 병력을 빼서 그대들에게 보내 줄 거요. 제발 그때까지만 참으시오. 아마도 본인의 예상으로는 5개월 내에 2차 파병은 분명히 해 드릴 것이오."

와리스 백작의 분노는 이제 폭발 직전까지 도달하고야 말았다. 그는 탁자를 주먹으로 큰 소리가 나게 두들기면서 따지고 들었다.

"5개월이라고요? 5개월 후면 겨울입니다. 겨울에 무슨 파병을 한다는 말입니까? 그때까지 본국의 군대가 전멸당하지 않고 버티고 있으면 다행일 겁니다."

상대가 매우 흥분하고 있다는 것을 알고, 가레신 후작은 상대를 향해 다독거리듯 부드럽게 말했다.

"자 자, 와리스 백작, 상황을 그렇게 나쁘게만 생각하지 마시오. 만약 귀국이 그렇게 어렵다면 그때 마법진을 이용해서 오너들을 수십 명이라도 보내 드릴 것이오. 코린트를 막으려면 귀국과 본국이 연합해야 한다는 것은 당연한 것이지요. 절대로 귀국이 잘못되게 방관하지는 않을 거요. 그러니까 우선은 5천 명으로 참아 주시오."

또 한 차례 줄다리기가 있었지만 와리스 백작은 어쩔 수 없이 가레신 후작이 작성한 서류에 서명하지 않을 수 없었다. 국제관례에 따라 정식 서류는 종이보다는 장기적인 보관이 가능한 양피지(羊皮紙)에 작성하게 된다. 와리스 백작은 이건 사기라는 것을 잘 알고 있었지만 그 서류에 서명할 수밖에 없었다. 왜냐하면 지금 크루마가 크라레스와 결별을 선언한다면 크라레스는 멸망할 수밖에 없다고 생각했기 때문에, 물에 빠진 사람 지푸라기라도 잡는 심정으로 그 서류에 서명했던 것이다.

와리스 백작은 축 처진 몰골로 크루마의 황궁에서 걸어 나왔다. 상대방이 군대 파견을 최대한 안 하려고 들 것이라는 것은 예상하고 있었지만 겨우 1개 여단만을 파병하겠다는 것은 너무나도 지나친 처사였다.

"망할 자식들."

울분에 차서 욕설까지 중얼거려 보는 와리스 백작이었지만, 지금은 크루마가 이쪽보다 월등하게 유리한 고지를 점령하고 있다는 것을 부인하기 힘들었다. 아마도 이번 전쟁에서 크라레스의 기사단이 대단한 실력을 과시하자, 크루마는 코린트와 크라레스가 맹렬하게 치고받기를 원하는 듯 보였다. 그러다가 크라레스가 코린트에게 재기 불능에 가까운 타격을 입었을 때쯤 참전할 것이 분명했다. 그렇게 된다면 크라레스와 전쟁을 벌인다고 국력을 심하게 낭비한 코린트와 크라레스를 자신들이 제어할 수 있을 거라는 계산을 가지고 있는 것이 확실했다. 현재의 상태로는 크루마 혼자서 코린트를 상대할 수 없고, 크라레스와 크루마가 힘을 합친다면 코린트를 쓰러뜨릴 수 있다고 보여지기 때문이었다.

"어떻게 하시겠습니까?"

뒤에서 따라오던 마법사가 근심스런 표정으로 묻자, 와리스 백작은 한숨을 내쉬며 힘없는 어조로 대답했다.

"휴, 글쎄. 이런 휴지 조각을 가지고 폐하를 알현할 용기가 나질 않는군."

 지금 크라레스는 크루마의 우방이지만 미래에도 계속 우방으로 남는다는 보장은 없었다. 또 크루마 쪽에서도 크라레스의 그 막강한 기사단을 보고 서서히 경계하기 시작했기에, 될 수 있다면 이번 전쟁에서 코린트 쪽에 치명타만 입혀 준 후 쇠퇴의 길로 들어서기를 바라고 있었다. 그렇기에 와리스 백작보다 훨씬 더 유능한 인물이 갔다고 하더라도 크루마는 최대한 병력을 보내 주지 않으려고 용을 썼을 것이다.

 하지만 지금 구원병을 청하는 사신으로 온 것은 와리스 백작이었고, 전후 사정이나 배경이 어찌 되었든 그는 겨우 5천 명의 원병밖에 얻어 내지 못한 것이다. 와리스 백작의 무능함에 격분한 황제는 어쩌면 보고를 듣자마자 그의 목을 칠지도…….

 "그렇다면 이렇게 하시면 어떻겠습니까? 본국으로 귀환하여 폐하께 보고를 올리기보다 미란에 가서 원군을 청해 보는 것입니다. 만약 결과가 좋다면 폐하께서도 크루마에서 백작님께서 실패하신 것을 용서해 주실지도 모릅니다."

 "미란 국가 연합에?"

 "예, 미란이 이번에 매우 막심한 타격을 입었다고 하지만, 그건 기사단뿐이지요. 군대는 전쟁에 휩쓸리지 않았기에 피해가 거의 없는 것으로 알고 있습니다."

 하지만 와리스 백작은 미란이 이번 전쟁에서 막심한 피해를 입은 것을 잘 알고 있기에 반신반의하여 말했다.

 "하지만 그쪽도 피해 복구 작업이 한창일 텐데, 도와주려고 할까?"

"도와줄지도 모릅니다. 지금 미란은 거대해진 크루마 제국 안에 위치해 있습니다. 언젠가는 크루마 제국에 합병될 것을 걱정하고 있을지도 모르지요. 그걸 이용해서 잘 설득한다면 1개 사단 정도 파병해 줄지도 모릅니다. 5천 명에 1만 명을 합하면 1만 5천 명이 되는 것 아니겠습니까? 밑져 봐야 본전인데 미란에 가서 원병을 청해 보신 후에 본국에 돌아가서 폐하께 보고하시는 것이 좋을 것 같습니다."

마법사의 말을 한참 생각해 보던 와리스 백작은 결심한 듯 외쳤다.

"좋아. 그렇게 하지. 미란으로 가세나."

"예."

영구적인 동맹 조약

　미란은 갑작스런 방문객으로 인해 부산하게 움직이기 시작했다. 미란 연합의 의장인 지크프리트 데 가므 3세는 먼저 와리스 백작의 방문을 받고 그와 상세하게 상의를 했다. 하지만 미란 연합은 왕들의 토의에 의해 움직이는 것이지 의장의 독단에 의해 파병을 할 수는 없었다. 그 때문에 가므 왕국으로 네 명의 왕들이 소환되었고, 그곳에서 그들은 모두들 머리를 맞대고 의논을 시작했다. 미란 연합은 크루마를 제어하기 위해 강력한 힘을 갖춘 동맹국을 원하고 있는 실정이었기에, 막강한 기사단을 가지고 있는 크라레스를 도와주는 것에 대해 그렇게 회의적이지는 않았다.
　"크라레스 왕국에서 사신이 도착했소. 구원병을 파견해 달라는 얘기더군."
　가므 의장의 말에 모두 파병이 의미하는 바를 깊게 생각하기 시작했다.
"흐음, 나중을 생각한다면 조금 무리가 있더라도 크라레스를 도와주어 빚을 만들어 두는 것도 좋을 것이라 생각합니다."
"하지만 본 연합의 기사단은 지금 엉망진창입니다. 도저히 남을 도와줄 입장이 아닙니다."
"그건 본인도 잘 알고 있소. 크라레스에서 파견되어 온 와리스 백작의 말로는 기사단을 파견할 필요는 없다고 하오. 그들이 원하는 것은 군대의 파병이오. 물론 신분을 철저하게 숨긴다면 어려울 것은 없을 것 같소이다만……."
"군대라면 괜찮겠지요. 본 연합에는 14개 사단과 기병 4개 여단을 보유하고 있습니다. 지금은 전시(戰時)가 아니니까, 한… 2개 사단, 심지어 4개 사단을 뺀다고 해도 별 문제될 것은 없을 겁니다."
가므 의장은 그 의견에 고개를 끄덕였다.
"그건 자네 말이 맞을 것 같네. 사실 전쟁이란 것이 타이탄들끼리의 결전에서 모든 것이 판가름 나니까 말이야. 문제는 본 연합의 군대가 별로 전쟁에 익숙하지 못하다는 것인데……. 그들이 원하는 것은 점령지 곳곳에서 출몰하는 소규모 게릴라들을 제압하는 것일세. 점령지가 원체 넓다 보니 도저히 크라레스의 군사력 가지고는 그걸 모두 제압하는 것이 턱도 없는 모양이더군. 전쟁을 하다 보면 점령을 해 나가면서 확보한 도시에 얼마간이라도 병력을 주둔시켜 둬야 할 것이 아닌가? 지금 크라레스는 7개 사단을 이용해서 간신히 보급로 정도를 유지하고 있다고 보면 될 걸세."
가므 의장의 말에 고개를 갸웃하며 토란의 국왕이 말했다. 7개 사단이라면 그렇게 작은 병력이 아니기 때문이었다.

"도대체 점령지가 얼마나 넓은데 그러십니까?"

"크로나사 평원의 절반, 그러니까 미란 전 영토의 세 배 정도 되는 크기겠지. 그 영토를 13개 사단으로 커버하는 중이라더군. 그중에서 2개 사단은 기병일세."

스므에의 국왕이 키득거리면서 말했다.

"큭큭…, 그건 말도 안 됩니다. 겨우 그 병력으로 어떻게 그 넓은 땅덩어리를 먹을 생각을 했는지……."

"웃을 일은 아닐세. 기사단은 지금도 계속 진격 중이야. 크라레스는 크로나사 평원 전체를 집어먹을 생각인 것 같아. 그러니까 13만이나 되는 병력을 가지고도 턱도 없이 모자라는 것이지."

"불가능합니다. 크로나사 평원이라면 미란 전체의 여섯 배나 되는 영토입니다. 그것을 잡아먹는 데 13개 사단이라면……. 겨우 13개 사단을 그 넓은 땅덩어리에 풀어 놓으면 한 개 도시에 몇 명이나 배치가 가능하겠습니까? 말도 안 되는 생각이죠."

"그래서 구원병을 청하는 거야."

"하지만 사태가 그 지경이라면 본 연합에서 4개 사단을 파병해 준다고 해도 밑 빠진 독에 물 붓는 것과 같습니다. 가망성이 없는 전쟁터라구요."

"꼭 그렇게 생각할 것은 아니라고 보네. 크라레스의 기사단은 매우 강하지. 그건 벌써 크루마 전선에서 입증이 된 것이고, 또 크로나사 평원에서도 입증되었지. 동십자 기사단의 전대 하나를 간단히 전멸시킨 것을 보면 모르나? 그리고 그 막강한 코린트가 왜 병력을 한 곳에 모으지 않고 확 퍼뜨려서 게릴라전을 벌이겠나? 전면

전으로 나간다면 더욱 힘들다는 것을 이미 알아챘기 때문이지. 그만큼 크라레스의 군대는 소수 정예라고 생각하면 될 거야."

알렌의 국왕이 고개를 끄덕인 후 단호하게 말했다.

"좋습니다. 그렇다면 파병한다고 하고, 어떻게 보내실 생각이십니까? 4개 사단, 4만 명의 병력입니다. 그들을 마법진으로 옮기실 겁니까? 아니면 아르곤을 통과시킬 겁니까? 그도 아니면 코린트 영토를 가로지르게 만드실 겁니까?"

"그래서 하는 말일세. 어떻게 하면 조용하게 병력을 파병할 수 있겠나?"

"해로로 하면 어떨까요?"

쟈렌 국왕이 조심스럽게 의견을 말하자, 알렌의 국왕은 말도 안 된다는 듯 말했다.

"해로로 하면 빙 돌아서 가야 하기에 시간이 더 걸립니다. 일단 크루마에 양해를 구해 놓고 크루마를 가로질러서 라크비에 왕국으로, 그 다음에 랜트 연방으로 이동해서 그곳에서 해로로 크라레스에 보내는 방법이 가장 빠르겠지요."

그러자 이번에는 토란의 국왕이 그 의견에도 회의적인 듯 고개를 가로저으며 말했다.

"그렇게 하면 도대체 얼마나 많은 시간이 걸릴지 생각해 보셨습니까? 그게 가장 비밀스럽고도 빠른 길이라고 해도 최소한 3개월은 걸립니다. 원군이란 원래 적은 수를 파병하더라도 지금 당장 보내야 하는 것이죠. 그 때문에 보통 기사단을 보내 주는 것이구요."

"그럼 한 번에 마법진으로 파견 가능한 인원은 몇 명인가?"

"아마도 각국의 마법사들을 몽땅 다 모은다고 해도, 한 번에 2천 명 정도가 고작일 겁니다. 물론 조금 무리한다면 하루에 3번 정도는 보낼 수 있을 테죠. 아시다시피 크라레스와 본 연합과의 거리가 엄청나서 마력 소모가 크기 때문입니다. 그렇지만 무리하지 않고 보낸다면 하루에 4천 명씩 열흘이면 다 보낼 수 있을 겁니다. 물론 모든 마법사를 한 곳으로 불러 모아야 하겠지만요."

"그대들은 어떻게 생각하나? 지금은 괜찮지만 아마도 크루마는 나중에 마각을 드러낼 수도 있어. 나는 그때를 대비해서 크라레스와 좀 더 친해질 필요가 있다고 생각하는데 말이야."

"의장의 생각이 맞습니다. 이번 휴전을 단번에 성사시키면서 크루마는 겨우 말만 번지르르하게 하는 그 못된 놈을 파견해서 겨우 황금 3톤 정도로 입막음하지 않았습니까? 본 연합이 그놈들을 위해 흘린 피를 생각한다면 그 열 배를 배상해도 부족할 지경인데 말입니다. 그런 식으로 나오는 크루마를 더 이상 믿는다는 것은 자살 행위라고 생각합니다."

대충 파견하는 쪽으로 의견이 모아지자, 가므 의장은 왕들을 쭉 둘러본 후 말했다.

"흐음…, 좋소. 그럼 크라레스에서 온 와리스 백작을 한번 만나 보겠소? 그편이 더 좋지 않을까?"

"찬성입니다. 먼저 그쪽의 의견을 들어보고 최후 결정을 내리기로 하죠."

가므 의장은 고개를 밖으로 향해 외쳤다.

"밖에 누구 없느냐?"

그러자 호화로운 옷차림을 한 장교가 문을 열고 들어와서 고개를 숙이며 말했다.

"예, 무슨 일이시옵니까? 전하."

"와리스 백작을 들라고 해라."

"예, 전하."

곧이어 뚱뚱한 와리스 백작이 등장했다. 그는 매우 검소한 크라레스 황실의 분위기에 익숙했었기에 금은색이 번쩍이고 있는 이 호화로운 방 분위기에 주눅이 들지 않기 위해 노력하는 중이었다. 그가 조금은 주눅이 든 자세로 들어오자 널찍한 원탁에 앉아 있던 인물들 중의 한 사람이 원탁과 떨어진 또 다른 탁자 옆에 놓여 있는 의자를 가리키며 말했다.

"거기에 앉게나."

"예, 전하."

와리스 백작은 공손하게 대답한 후 권하는 의자에 앉았다. 자신을 향해 고개를 돌리고 탐색하듯 바라보는 다섯 명의 왕들, 모두 하나같이 만만해 보이는 인물은 없었다. 그들은 머리에 똑같은 형태의 아주 가벼워 보이는 자그마한 왕관을 쓰고 있었는데, 왕관 중앙에 박혀 있는 커다란 보석의 색상은 각기 달랐다. 투명한 다이아몬드, 녹색의 에메랄드, 적색의 루비, 청색의 사파이어, 옥색의 비취였다. 이들은 아마도 연합 왕국의 협정을 맺으면서 그 왕관의 형태를 정한 것 같았다. 왕관에 박혀 있는 서로 다른 보석들은 다섯 개의 왕국을 뜻할 뿐, 각 나라의 상하 관계를 규정한 것은 아니었다.

"짐이 각 왕들과 상의한 결과 몇 가지 그대와 상의할 일이 있을 듯하여 불렀네."

먼저 만났기에 얼굴을 알고 있는 에메랄드의 왕관을 쓰고 있는 가므 의장이 말하자 와리스 백작은 그를 향해 공손하게 대답했다.

"예."

이번에는 루비의 왕관을 쓰고 있는 인물이 말했다.

"도대체 귀국은 그 전쟁이 승산이 있다고 생각하고 시작한 것인지 그것을 알고 싶네."

"예, 전하. 본국은 크로나사 평원에 현재까지 9개 보병 사단, 3개 용병 사단, 4개 기병 여단을 투입했사옵니다. 그리고 3개 기사단, 타이탄 1백여 대도 집어넣었지요. 또 후방에서는 새로운 용병 사단들이 조직되는 중이옵니다. 아마도 1개월 내로 4개 용병 사단을 추가로 투입할 것이옵니다. 코린트의 경우 병력은 이쪽보다 우위에 있을지 모르겠사오나 기사단의 전력에 있어서는 본국보다 훨씬 뒤처지는 것이 사실이옵니다. 지금 코린트의 병력 배치로 봤을 때, 본국을 향해 총력전을 벌일 수 없기에 충분히 승산이 있다고 생각되옵니다."

매우 솔직하게 자신들의 어려운 점을 지적하고는 있었지만, 미래의 전망에 대해 자신 있게 대답하는 와리스 백작을 향해 모든 왕들은 의외라는 듯 시선을 모으고 있었다. 보통 이렇게 구원병을 청해 올 때 자신들이 어떻게 어려운지, 또는 대비책이 어떤지에 대해서는 대충대충 넘기는 것이 보통이었기 때문이다.

"흐음…, 어째서 승산이 충분히 있다는 말인가?"

"예, 장기적으로 봤을 때 그렇다는 말이옵니다. 지금 현재는 게릴라로 인해 전방으로 가는 물자들이 막히고 있사옵고, 또 적들이 결전을 회피하는 덕분에 어려움이 많사옵니다. 하지만 조만간에 새로이 용병들을 모집하여 투입할 것이고, 또 한 달 내로 본국에서 대기하고 있던 예비 기사들까지 투입할 예정이오니 지금이 가장 중요한 때이옵니다. 지금 도와주신다면 그래지에트 폐하께서는 절대로 그 은혜를 잊지 않으실 것이옵니다."

와리스 백작은 현재 전황을 비교적 솔직하게 말했다. 외교의 물꼬를 트는 첫 번째 과제는 상대와의 신뢰성을 쌓는 것이기 때문이다. 새롭게 예비 기사들을 투입한다는 말에 비취 왕관을 쓰고 있는 인물이 질문했다.

"귀국에서 새롭게 투입할 기사의 수는?"

"그래듀에이트만 2백여 명이옵니다."

와리스 백작의 답변에, 비취 왕관을 쓰고 있는 인물은 놀랍다는 듯 말했다.

"대단하군. 그래듀에이트만 2백여 명이면 전세를 뒤집기에 충분하겠지. 그런데 왜 진작 그들을 투입하지 않고 있었던 것이오?"

"예, 지금 그들에게는 따로 주어진 비밀 임무가 있사옵니다. 그 때문에 지금 당장은 투입이 불가능하옵니다. 절대로 미란 연방에는 폐가 되지 않도록 하겠사오니 원병을 파견해 주셨으면 하옵니다."

2백여 명의 그래듀에이트들은 모두 포로들이었고, 그들은 지금 세뇌 중이었다. 토지에르 경의 말에 따르면 아마도 1개월 내에 그 작업도 마무리될 것이다. 그렇지만 국제법에 위반되는 세뇌 작업을 하고 있다고 말할 수는 없었기에, 와리스 백작은 대충 비밀 임무라는 말로 회피해 버렸던 것이다.

한참 서로 쑤군거리며 의논을 하던 가므 의장이 풍보를 향해 말했다.

"왕들과 상의해 본 결과, 어려운 그대들을 일부러 핍박하는 것 같아 별로 모양새는 좋지 않지만······."

가므 의장은 일부러 한동안 말을 끊었다가 다시 이었다.

"원군을 파병하는 대신 몇 가지 조건이 있소."

일단 말이 끊어졌을 때 가슴이 콩닥콩닥하던 뚱뚱이는 재빨리 말했다. 사실 조건만 들어 보는 데야 시간만 다소 지체될 뿐, 손해 볼 것은 없었기 때문이다.

"무엇이옵니까? 전하."

"우선, 귀국과 영구적인 동맹 조약을 맺었으면 하오."

뭐 엄청난 조건을 제시할 줄 알았는데 상대가 의외로 당연한 것을 요구해 오자 와리스 백작은 망설일 필요도 없이 즉각 자신 있게 대답했다.

"이제 혈맹이 될 것이온데, 그것은 당연한 것이옵니다."

"그렇게 생각해 준다니 고맙소. 그리고 두 번째 조건은, 귀국의 황태자비는 우리 미란 연합의 왕족들 중의 한 명으로 해 줬으면 좋겠소. 물론 그것이 어렵다면 두 번째 왕자비라도 상관은 없소."

와리스 백작은 가므 의장이 제일 뒤에 붙인 말의 의미를 읽었다. 두 번째 왕자비라도 상관없다는 것은, 그냥 맨입으로 때우기는 좀 이상하니 서로 간에 신뢰 관계를 더욱 돈독히 쌓기 위하여 사돈을 맺자는 의도뿐이라는 사실을······. 그것도 이쪽의 딸을 달라는 것이 아니라, 그쪽의 딸을 주겠다는 것이니 별로 손해될 것도 없었다.

"예, 아직 황태자 전하께서는 반려자가 없으시니 그것 또한 어렵지는 않을 것이옵니다."

"마지막으로 한 가지, 만약 본국이 나중에 어려움에 처한다면 힘을 아끼지 말고 도와줘야만 하오."

마지막의 말이 뜻하는 바가 뭔지를 짐작하며, 뚱뚱이는 속으로 미소 짓고는, 공손하게 하지만 시원스럽게 대답했다.

"여부가 있겠사옵니까? 폐하께서도 이렇듯 어려운 때 도와주신 미란 연방을 결코 잊지 않으실 것이옵니다."

"좋소, 문서로 작성합시다."

와리스 백작은 서류를 작성하기에 앞서 염치불구하고 궁금한 것을 물었다.

"저…, 그런데 얼마나 파병할 생각이시온지?"

"여러 왕들과 의논해 본 결과 4개 보병 사단 규모가 적합할 것 같소. 마법진을 이용해서 10일에 걸쳐 보내 주겠소."

4만 명이나 보내 주겠다는 말에 와리스 백작의 입이 딱 벌어졌다. 미란의 사정을 잘 아는 그로서는 그 많은 병력이 의미하는 것을 잘 알고 있었기 때문이다. 그는 감격한 듯 다섯 명의 왕들을 향해 말했다.

"4개 사단이라고요? 그렇게나 많이……."

가므 의장은 당연한 듯이 말했다.

"도와줄 때는 화끈하게 도와주는 것이 미란 연합의 방식이오. 원래가 미란은 상업 국가. 밀어줄 만한 상대가 나타났을 때 결코 주저하지 않소. 나중에 형편만 된다면 기사들도 파견해 주겠소."

"너무나도 황송할 따름이옵니다. 이 은혜 기필코 잊지 않겠사옵니다."

서류를 다 작성하고 사라지는 뚱뚱이를 바라보며, 가므 의장은 옆의 왕에게 중얼거렸다.

"크루마의 그 뻔뻔한 사신 녀석과는 비교가 안 되는군."

"상당히 믿음이 가는 사람이었습니다. 하지만 사람의 속은 잘 모르는 것이니……."

"상대가 속이려고 든다면 어쩔 수 없는 것이 아니겠소? 자, 모두들 오랜만에 만났으니 함께 한잔하는 게 어떻겠소? 아주 좋은 술을 구해 놨소."

"그거 좋지요."

유령 기사단의 출현

"자, 자…, 모두들 힘내라. 목적지가 멀지 않았다."

가장 앞에 서 있는 장교는 부하들을 독려하며 주위를 쭉 둘러봤다. 정말이지 드넓은 황무지가 그들의 앞에 펼쳐져 있었다. 크로나사 평원이라고 불릴 정도로 넓은 이 대지는 아직도 미개간지가 60퍼센트에 달할 정도로 무한한 가능성을 가진 영토였다. 간혹 가다가 몬스터가 출몰하기도 하지만, 머리가 멍청한 대형 몬스터 종류는 기사단에 의해 토벌된 지 오래였기에 나타난다고 해 봐야 오크 정도가 고작이었다. 하지만 그가 겁내고 있는 것은 겨우 몇십 마리 정도로 떼 지어 다니며 못된 짓거리나 하는 오크가 아니었다. 그놈들은 오크보다 훨씬 더 머리가 좋았고, 훨씬 더 좋은 무기로 무장했으며, 훨씬 더 잔인했고, 또 지독하게 교활했다.

말 두 필이 끄는 대형 수레 50대로 이루어진 보급 부대와 제51경기병 여단에서 지원받은 1개 소대(10명)의 기병들을 중심으로 1개 대대에 해당하는 부대가 그들을 호위하며 천천히 전진하고 있었다. 그들은 멀리 이동해야 했기에 모두들 경장갑을 착용한 경장 보병들이었다. 그리고 마차 중간 중간에 섞여 함께 가고 있는 기병들도 모두 말에서 내려 말을 끌고 천천히 이동하고 있었다. 경기병대의 말들은 중기병대의 말처럼 두터운 철판으로 만든 마갑(馬甲)까지는 씌우지 않는다고 해도 적이 나타났을 때 하프 플레이트 아머(Half Plate Armor : 몸통 정도만 가릴 수 있게 제작된 철판 갑옷)를 걸친 묵직한 주인을 태우고 전력 질주에 가깝게 달려야 했기에 평상시에 힘을 비축할 수 있도록 전투가 없을 때는 끌고 다니는 것이 상식이었다.

사방을 두리번거리며 걷고 있는 그의 주위로 한순간 그림자가 나타났다가 사라졌다. 그것을 느낀 그는 즉각 공중을 쳐다봤다. 멀리 하늘 위로 거대한 짐승이 날아가고 있었다. 방금 전의 그림자는 바로 그 녀석이 만들었던 것이다. 그는 하늘 위를 바라보며 손을 흔들었다. 이상이 없다는 신호였다.

이렇듯 하늘 위로 와이번을 타고 날아다니는 용기사(龍騎士)가 보급로를 지키는 파수꾼이었다. 크라레스는 여덟 명밖에 되지 않는 용기사들을 전원 다 보급로 확보에 투입하고 있었다. 원래는 정찰 활동을 하며, 적의 전력을 분석하는 일을 해야 하는 그들이 모두 후방에 잡혀 있는 것이다. 하지만 공중에서 그토록 감시를 하고 있음에도 게릴라들의 활동은 전혀 위축되지 않고 있다는 것에 문제가 있었다.

"용기사가 지나가는 것을 보니 오늘도 무사하겠군요, 대대장님."

"아마도 그럴 것 같군. 자, 오늘 해가 지기 전에 누크리아시에 도착해야 한다. 모두 힘을 내라. 자, 서둘러!"

아무리 힘 좋은 말 두 필이 끄는 마차라고 해도 귀족들이 소풍 가는 데 쓰는 그런 가벼운 마차가 아니기에 이런 짐마차는 그렇게 빠른 속도를 내지 못한다. 위급한 경우가 아니라면 보통 말들이 걸어가는 정도의 속도밖에 내지 못하는 것이다. 만약 위급한 일을 당해서 달리게 한다면, 이렇게 무거운 마차를 끄는 말들은 금방 지치게 될 것이 분명했고, 그렇게 되면 말들이 힘을 되찾을 때까지 오랜 시간 쉬어야 했다. 그들의 목적지는 그렇게 가까운 곳이 아니었기 때문이다.

"이럇, 하!"

마부들은 말들을 채근하면서 꾀를 부리지 못하게 하고 있었다. 말들은 모두 매우 튼튼한 짐말들이었기에 덩치도 좋았고, 또 다리도 매우 튼튼하게 보였다. 이런 짐말은 달리는 속도는 빠르지 못하지만, 힘이 좋고 또 지구력도 좋았다. 잘 돌보면서 부려먹으면 자기 몸무게의 몇 배나 되는 마차를 별 탈 없이 잘 끌어 주는 것이다.

정오가 지난 지 오래되어 더위가 한풀 꺾이기 시작했지만 그래도 날씨는 무더웠다. 사람도 말도 땀에 젖어 움직이고 있었다. 마부들의 채근 속에 돌투성이의 도로를 중심으로 말들이 묵묵히 걸음을 옮기고 있었고, 대대병력이 쫙 퍼져서 사방을 경계하여 천천히 나가고 있었다. 그들은 모두 가벼운 갑주를 입고 있다고 하지만 그래도 보통 사람들의 입장에서 봤을 때 무겁기는 마찬가지였.

중장 보병이 채택하는 방어력이 뛰어난 두터운 철판 갑옷보다는, 움직이기 편리한 가죽 갑옷을 채택하고 있는 경장 보병은 떨어지는 방어력을 보충하기 위해 넓고 큰 사각형의 방패를 가지고 다녔다. 그 방패도 전체적으로 가죽으로 만들어져 있어 가벼웠고, 겉에 얇게 철판을 덧대었지만 그래도 방어력에는 많은 취약점을 안고 있었다. 이런 방패는 강력한 검이나 철퇴, 전투도끼 등을 막는 데는 역부족일지 모르지만 숨어서 쏘아 대는 화살을 막기에는 매우 좋았고 방어력을 생각한다면 무게도 가벼운 편이었다.

수레를 둘러싸고 있는 경장 보병들은 모두들 그 커다란 방패를 허리에 달고 움직이고 있었다. 방패 안쪽에 붙어 있는 길쭉한 구조물을 허리에 걸친 후 손으로 슬쩍 균형을 잡고 있는 것이다. 이렇게 하면 손으로 잡고 있는 것보다 훨씬 힘이 덜 들기에 장거리 행군을 하는 데 좋았다. 허리에는 경장 보병의 정식 무기인 장검을 차고, 오른손에는 길이 2미터 정도의 창을 들었다. 그런 상태에서 방패까지 들어야 했기에 보병들이 조금이나마 힘이 적게 들게 배려해 놓은 것이다.

높이 1.2미터, 폭 70센티미터나 되는 커다란 방패로 외곽 부분을 방어하면서 단단한 투구가 씌워져 있는 머리통을 한 번씩 좌우로 돌려 가며 적이 있는지 살피는 것이다. 자갈이 마차 바퀴와 보병들의 두터운 가죽 신발에 채여 부적거리는 소리를 내는 가운데 그들은 천천히, 하지만 끊임없이 앞을 향해 움직이고 있었다.

용기사가 지나가고 난 후 약 한 시간 정도 걸어갔을까? 바로 그때 수풀 속에서 날카롭게 공기 가르는 소리를 울리며 수십 발의 화살이 날아왔다. 그 화살들은 처음부터 보병을 노린 것이 아니었기에 보병들이 있는 곳으로 날아간 것은 얼마 되지 않았다.

히히히힝~.

유령 기사단의 출현

수십 필의 말들이 고통을 호소하듯 구슬피 울며 바닥에 쓰러졌고, 또 마차 위에 거의 무방비 상태로 타고 있던 마부들 중에서도 몇 명인가 쓰러지는 것이 보였다. 하지만 경장 보병들의 피해는 거의 없었다. 몇몇 경장 보병들의 방패에 화살이 꽂혀 있었지만, 그 방패를 관통하지는 못한 듯 보였다. 대대장이 급히 화살이 날아온 방향으로 시선을 돌리자 그곳에는 풀들을 몸 여기저기에 묶어 위장을 한 사람들이 커다란 활을 든 채 도망치고 있는 모습이 보였다. 그것을 보고 대대장이 우렁차게 외쳤다.

"제2중대는 마차를 보호하라. 제1중대, 적들을 향해 돌격!"

대대장의 외침 소리에 호응하여 제1중대장이 외쳤다.

"제1중대 돌격!"

중대장의 투박한 외침에 50명의 경장 보병들이 허리에 걸려 있던 방패를 왼 손목에 부착하고는 롱 소드를 뽑아 들고 화살이 날아온 방향을 향해 돌진해 들어갔다. 부하들이 돌진해 가는 것을 채 보지도 않고 그는 뒤쪽에서 돌격을 위해 말에 올라타고 있는 기병 소대장을 향해 말했다.

"너무 깊숙이 들어가지는 마시오."

"알겠습니다. 전원 승마! 속보 앞으로!"

기병 소대장은 말안장에 걸려 있던 원형의 방패를 왼쪽 손목에 끼운 후, 왼손으로 말고삐를 잡고 말을 제어하며 천천히 달려 나갔고, 그의 부하들도 대장의 뒤를 따랐다. 일단 부하들이 모두 따라오고 있는지 확인한 기병 소대장은 장검을 뽑아 들어 앞을 가리키며 외쳤다.

"돌격 앞으로!"

10기(騎)의 기병들은 소대장의 뒤를 따라 적들을 향해 빠른 속도로 돌진해 들어갔다. 기병대까지 적들을 향해 돌진해 들어간 후 대대장은 그제야 수송대를 쭉 둘러봤다. 거의 반수에 달하는 말들이 피를 뿜으며 쓰러져 있었다.

"제기랄! 이래서는 오늘 저녁까지 도착하기는 다 글렀군."

이때 한 병사가 달려와서는 보고했다.

"마부 네 명이 죽었고, 여덟 명이 부상당했습니다. 대충 응급처치를 했지만 세 명은 빨리 치료하지 못하면 죽을 것 같습니다."

"어쩔 수 없지. 자자, 죽은 말들을 마차에서 떼어 내라. 마부가 없는 마차는 아무나 마차를 몰아 본 녀석들이 대신 몰아. 자, 서둘러라."

대대장의 독려에 몇몇 병사들이 달려들어 마차에서 죽은 말이나, 죽어 가는 말들을 떼어 냈다. 활에 맞았는데도 그런대로 멀쩡해 보이는 말들은 그냥 놔뒀다. 그들은 상처 입은 말에서 화살을 뽑아낸 후, 급히 피워 놓은 불로 상처 부위를 지졌다. 이렇게 해 두면 말은 아프겠지만 일단 출혈은 막을 수 있기에 오늘 하루 정도는 버텨 줄 것이다.

대충 정리가 끝났을 때쯤 돌진해 들어갔던 제1중대와 기병들이 돌아왔다. 하지만 돌아온 그들의 몰골도 말이 아니었다. 몇 명 남지 않은 기병들 중 세 명의 기병은 말은 어디다가 뒀는지 절룩거리면서 걸어왔고, 네 명은 아예 돌아오지도 않았다. 돌아오지 않은 사람들 중에는 용맹스럽게 앞서 달려갔던 소대장도 포함되어 있었다. 몇몇 병사들은 임시로 만든 들것에 부상병을 실어 오고 있었다. 화살이 박혔던 흔적이 있는 방패를 든 채 걸어오는 제1중대장

유령 기사단의 출현 211

을 향해 대대장이 물었다.
"잭슨, 어떻게 되었나? 그리고 다렌 소대장은?"
"예, 함정이 있었습니다. 황무지에다가 말 다리가 걸리기 좋게 로프를 설치해 놨더군요. 다렌은 말이 엎어지면서 목이 부러져 즉사했습니다. 시체만 가져왔습니다. 놈들이 시체를 훼손할까 봐서요. 놈들은 처음부터 엄청나게 준비를 했습니다. 퇴로에다가 로프까지 설치해 두었고, 기병들이 그 함정에 걸려서 주춤한 틈을 이용해 화살을 날렸습니다. 우리들이 기병들을 돕기 위해 달려갔을 때에는 놈들은 이미 모두 도망친 후였습니다."
"놈들은 몇 명이나 죽였나? 설마 한 놈도 못 죽였나?"
제1중대장은 고개를 푹 숙이며 말했다.
"원통한 일이지만, 그렇습니다."
"빌어먹을, 멍청한 자식들!"
대대장은 욕설을 퍼붓긴 했지만, 곧이어 마음을 돌리고 돌아서며 부드럽게 말했다.
"미안하네. 자네에게 한 욕은 아닐세. 그리고 자네의 실수도 아니야. 함정 파고 기다리는 놈들에게 돌격시킨 내 잘못이지. 자, 모두들 출발 준비를 하도록 하게. 시체는 마차에 실어서 운반한다."
"옛!"
제1중대장은 용맹스럽던 동료가 희생되었는데도 불구하고 복수는커녕, 이 자리를 벗어나는 데 급급해야만 한다는 것에 기분이 우울해진 부하들을 향해 우렁차게 외쳤다.
"자, 모두들 출발 준비해! 그리고 제1소대는 척후를 위해 먼저 출발해라. 자자, 서둘러라."

이렇게 출발 준비를 서두르고 있는 가운데, 앞쪽으로 먼저 출발했던 제1소대의 병사가 외쳤다. 그들은 길을 가기 위해 앞을 바라보고 있었기에, 출발 준비를 서두르고 있는 병사들보다 그것을 먼저 발견했던 것이다.

"전방에 기병이 접근 중입니다. 수는 대략 10기."

"전원 전투 준비. 제1중대는 앞서서 대기병전 준비. 기병대는 제1중대 후미에서 대기. 자, 서둘러라!"

"제1, 2소대 전진 앞으로! 대기병 난입 대비!"

구령에 따라 20여 명의 병사들이 방패를 앞에 세운 채, 창의 끝 부분을 땅에 꽂고 창날 부분을 앞으로 향한 채 충격에 대비했다. 이렇게 하면 기병이 쉽사리 충돌하며 돌진해 들어오지 못하는 것이다.

"제3, 4, 5소대 투창 준비!"

구령에 따라 30여 명의 병사들이 창을 들고 던질 준비를 갖췄다. 만약 궁병(弓兵)이 있었다면 그들이 뒤에서 지원 사격을 했겠지만, 현재 여기에는 없었기에 할 수 없었다.

상대는 급격히 거리를 좁혀 왔다. 번쩍이는 하프 플레이트 아머에 보이는 금빛 나는 드래곤 문장이 보이자 그들은 서서히 긴장했던 근육을 풀었다. 금빛 드래곤의 머리는 하나, 둘, 셋. 뒤에 조그맣게 드러나 있는 머리까지 합해서 세 개가 분명했다. 바로 크라레스의 국가 문장이었던 것이다. 하지만 방금 전에 뜨거운 맛을 봤던 이들은 겨우 국가 문장 따위에 속을 수 없다는 듯 전투태세를 계속 유지하고 있었다. 드래곤 문장 옆에 붙어 있는 히아신스 꽃이나 기사의 오른쪽 가슴에 붙어 있는 선명한 붉은 해골의 문장도 그들을 안심시킬 수 없었다.

　앞에서 다가온 무리들은 긴장하며 자신들을 바라보고 있는 보병들의 뒤편에 보이는 말 시체들과 마차에 군데군데 꽂혀 있는 화살을 보고 대충 상황을 짐작했다는 듯 창을 겨눈 보병들의 앞에 말을 세우며 말했다.
　"여기 대대장이 누군가? 본인은 유령 기사단 제4유격전 대장 알프레드 폰 막시무스 자작이다."
　"유령 기사단? 그런 기사단도 있었나?"
　쑤군대는 보병들 뒤에 서 있던 대대장이 재빨리 외쳤다.
　"전투 준비 해제. 모두 정렬해라!"
　그러면서 그는 앞쪽으로 나서면서 공손하게 말했다.
　"막시무스 경, 저는 제5경보병 사단 소속 제34대대장 리온 헤스니아입니다."
　"그런가? 기습은 언제 당했는가?"
　"예, 30분쯤 전에 당했습니다. 적들은 저쪽으로 퇴각했습니다. 놈들은 치밀하게 준비했기에 기병들과 말들의 피해가 심했습니다. 적들은 갑옷을 입지 않아 동작이 빨라 아무리 경보병이라도 추격에는 무리가 있었습니다."
　"알겠네, 수고하게나. 자, 가자!"
　기사들은 재빨리 말을 몰아 대대장이 가리킨 쪽을 향해 달려갔다. 그들이 달려가는 것을 보며 앞쪽에 서 있던 잭슨 제1중대장이 대대장을 향해 말했다.
　"유령 기사단이 뭡니까? 저는 처음 들어 보는데요."
　부하의 물음에 대대장은 잠시 생각에 잠겼다. 이렇듯 유령 기사단이라고 당당히 소속을 밝히며 기사들이 돌아다니는 것을 보니 이제 전처럼 기밀 사항은 아닌 것 같았다. 그렇기에 대대장은 자신이 아는 바를 간략하게 설명했다.

"나도 전쟁이 시작될 때에야 연대장님께 들었다. 그들은 본국 최강의 기사단이라고 알고 있으면 돼. 만약 다음에 만나면 실례되는 행동을 하지 않도록 주의하게나. 자, 녀석들에 대한 복수는 기사들에게 맡기고 모두들 출발하자. 자, 선두 전진!"

이렇듯 정작 점령지를 장악해야 할 병력이 너무나 부족하다 보니 최전방으로 보급해야 할 물자는 도착이 지연되거나 심한 경우 약탈까지 당하고 있었다. 크라레스는 초기에 용기사들을 전부 다 병참로 확보에 투입했지만, 용기사들이 커버해야 할 영역이 너무 넓었기에 겨우 여덟 명밖에 되지 않는 용기사들로서는 역부족이었다.

하지만 크라레스가 세 명의 오너가 포함된 그래듀에이트 다섯 명, 기사 네 명, 그리고 마법사 한 명으로 구성된 막강한 전력을 보유한 10개의 유격 전대를 전장에 투입하자 전세가 서서히 크라레스 쪽으로 뒤집히기 시작했다. 처음에 철십자 기사단 소속의 타이탄이 두 번에 걸쳐 게릴라 활동을 지원했었다. 그렇기에 처음부터 이 전대의 경우 소규모 타이탄 전투를 상정하여 구성되었기에 대게릴라전을 펼치기에는 필요 이상의 강력한 전력을 보유하고 있었다.

그리고 유격 전대의 투입에 때맞춰서 4개 사단, 1개 여단이라는 구원병까지 도착하고 보니 이제 전선 곳곳에서 기승을 부리던 코린트의 게릴라들도 서서히 자취를 감추기 시작하고 있었다.

모두가 다 옳은 일은 아니었어

"대공 전하, 자리에 누워 계시지 않고 뭐 하시는 것이옵니까?"

병자가 자리에 누워 있지 않고 나무에 기대어 석양을 바라보고 있는 것을 뒤늦게 발견한 죠드가 키에리의 등판을 향해 따지듯 말하자, 키에리는 뒤도 돌아보지 않고 천천히 답했다.

"홋, 자네는 아직도 나를 대공 전하라고 부르는가? 본인은 기사의 맹세를 저버린 몸. 이제 더 이상 기사도, 대공(大公)도 아니라네."

"그런 말씀 하지 마시옵소서."

"자네는 왜 돌아가지 않는가? 나는 이제 더 이상 코린트의 귀족이 아닐세. 나를 자네가 더 이상 돌봐야 할 의무가 없다는 말이야."

"그래도 전하, 상처가 찢어질 수 있사옵니다. 안으로 드시지요. 그렇게 큰 상처를 입은 상태에서 살아나신 것만도 아레스신의 도

우심이옵니다."

"아닐세. 나는 이제 많이 좋아졌어. 이제 더 이상 치료 마법을 필요로 하지는 않을 거야. 자네도 그것을 잘 알 텐데 왜 여기에 남아 있나? 돌아가지 않을 텐가? 제임스의 부탁 때문이었다면 이제 돌아가도 된다네."

키에리가 보고 있지는 않았지만 죠드는 고개를 좌우로 흔들며 대답했다. 그로서는 도저히 키에리를 혼자 놔두고 돌아갈 수 없던 것이다. 설혹 조국이 지금 전쟁 중이라고 해도…….

"그럴 수는 없사옵니다, 전하."

"왜?"

"제가 가장 존경하는 분이 전하이시기 때문이옵니다. 전하께서 안 계신 코린트는 생각할 수도 없고, 또 그런 곳에 남아 있고 싶은 생각도 없사옵니다."

죠드의 말에 키에리는 비웃듯 내뱉었다.

"미친 녀석이군."

죠드는 그 말에도 표정 하나 변하지 않고, 간곡하게 키에리를 향해 말했다.

"그렇게 말씀하셔도 상관없사옵니다. 제발 저를 돌려보내지만 말아 주시옵소서."

"좋아, 자네 생각이 정 그렇다면 내 한 가지 부탁함세."

"뭐든지 하명하소서."

"나는 더 이상 공작이 아닐세. 그러니 그 망할 놈의 전하 소리는 좀 빼 주게. 그리고 작위에 관계된 그런 존칭은 더 이상 받을 자격이 없으니 말투를 좀 낮춰 주게나. 그렇다면 내가 참고 들어 주지."

모두가 다 옳은 일은 아니었어

"예, 그게 좋으시다면 그렇게 하겠습니다."
"좋아. 아아…, 석양이 참 아름답구먼. 예전에 수련할 때는 석양을 바라보는 것을 참 좋아했었는데, 어떻게 된 것이 그 좋아하던 것을 바라볼 여유도 없이 살아왔군."
"예, 전하께서도 이제 좀 쉬실 때가 되었지요."
"전하 소리는 빼래두 그러는구먼."
"예, 전하."
"푸흐흐흐, 어쩔 수 없는 놈이군."
고개를 절레절레 흔들며 키에리가 말하자, 죠드는 키에리의 뒤에서 난처한 듯이 말했다.
"입에 익어서 어쩔 수가 없습니다. 전하가 아니라면 그럼 뭐라고 불러야 할까요?"
"그냥 발렌시아드라고 부르게. 그게 어색하면 님 자라도 붙이든지."
어느덧 해는 완전히 모습을 감추었고 하늘에는 붉은 기운만이 감돌고 있었다. 하지만 이제 조금만 시간이 지나면 사위는 어둠에 덮일 것이다.
"알겠습니다. 이제 해는 졌으니 들어가시지요. 밤이슬은 상처에 안 좋습니다."
키에리는 죠드의 부축을 받으며 작은 오두막집을 향해 가면서 작은 소리로 말했다. 죠드로서는 이렇듯 말 많은 키에리는 처음 겪어 보는 것이었다. 죠드가 알고 있는 키에리는 말수가 적고 엄하며, 불같이 화를 잘 내기도 했지만 관용(寬容)이라는 것이 있었다. 실수를 했을 때 부하를 엄하게 질책하기도 했지만, 부하의 실수를 감쌀 줄도 알았다. 그야말로 죠드가 꿈꾸고 있는 최고의 상관이었던 것이다.

"그냥 드르누워 있자니, 옛날 생각이 나서 그러네. 리사, 까뮤, 그라세리안 그렇게 넷이서 코린트를 위대한 제국으로 만들자고 맹세했던 것이 바로 어제 같은데 벌써 너무 오랜 세월이 흘러 버렸어. 자네는 이렇듯 후회되는 삶을 살지는 말게."

"예? 발렌시아드 님의 삶이 어때서 그렇습니까? 발렌시아드 님께서는 아마 얼마 지나지 않아 복권(復權)되실 것입니다."

"쯧쯧, 나는 지금 복권되느냐 그렇지 않느냐를 두고 하는 말이 아닐세. 코린트를 키워 놓은 것은 좋았지만, 충성심이란 미명 아래 너무나도 못된 짓을 많이 했구먼. 아마도 그것 때문에 벌을 받고 있는지도 모르지."

"그렇지 않습니다. 전하만큼 코린트를 위해 열심히 일하신 분이 누가 있으시겠습니까? 자, 전하, 그만 침대에 좀 누우시죠. 그게 편하실 겁니다."

키에리는 죠드에게 이끌려 통나무로 얼기설기 짠 후, 그 위에 짚을 채워 만든 매트리스를 깔아 둔 침대에 몸을 눕혔다. 오랜만에 오랜 시간 서 있어서 그런지 상처가 쑤셔 오고 약간 현기증도 나는 듯싶었다. 죠드가 자신의 몸 위에 담요를 덮어 주는 것을 보며 키에리는 약간 힐책하듯 말을 꺼냈다.

"또 전하로군……. 그게 아닐세. 코린트를 위하는 것이라고 그게 다 옳은 일은 아니지. 권력이라는 것에서 떠나는 그 순간 그것을 이해하겠더군. 그리고 그라세리안이 왜 떠났는지도 알겠어. 그는 이제 싫증이 났던 거야. 코린트와 친구들에게서 말이지."

모두가 다 옳은 일은 아니었어

키에리의 돌연한 말에 죠드는 놀랍다는 듯 물었다.
"예? 떠나시다니요? 코타스 전하께옵서는 행방불명이 되거나 암살당하셨을 확률이……."
"아닐세. 그건 자네가 잘못 알고 있는 거야. 숨어서 마법 실험이나 하고 있던 그 친구를 산속에서 끌고 나온 건 우리들이었지. 그는 정말 대단한 마법사였지. 그는 우리들과 함께 세상에 나온 후 열성적으로 우리들을 도왔어. 하지만 마지막에 적기사를 개발한 후, 더 이상 뛰어난 엑스시온을 만든다는 것이 불가능함을 깨달았을 때 그는 회의감을 느꼈겠지."
"회의감이라니요? 그라세리안 전하께옵서는 저희들 마법사의 꿈이었습니다."
"그게 아니야. 자신이 처음 개발한 카로사, 그리고 미노바, 그다음 흑기사. 카로사와 미노바야 크라레스 전쟁이 끝난 후에야 본격적으로 생산되기 시작했지만 흑기사는 달랐지. 개발됨과 동시에 양산(量産)되어 다섯 대가 만들어져서 처음 전쟁에 쓰였을 때 그는 그것이 엄청난 살육을 위한 병기라는 것을 깨달았겠지. 하지만 그때까지만 해도 그는 흑기사보다 더 뛰어난 타이탄을 만든다는 목표가 있었어. 그 때문에 수십 년을 틀어박혀 있었지. 흑기사의 엑스시온을 개발하는 데 토대가 된 헬 프로네…, 쿨룩쿨룩!"
상처가 쑤시는지 기침을 해 대는 키에리를 걱정스럽게 바라보며 죠드가 말했다.
"말씀을 너무 많이 하지 마십시오. 아직 상처가……."
"괜찮네. 지금은 뭐라도 지껄이고 싶군. 그래, 아마도 그 녀석은 주인도 아닌 주제에 헬 프로네에 탑승한 유일한 인물이었을 테지.

그가 내 헬 프로네에 탄 것도 운전석 밑에 보이는 헬 프로네의 마법진을 연구하기 위해서였어. 하지만 모방으로는 흑기사 이상의 출력을 낼 수 있는 엑스시온은 개발하기 힘들었지. 그래서 모든 것을 잊고 그렇게 오랜 시간 틀어박혀서 적기사의 엑스시온을 개발한 거야. 수많은 시험용 엑스시온을 만들며 폭발 사고도 많이 일으켰고, 또 좌절도 겪었겠지. 하지만 그걸 개발하겠다는 일념으로 죽자고 연구를 해 댔으니 그때 친구들인 우리들이 무슨 짓을 하고 있고, 또 부강해진 코린트가 약소국을 잡고 무슨 짓을 하고 있는지 눈에 들어오지도 않았을 거야. 하지만 적기사의 엑스시온은 완성되었고, 그는 그제야 할 일이 없어져서 주위를 둘러볼 여유를 되찾은 거야. 그런 후 환멸을 느꼈겠지. 쿨룩, 쿨룩쿨룩!"

"그 얘기의 뒷부분은 내일 듣겠사옵니다. 이제 그만 주무십시오."

"아닐세, 좀 더 얘기하고 싶어."

하지만 죠드는 키에리의 말을 무시하고 주문을 외우기 시작했다. 그는 노련한 마법사답게 재빨리 주문을 완성한 후 시동어를 외쳤다.

"슬립!(Sleep)."

키에리의 잠들어 있는 평안한 모습을 보며 죠드는 한숨을 내쉬었다. 그가 생각했을 때 키에리는 권력의 상실에 너무 심한 타격을 받은 것 같았다.

"이렇게 나약하신 분이 아니었는데……. 그래, 몸이 병들어서 그 때문에 마음까지 약해지신 거야. 나중에 건강이 회복되시면 다시 예전의 자신감을 회복하시겠지."

괘씸한 놈들

"이봐."

"예? 예, 나으리."

겁에 질린 묘인족 특유의 얼굴 모양. 묘인족은 표정이 어떻든 귀의 모양을 보면 그 심리 상태가 아주 잘 드러나는 특이한 종족이다. 평상시에는 뾰족하게 머리 위로 뻗쳐 있다가, 겁을 집어먹거나 하면 귀가 아래로 축 쳐지는 것이다. 물론 귀와 함께 얼굴 표정에서도 겁먹었다는 것이 확실히 드러났지만…….

"내가 묻는 말에 사실대로 말해. 안 그러면 알아? 바로 이렇게 만들어 놓을 거야."

다소곳하게 의자에 앉아 있는 묘인족 소녀를 우악스런 눈길로 바라보며, 눈이 위치하는 부분에 두 개의 구멍밖에 뚫려 있지 않은 복면을 뒤집어쓴 그 괴한이 위협용으로 쥐고 있던 몽둥이를 꽉 쥐자 몽둥이의 손잡이 부분이 박살이 나 버렸다. 정말이지 무시무시한 손아귀의 힘(握力)이었다.

"뭐, 뭘 말입니까?"

"너는 다크 폰 로니에르 공작의 시종인 세린이 맞지?"

세린은 겁에 질린 어조로 대답했다. 하지만 그녀의 눈동자는 한껏 쾌락에 들뜬 것처럼 묘하게 풀려 있었다.

"예."

"그녀와 만난 것이 언제야?"

"지금부터 한 일 년 반쯤 전이었던가? 그때 만났습니다요."

"그녀는 지금 어디 있지?"

"전쟁터로 가신다는 것 외에는 잘 모릅니다요."

"이것이?"

머리카락을 확 틀어쥔 후 괴한이 얼굴을 세린의 얼굴 바로 위로 들이밀었다. 순간 지독한 민트 향기가 세린의 코를 자극했다. 상대는 심문해야 할 대상자가 사람이 아닌 묘인족이라는 점을 상기하여 자신의 체향(體香)을 맡지 못하도록 강렬한 향수를 뿌려 놨던 것이다. 복면 안으로 보이는 희번득거리는 눈에도 불구하고 세린은 묘하게 기분이 풀리는 것을 느꼈다. 원래가 고양이들은 민트 향기를 미치도록 좋아한다. 그렇다 보니 무슨 마약이라도 맞은 듯이 기분이 붕 떠 있었던 것이다.

"저는…, 저는 잘 모릅니다요."

"좋아, 그녀는 어디서 태어났나? 그리고 아버지는 누구야? 누구에게 검술을 배웠어?"

"예? 전에 제가 얼핏 듣기로 그분은 고아라고 하셨습니다. 그리고… 검술에 대해서는 저도 잘 모르겠습니다. 처음에 만났을 때는 자기는 여자가 아니라고 길길이 뛰시면서 욕도 엄청 잘하는, 별로 힘도 없는 분이셨는데, 언제부턴가 엄청나게 빠른 속도로 강해지셨죠."

"빠른 속도로 강해졌다고? 어떻게 그럴 수가 있나?"

"그건 잘 모르겠습니다요. 옛날에 한 번 도망치셨다가 실바르 경에게 잡혀서 얼마나 맞았는지 완전히 죽은 듯이 뻗어 있던 모습도 봤는걸요. 그렇지만 지금은……."

"가만, 도망치다니?"

"예? 처음 그분이 오셨을 때는 제가 감시역이었거든요. 이유는 잘 모르겠지만 절대로 도망치지 못하도록 토지에르 나리께서 직접 분부하셨죠. 그때 그분은 별로 좋아하지 않으시는데도 모든 옷이 이렇게 부풀어 오른 드레스들이나 굽이 높은 구두가 전부였습니다요. 실바르 경이 한 번은 짧은 치마와 굽이 낮은 신발을 사 드린 적이 있었는데 그때 그걸 입고 도망치셨었죠."

"그렇다면 말이 안 되잖아. 왜 지금은 엄청난 힘이 있는데도 도망치지 않는 거지? 그 누구도 막을 수 없을 텐데."

"그건 저는 모르겠어요. 어느 날 갑자기 미치셔가지고는 크로돈 시를 박살 내고 도망치셨죠. 그때 타이탄까지 나타나서 그분을 잡으려고 했었는데 정말 무서웠어요. 평상시의 그분이 아니었어요. 정말 다정하신 분이셨는데……. 그렇게 떠나신 후 한 달 정도 지나서 돌아오셨죠. 하지만 다시 그분을 뵈었을 때는 좀 무서웠어요."

"왜?"

"뭔가 전에는 느껴지지 않던 그런, 그런…, 이상한 이질감이 있었거든요. 하지만 주인님이셨기에 저는 용기를 내어 다가갔었죠. 다행히 전처럼 잘 대해 주셨어요. 그분은 제가 만난 여러 주인님들 중에서 아주 특별한 성격이셨거든요."

"성격이 어때서? 사실대로 자세하게 말해."

"예, 강자에게는 강하게, 약자에게는 약하게… 뭐, 그런 성격이셨어요. 제가 눈물을 흘리는 걸 아주 싫어하셨죠. 노예인데도 제가 부탁하면 뭐든지 잘 들어주셨어요. 그래서 어떤 때는 도저히 주인님이라는 생각이 들지 않았을 정도였죠. 꼭 누이동생 같기도 하고, 언니 같기도 했구요. 하지만 한 번씩 화가 나시면 입에 담지 못할 욕설과 함께……. 하지만 그렇게 무섭지는 않으셨어요. 아무리 신경질을 내고 위협을 해도 절대로 때리지는 않으시거든요. 말로만 팔아 버린다, 때려 주겠다, 가죽을 벗기겠다고 위협하셨죠. 하지만 울면서 사정하면 투덜투덜하면서도 다 들어주셨어요."

그러자 그 복면의 남자 옆에 서 있던 몸집이 좀 더 가냘파 보이는 복면 쓴 사람이 입을 열었다. 그가 입을 열자 역시나 매우 가느다란 여성의 음성이 흘러나왔다.

"아주 특이하네. 전형적인 외강내유(外剛內柔)형의 성격 아냐? 그런 데다가 막강한 실력까지 갖췄으니, 아마도 뭔가 꼬투리만 잡고 있다면 크라레스로서는 부려먹기 딱 좋겠지."

"흐음, 대충 들어 보니까 뭔가 크라레스와 거래가 있었어. 그녀가 크라레스에 협력할 수밖에 없는 그런 뭔가가 말이야."

"그렇게밖에는 생각할 수가 없겠는데? 그건 그렇고 이 아이는 이제 어떻게 할 거야? 대충 필요한 것은 다 알아낸 것 같은데, 죽여 버릴까?"

그러면서 그 복면 쓴 여자는 세린의 몸 여기저기를 만져 보며 말을 이었다.

"묘인족은 등 부분에 아주 부드러운 털이 나 있다구. 묘인족 한 마리 잡아 봐야 그게 얼마 안 나오니까 아주 비싸지. 어때? 최고급 목도리 하나 필요 없어?"

그 끔찍한 말에 세린이 부들부들 떨고 있는데, 남자는 고개를 가로저으며 말했다.

"아니, 죽일 필요까지 있을까? 그따위 가죽은 필요 없고 노예로 팔아 버리는 게 더 좋지 않을까? 수입이 짭짤할 거야."

"제, 제발……."

세린이 겁에 질린 채 사정하는 것을 재미있다는 듯 바라보며 그 복면 쓴 여자가 이죽거렸다.

"호오…, 떨고 있는 것 좀 봐. 제법 불쌍하게 보이지? 이러니까 노예로밖에 쓸 데가 없다니까."

이때 세린은 공포감이 쾌락의 감정을 아예 초월해 버렸다. 다크에게 듣던 팔아 버린다느니, 가죽을 벗긴다는 말과는 차원이 다른 이 위협에 완전히 겁에 질려 버렸던 것이다. 그와 동시에 흥분이 극에 달한 세린의 손톱이 길쭉하게 빠져나오며, 동시에 몸집이 부풀어 오르고 있는 것을 그 남자가 먼저 포착했다. 남자는 그것을 알아챔과 동시에 몸을 날렸다. 그야말로 바람이 일 정도로 엄청난 속도였다.

퍽!

변신을 완료하기도 전에 뒤통수를 얻어맞고 쓰러져 버린 묘인족 소녀를 살펴보며 복면을 한 여자가 말했다.

"어머? 그러고 보니 변신 방지용 목걸이도 없었잖아. 어떤 정신 나간 녀석이 목걸이도 없는 고양이를 애완용으로 기르고 있는 거야? 죽으려고 작정했나?"

"이봐, 겨우 묘인족 따위가 아무리 설쳐 봤자 한주먹 거리도 안 돼. 그런데 나보다 더 강한 인물이 그 주인이니까 그런 것은 처음부터 걱정도 안 했겠지. 그건 그렇고 진짜 죽일 거야?"

"호호, 농담이야. 저 아이가 슬쩍 없어진 상태에서 우리가 '협상합시다' 하고 간다면 우리가 범인이라는 말밖에 안 돼. 원래 친하게 지내고 싶은 사람의 애완동물은 괴롭히는 게 아니지. 기왕에 기절했으니 옮기자고."

"어디로?"

"어디 나무 그늘 같은 곳에 낮잠 자는 듯 놔두면 되잖아. 그러면 이 고양이도 이게 꿈인지 생시인지 구별하기 힘들걸? 또 누구한테 이 사실을 말한다고 해도 노예의 말 따위 잠꼬대 정도로 생각할 거야."

"그건 그렇네."

남자는 세린을 등에 지면서 투덜거렸다.

"납치해 온다고 온갖 고생을 했는데, 이제는 표 안 나게 돌려 둔다고 고생을 해야 하는군. 제기랄!"

"참아, 애 덕분에 아주 많은 정보를 얻었잖아. 그건 그렇고 다음에는 누굴 납치하지?"

그늘에 앉아서 팔시온과 체스를 두고 있던 다크는 아르티어스가 뒤로 뭔가를 감추고 싱글거리면서 다가오는 것을 보며 말했다.

"어디 갔다 오시는 거죠? 아까 찾아보니까 안 보이시던데……."

아르티어스는 웃음을 감추지 않고 답했다.

"헤헤…, 코린티아에 갔다가 왔지."

"코린티아요? 코린티아면 코린트의 수도잖아요. 거기는 왜?"

의아해하는 다크를 향해 아르티어스는 뒤에 감추고 있던 것을 앞으로 내놓으며 유쾌하게 말했다.

"왜기는 짠! 이걸 봐라. 이걸 산다고 온 코린트의 상점을 다 뒤졌지."

"이게…, 뭐예요?"

황당하다는 듯 말하는 다크를 향해 아르티어스는 당연한 듯 말했다.

"뭐기는? 옷이지."

다크는 아르티어스가 내밀고 있는 옷을 끔찍하다는 듯 아래위로 훑어보며 말했다. 아르티어스가 내민 옷은 보통 16세 정도 되는 여자 아이들을 위해 만든 여름용 원피스로서 아주 밝으면서도 화사한 색상을 지닌 얇은 고급 천으로 만들어 놓은 것이었다. 아무리 안이 비치지 않는 옷이라고는 해도 그걸 입으면 어떤 꼴이 될지 대충 상상이 가는지 다크는 시큰둥하게 대답했다.

"옷인 것은 알겠는데, 그게 뭐냐구요. 설마 그따위 통자루 같은 옷을 나보고 입으라는 말은 아니겠죠?"

"아니기는 왜 아니냐? 이런 무더운 날씨에 시꺼먼 옷을, 그것도 바지를 입고 있으니 얼마나 덥냐?"

은근히 말하는 아르티어스를 향해 다크는 매우 모질게 대답했다.

"하나도 안 더워요."

그녀의 말이 사실인 듯 이 무더운 날씨 탓에 팔시온의 목덜미는 땀에 젖어 번들거리고 있었지만, 그녀의 얼굴에는 땀방울 하나 솟아 있지 않았다.

"설마?"

"나는 아예 털 코트를 입고 있어도 상관없으니까 제발, 그따위 옷은 가져오지 마세요."

"이게 얼마나 시원한 옷인데 그러냐? 내가 그 먼 코린티아까지 가서 가져온 성의를 생각해서라도 입어 보는 척은 해 주는 것이 예의가 아니냐? 에구구구…, 처음부터 아들 녀석을 잘못 가르쳤어. 이렇게 애비 말을 안 들을 수가 있나?"

"들어줄 말이 있고 안 들어줄 말이 있다구요. 그 쓰레기 들고 딴 데로 가세요. 나는 체스 두느라 바쁘다구요. 정 입힐 사람이 없으면 그 드워프한테나 입히시라구요."

"이 옷의 크기를 보고 그런 말을 해라. 그 녀석이 입으면 찢어진다구. 그러지 말고, 응?"

"이번에는 못 들어줘요. 아버지 때문에 이놈의 목걸이도 했고, 또 귀걸이도 했지만, 이번만큼은 절대로 못 들어줘요. 체스 두는 거 방해하지 말고 가시라니까요? 정 상대가 없으면 그 드워프 녀석하고 노시라구요."

팔시온은 부자의 대화가 오래 지속되자 한심하다는 듯 그 둘을 쳐다봤다. 한사코 하기 싫다는 다크를 잡고 그걸 시키고 있는 아르티어스나, 나중에는 하게 될 것이 분명한데도 죽자고 뻗대고 있는 다크. 하지만 대충 그 결말은 팔시온도 익히 알고 있듯이 정해져 있었다. 아르티어스 어르신은 자신이 그 오랜 세월 동안 나이를 헛먹지는 않았다는 것을 과시하듯, 다크의 약점을 속속들이 알고 있었다. 그녀에게 힘으로 밀어붙이려고 든다면 도저히 성공할 가능성이 없었지만, 죽자고 매달리면서 부탁하면 웬만한 것은 다 들어준다는 것을 알고 있는 것이다.

아르티어스가 한 시간을 죽자고 따라다니며, 애걸하고, 협박하고, 사정한 후에야 다크는 그 옷으로 바꿔 입었다. 물론 협박이라는 것도 자신의 무력을 과시한 것이 아니라 다크의 검은 옷에 붙어 있는 그 옷기게 그려 놓은 골드 드래곤 문양을 꼬집어 대며 협박하고, 사정했기에 지어 놓은 죄가 있는 다크로서는 반격을 펼치기가 매우 곤란했던 것이다.

"제기랄!"

새침한 표정으로 욕설을 내뱉는 아들을 보며 아르티어스는 감탄했다는 표정으로 말했다.

"왜 그러냐? 이렇게 잘 어울리는 옷은 처음 본다. 그렇지?"

아르티어스는 팔시온이 자신의 말에 동조하지 않으면 죽이겠다는 듯 다크 모르게 팔시온을 향해 인상을 구겨 댔다. 하지만 팔시온은 아르티어스의 협박 때문이 아니라 진심으로 그녀의 모습에 감탄하고 있는 중이었다.

"정말 잘 어울려요."

"그렇지? 그렇지? 모두들 그렇다고 하는데 왜 너만 그렇게 이 애비 말에 반발하는 거냐?"

다크는 울분을 씹어 삼키며 팔시온을 향해 말했다.

"으휴휴휴… 팔시온, 체스나 두자."

"너 둘 차례야."

팔시온의 말에 다크는 체스 판을 열심히 살펴봤다. 역시 변화는 있었다. 상대의 비숍(Bishop : 승정)이 저 먼 쪽에서 나이트(Knight : 기사)의 비호 아래 슬며시 자신의 룩(Rook : 성장)을 노리고 있었다.

"제기랄!"

다크는 턱을 괴고 앉아, 이리저리 궁리하기 시작했다. 한참을 궁리하던 그녀가 이윽고 룩을 앞으로 다섯 칸 움직여 비호하고 있던 상대방 기사를 포획하겠다는 의도를 노골적으로 드러냈다. 하지만 미리 예상하고 있었다는 듯 팔시온이 회심의 미소를 지으면서 즉시 또 다른 기사를 집어 드는 찰나, 병사 하나가 달려오며 외쳤다.

"공작 전하, 크로아 전하께서 찾으시옵니다."

"무슨 일이냐?"

"무슨 일인지는 잘 모르겠사옵니다. 크로아 전하께옵서는 지금 저쪽 통신실에 계시옵니다."

팔시온이 말을 듣고는 뭘 하려는 것인지 알아챈 다크는 전세가 팔시온 쪽에 유리하게 돌아가는 1실버짜리 내기 체스에서 발을 빼게 된 것을 매우 기뻐하며 말했다.

"그래? 헤헤헤. 팔시온 나머지는 다음에 하자구."

상대의 속셈이 빤히 보인다는 듯, 팔시온은 우람한 근육질의 팔뚝을 흔들며 비웃듯 말했다.

"훗! 이걸로 끝이라고 생각하지 마. 나중에 기억해 놨다가 계속 할 테니까."

"좋을 대로 해. 팔시온의 기억력이 그렇게 좋을 리가 없지. 흐헤

괘씸한 놈들 231

헤헤…….”

다크가 이죽거리는 것을 보며 여태껏 옆에서 구경하고 있던 아르티어스가 말했다.

"내가 대신 둬도 되냐?"

"좋을 대로 하세요."

다크는 크로아 공작이 있는 곳을 향해 걸어가며 아무렇게나 말했지만, 팔시온의 반응은 달랐다. 팔시온은 아르티어스의 눈치를 살피며 주섬주섬 체스 판을 거두면서 말했다.

"아뇨, 저도 바빠서 그만…….”

팔시온이 그렇듯 내빼는 것도 당연했다. 지금 현재 크로아 공작이 거느리고 있는 주력 부대는 적을 만나지는 않았지만 보급 사정이 어려워서 매우 천천히 진격 중이었다. 그 때문에 남아도는 시간을 때우기 위해 기사들끼리 자주 체스를 뒀는데, 거기서 불패의 전적을 자랑하고 있는 인물이 바로 이 아르티어스였기 때문이다. 파견 나와 있는 몇 명 안 되는 마법사들마저도 모두들 아르티어스에게 처참하게 박살 났을 정도니까 마법사들보다 두뇌 회전이 떨어지는 기사들은 보나 마나였다. 아쉬운 듯 입맛을 다시고 있는 아르티어스를 뒤로하고 팔시온은 체스 판을 챙겨 들고 다크를 대신할 새로운 만만한 먹잇감을 찾아 황급히 떠났다. 질 게 뻔한 상대하고 체스를 둘 멍충이가 있을까?

통신실에 들어서는 다크를 향해 뭔가 말을 건네려던 크로아 공작은 그녀의 모습을 보고 할 말을 잊어버릴 정도였다. 원래 미모가 대단한 것은 알았지만 이렇게 대단한 줄은 몰랐던 것이다.

"뭘 그렇게 빤히 보고만 있어? 나를 부른 용건을 말해야 할 거

아냐."

 잠시 딴생각을 하고 있던 그였기에 갑작스럽게 질문을 받자 당황하지 않을 수 없었다.

 "아… 그, 그게 말이지. 구원병이 도착한다고 하더군."

 "그래? 크루마에서 제법 선심을 쓴 모양이군. 그래 얼마나 보내 준다고 하던가?"

 "크루마에서 5천 명."

 "뭐? 5천 명? 농담하냐?"

 "진담이야. 크루마군 1개 여단이 크로돈에 도착했는데 어떻게 하면 될지 물어 왔거든."

 "아, 그렇다면 부대를 나눠서 보내 온 모양이군. 그렇다면 2진은 언제 도착한다는 거야?"

 "2진은 없어. 5천 명이 다야. 와리스 백작의 말로는 상태가 호전된 후에나 보내 준다고 했다더군."

 "언제쯤 상태가 호전되는데? 크루마에서는 전쟁이 끝난 거 아니었나?"

 "보내 주지 않겠다는 말을 조금 우회적으로 한 것뿐이지. 5천 명의 병력만으로 끝낼 생각인 거야."

 "5천 명 가지고 충분해?"

 "아니, 적어도 새로운 병력이 투입될 때까지 최소한 그 열 배는 있어야 해. 대신 미란에서 4만 명을 보내 주겠다고 했다는군. 오늘 제1진으로 4천 명이 도착했대. 앞으로 9일 동안 계속 4천 명씩 도착할 거라고 하더군."

 "미란이라면 이번에 내가 싸운 그 전쟁터 말이야?"

크로아 공작이 고개를 끄덕거리는 것을 보며 다크가 열 받은 듯 말했다.

"아무리 사람을 믿을 수 없다고 하지만…, 그래도 그렇게 악독하게 나올 줄은 몰랐어. 여기서는 동맹이라는 것이 그렇게 하찮은 거야? 하기야 내가 열 낸다고 될 일도 아니지. 자네가 사령관이니까 알아서 해."

"나 혼자서 독단으로 처리해도 돼?"

"물론이지. 자네가 사령관이고 나는 부사령관이니까. 나는 다시 체스나 두러 가 볼까? 팔시온은 너무 강하니까 미디아하고 붙는 게 좋겠군."

중얼거리면서 나가는 다크를 크로아 공작이 재빨리 제지했다.

"잠깐!"

"뭔데?"

"결정을 내렸어. 지금 여기는 별로 일이 없으니까 자네가 크로돈으로 가. 거기서 토지에르하고 상의를 한 후에 결정하라구. 미란에서 병력을 대규모로 파병했기에 급한 불은 껐지만, 그래도 그따위 짓거리를 한 크루마를 그냥 놔둘 수는 없지."

"왜 내가 가야 해?"

시큰둥하게 물어 오는 다크를 향해, 크로아 공작은 그것이 당연한 것이라는 것을 인식시키기 위해 노력했다.

"내가 사령관이고 자네는 부사령관이니까. 원래가 사령관은 전장을 지키고 있어야 하는 것이 상식이거든. 대신 전투가 본격적으로 벌어지면 이쪽으로 날아오면 되겠지."

"별 귀찮은 일을 다 시키는군."

"자네가 좀 해 줘. 요즘 할 일도 없어서 맨날 체스나 두던지 아니면 자네 아버지하고 놀러 다니고 있잖아?"

"좋아, 기분 전환 겸, 갔다 오기로 하지."

"대답이 시원해서 좋구먼. 고마워, 대신 나중에 근사한 선물을 꼭 할게."

"기대하겠어."

아르티어스는 통신실 앞에서 기다리고 있다가, 문을 열고 나오는 다크에게 아르티어스가 달라붙어서는 추근대기 시작했다.

"도대체 무슨 일이냐?"

"왜 여기 와 계신 거예요?"

"네가 나오기를 기다리고 있었지. 헤헤, 어디 여행이라도 가는 거냐?"

"아뇨. 그런데 저하고 꽤 오래 함께 계셨는데, 뭐 딴 볼일은 없으세요?"

다크의 모진 말에 아르티어스는 한껏 슬픈 듯한 표정을 지어 보이며 한탄조로 말했다.

"이제는 내가 싫어진 거야? 이 애비가 따라 다니는 것이 그렇게 귀찮냐?"

슬쩍 가슴이 뜨끔해진 다크는 모질게 끊지 못하고 얼버무렸다.

"그건 아니구요."

그 말에 아르티어스의 표정이 활짝 펴졌다.

"헤헤, 그렇다면 된 거지 뭐. 나의 기나긴 삶에 비했을 때 이건 너무나도 짧은 순간일 뿐이야. 사랑하는 아들에게 시간을 조금 투자하는 것이 뭐가 아깝겠냐? 그리고 여기 음식은 드워프나 먹지 나는 도저히 못 먹겠다."

"에구구구…, 돌아버리겠군."

잠시 작은 소리로 재빠르게 말한 후 다크는 아르티어스를 향해 말했다.

"크로돈시로 갈 거예요."

"왜? 무슨 일인데? 황제 녀석이 불러?"

"내가 알아요? 옛날이나 지금이나 해결사 노릇은 신물이 난다구요."

"해결사? 또 무슨 일이 터졌구나."

"글쎄요. 그걸 알아 보러 가는 길이잖아요. 기다릴 테니 가서 드워프를 데려오세요."

"드워프는 왜?"

"여태까지 데리고 다니셨잖아요."

"흐흐흐, 이번에는 데리고 가지 않을 거야. 또 여기 놔둔다고 해도 도망칠 녀석도 아니고 말이야."

아르티어스는 생긴 것 답지 않게 손아귀에서 우드득 소리가 날 정도로 힘껏 잡으면서 살기 넘친 어조로 말했다.

"제깟 놈이 튀어 봐야 벼룩이지. 감히 내 손아귀에서 도망칠 정도로 간 큰 놈은 여태껏 없었어. 또 세상 끝까지 도망쳐 봐야 그 녀석 잡아오는 것은 일도 아니지. 그건 그렇고, 그 녀석에게 시켜놓… 아니, 부탁해 놓은 일이 있어서 말이야."

"설마, 또 말도 안 되는 걸 만들라고 협박한 것은 아니겠죠?"

"물론… 으음, 아니지. 지가 좋아서 만들고 있는 것을 내가 어찌겠냐. 나는 그 녀석이 뭘 만들지에 대해서 힌트를 준 것밖에 없다구. 원래 드워프란 놈들은 심심하니까 계속 뭔가 만들려고 하지. 거기에 적당한 자극만 주면 아주 열심히 좋은 걸 만들어 낸다구."

아르티어스는 수긍을 하려다가 아차하고는 재빨리 변명을 시작했다. 하지만 그 변명이란 것이 빤히 보이는 것이었기에 다크는 한심하다는 듯이 말했다.

"적당한 자극이요? 전에 내가 봤다구요. 그게 적당한 자극이면, 이 세상에 고문이란 말은 벌써 없어졌을 거예요."

아르티어스는 펄쩍 뛰며 그런 악질적인 중상모략을 하지 말라는 듯 말했다.

"무슨 끔찍한 말을 하는 거냐? 어떻게 아들 녀석이 아버지를 그렇게 못 믿는 거냐? 이 세상의 도덕과……."

또다시 아르티어스가 주절거리자 다크는 고개를 흔들며 짜증난다는 듯 말했다.

"그만 해요. 그래요, 나는 도덕 따위 모르고 도의 따위도 배운 적 없으니까 강요할 생각하지 마시라구요. 그건 그렇고 데려갈 사람도 이제 없으니까, 크로돈으로나 빨리 가요. 토지에르가 기다리고 있을 테니까."

"그러지 뭐. 별로 어려운 것은 아니니까. 크로돈이라고 했지? 자, 공간 이동(空間移動)."

아르티어스는 주문 따위를 외울 필요도 없이 엄청난 양의 마나를 끌어 모아 곧장 마법을 시전했다. 자신들이 있는 곳에서 크로돈까지 이동하는 데는 주문을 외우는 수고를 할 필요 없이 용언 마법으로도 충분했던 것이다.

희뿌연 빛이 번쩍하고 사라진 순간 나타난 두 명을 보고, 토지에르는 순간적으로 할 말을 잃었다. 평상시에 꼭 남자 같은 옷에다가 장신구라고는 눈에 잘 띄지도 않는 아쿠아 룰러만 끼고 있었기에 생각이 미치지 못했었는데, 이렇게 예쁘게 차려입고 나니 옷이 날개라는 말이 하나도 틀리지 않다는 것을 실감할 수 있었던 것이다.

"어, 어서 오시옵소서, 공작 전하."

감탄했다는 듯 자신을 바라보고 있는 토지에르를 향해 곱지 못한 시선을 보내며 다크는 일부러 퉁명스레 대꾸했다.

"그래, 자네는 별로 안녕하지 못한 것 같군. 그건 그렇고 어떻게 처리해 주면 되지?"

토지에르는 아직도 믿어지지 않는다는 듯 다크의 아래위를 훑어보고 있었다. 허리에 검을 차고는 있었지만, 아름다운 원피스에 작고 깜찍한 귀걸이, 그리고 그것에 잘 어울리는 목걸이. 거기에다가 왼손에다가는 가느다랗고 예쁜 쇠사슬형의 팔찌까지 달고 있었다. 그 모든 장신구들은 오직 그녀만을 위해 파이어해머가 꽁지 빠지게 만든 세공품답게 너무나도 잘 어울렸다.

"저… 저, 그러니까 일단 협상을 하시는 것이 좋지 않을까 새, 생각하고 있사옵니다."

"이봐, 나를 보고 얘기해. 도대체 어디를 보고 있는 거야?"

다크의 질책에 토지에르는 더 이상 참지 못하고 중얼거리고야 말았다.

"저, 정말 잘 어울리시는군요."

"죽고 싶냐?"

싸늘한 살기를 피워 올리는 상대의 눈을 바라보고는 찔끔해서 토지에르가 황급히 답했다.

"아뇨."

"그럼 헛소리 지껄이지 말고 요점만 말해."

"예, 일단 크루마가 우리를 일부러 도와주지 않고 있는 것에 대해 뭔가 항의를 하든지, 아니면 실력 행사를 해야만 하옵니다. 안 그러면 전쟁이 더욱 어려워지게 되어 있지요. 한 달만 잘 버티면 되옵니다. 그때는 새로운 병력을 투입할 준비가 완료되니까 말이옵니다."

"그래, 얼마나 많은 병력을 빌려오면 되는 거지?"

"많을수록 좋지요. 게릴라들 덕분에 후방 보급로는 완전히 붕괴 직전이고, 그놈들 잡는다고 병력이 엄청나게 투입되어 있지만 그들만 가지고는 턱없이 부족하옵니다. 최소한 잘 훈련된 5개 사단은 더 있어야 하옵니다."

"5개 사단이라……. 그럼 크루마에 가서 누구를 만나서 따지면 되지? 미네르바를 만나면 되나?"

"미네르바 전하를 만나는 것은 힘들 것이옵니다. 아마도 외교 담당관 가레신 후작을 만나시게 될 테지요."

"가레신 후작이라. 알았어. 빨리 좌표나 말해. 빨리 일 끝내고 돌아가서 체스 둬야 하니까."

다크는 토지에르를 통해 크루마 황성의 좌표와 이번 회담에서 주의해야 할 점을 몇 가지 들은 후 즉시 공간 이동을 했다.

헤즐링은 아닐 거야

"흡!"

자다가 갑자기 무시무시한 힘에 의해 입이 틀어 막힌 사내가 침대 위에 놔둔 검을 잡기 위해 버둥거리자 복면을 쓴 사내는 흉악한 눈빛으로 그를 노려보며 으르렁거렸다.

"이봐, 조용히 해. 안 그러면 죽을 줄 알아."

상대는 목에서 섬뜩하게 느껴지는 차가운 이물질을 느끼고 버둥거리던 것을 멈췄다. 또 사실상 아무리 버둥거려 봐야 상대의 힘을 이길 수 없다는 것을 이미 느끼고 있었다. 몸집은 별로 좋아 보이지 않는데도 이렇듯 엄청난 힘을 내는 것을 보면 보통 실력자는 아닌 듯이 보였다.

"좋아, 그래야지. 자, 이제부터 내가 하는 말에 성실하게 답변을 하는 것이 좋을 거야. 안 그러면 알지? 너 하나만 죽는 것이 아니야. 옆에 자고 있는 계집부터 시작해서, 위층에 잠들어 있는 네 아들, 딸들도 목과 몸통이 분리될걸? 시험해 보고 싶어?"

덩치가 우직한 사내는 재빨리 고개를 좌우로 흔들었다.

"좋아, 그래야지. 네가 황실 경비대대장 맞지?"

상대가 고개를 까딱거리는 것을 보며 복면의 사내는 흐뭇하게 미소 짓고는 뒤에 서 있는 복면 쓴 여자에게 말했다.

"봐, 제대로 찾아왔다구."

그런 다음 그 대대장을 향해 나지막한 목소리로 말했다.

"자, 이제부터 질문을 하겠어. 다크 폰 로니에르라는 공작을 알고 있지?"

멈칫거리며 상대가 답변을 안 하자 복면을 쓴 사내는 손바닥으로 상대의 배를 가격했다. 상처가 나지 않도록 신경 써서 손바닥으로 살짝 쳤을 뿐이지만 정말 요란한 북치는 소리가 울려 퍼졌다.

퍽!

"우으윽!"

손바닥으로 입이 막혀 있었기에 대대장의 신음 소리는 별로 크게 들리지 않았다.

"치레아 지구 총독을 경비대대장이 모른다면 말이 안 되지. 알고 있지?"

그제야 사내는 고개를 끄덕거렸다.

"좋아. 자네는 이제부터 다크 로니에르 공작이 아닌, 다크 크라이드라는 이름만 나오면 왜 사람들이 친절해지는지 그 이유를 말해 줘야겠어."

"그, 그건……."

상대가 대답을 망설이자 그 복면의 사내는 옆에 잠들어 있는 여인의 이불을 슬쩍 걷어 올렸다. 그에 따라 털북숭이 다리 옆에 곧게 뻗은 새하얀 다리가 드러났고, 조금 더 올리자 통통한 허벅지까지 모습을 드러냈다.

"지금 이 여자는 아주 깊게 잠들어 있지. 무슨 일을 당해도 모를 거야."

대대장은 눈을 부릅뜨며 외쳤다.

"무슨 짓을 한 거냐?"

"당연히 마법을 썼지. 이 집 안에서 마법으로 잠재워 놓지 않은 사람은 너뿐이야. 자네가 보는 앞에서 이년을 천천히 즐기며 죽여 줄까?"

"으으으……"

"빨리 선택햇!"

"좋다. 마, 말하겠다."

복면을 뒤집어 쓴 사내가 기대 어린 눈빛을 던지고 있는 가운데 대대장은 천천히 입을 열기 시작했다.

"그러니까, 그 다크 크라이드라는 이름이 나온 것은 무시무시한 마법사가 등장했을 때부터 시작된다. 그녀의 아버지라고 소개한 그 남자는 고작해야 스물대여섯도 안 되어 보였지. 그런 주제에 자기 아들을 찾아왔다고 난동을 부렸고, 수십 명의 경비병들을 끔찍한 방법으로 죽였다."

"호오, 난리가 났었겠군. 그런데 그것과 그녀가 무슨 상관이 있다는 거지? 그렇다면 그녀가 그 아이의 어머니라도 된다는 것인가?"

"아니다. 그러니까 황당한 사건이었지. 그자가 찾고 있는 아들이 다크 크라이드라는 여자였으니까 말이야."

"이봐, 그건 말이 안 되잖아. 여자가 어떻게 아들이 된다는 거지?"

"그건 나도 잘 모르겠다. 어쨌건 그렇게 소란이 벌어졌으니 대기하던 그래듀에이트들이 출동했다. 하지만 전투는 벌어지지 않았고, 황제 폐하께서 직접 나가셔서 그 인물에게 사과하고 일을 마무리 지었지. 그다음부터 다크 크라이드라는 이름을 찾아오는 인물에게는 최대한 성의껏 대하라는 칙명이 내려왔다. 내가 알고 있는 것은 그것뿐이다."

"하지만 좀 이상하잖아? 황궁이라면 당연히 우수한 근위 기사들이 있었을 텐데? 그리고 카프록시아를 보유하고 있는 크라레스의 근위 기사단의 실력은 상당히 뛰어나잖아? 아무리 대단한 마법사라고 해도, 타이탄 앞에서는 고양이 앞의 쥐야."

사내가 이상하게 생각하는 것이 오히려 당연하다는 듯 대대장은 말을 이었다.

"나도 그렇게 생각한다. 그때 궁전 내 제1급 비상령이 내려진 가운데, 유령 기사단에 타이탄 사용 허가와 함께 스바시에와 치레아에까지 나가 있던 모든 기사들에 대한 소환 명령이 떨어졌었다. 하지만 스바시에로 피신하실 예정이셨던 폐하께서 나타나시면서 일이 간단하게 마무리 지어졌었지."

"유령 기사단? 크루마 전쟁에 투입되었던 그 시커먼 타이탄을 보유한 기사단 말이냐?"

"잘 알고 있군. 바로 그 기사단이다."

퍽!

"아니 왜 그러는 거야? 더 물어볼 것이 많았는데?"

"더 이상 물어보면 안 돼. 잠깐만 기다려."

복면을 쓴 여자는 이제 죽은 듯이 잠들어 있는 남자의 머리 위에 손을 놓고 주문을 외웠다. 그러자 그녀의 손에서 희뿌연 빛이 피어오르고 있었다.

"랩스 오브 메모리(Lapse of Memory : 잘못된 기억)!"

주문을 끝마친 여자는 사내를 향해 말했다.

"이제 더 이상 물어볼 필요 없어. 이제 기억을 뒤헝클어 놨으니까 별 문제 없을 거야. 대충 감을 잡았으니 빨리 여기를 떠나자."

그들은 은밀하게 그 집에서 빠져나왔다. 그 집에서 나오자마자 그들은 복면을 벗어 호주머니 속에 쑤셔 넣었다. 복면 속에 감춰졌던 얼굴은 까미유와 마도사인 지레느였다. 다크라는 정령 냄새를 풍기는 아가씨를 찾기 위해서는 마법사보다도 정령술을 알고 있는 지레느 쪽이 훨씬 더 적합할 것 같아서 데려온 것이었다. 그들은 이미 복면까지 감춰 버린 상태였기에 천천히 걸어가면서 느긋하게 대화를 나누기 시작했다.

"뭘 알아냈다는 거야?"

"물론 알아낼 것은 다 알아냈지. 그 소녀를 찾아온 남자, 엄청나게 강한 마법사라고 했지?"

지레느의 물음에 까미유는 고개를 까닥거리며 대답했다.

"그랬지."

"네가 생각했을 때 여러 명의 기사들과 함께 싸울 수 있는 마법사가 있을까? 그것도 기사들이 상대가 마법사라는 것을 알고 있었는데 말이야."

정면 대결에서 마법사가 기사를 이길 수 없다는 것은 익히 잘 알려진 사실이었다. 아무리 6사이클급에 이르는 숙련된 고위 마법사라도 그래듀에이트를 당할 수는 없기 때문이다. 그것도 근위 기사단에 소속된 뛰어난 실력을 보유한 그래듀에이트라면 절대로 이길 가능성이 없었다. 한참을 생각하던 까미유는 이윽고 한 사람의 이름을 떠올리며 궁색하게 말했다.

"그, 글쎄……. 코타스 전하 정도라면 가능하지 않을까?"

지레느도 자신이 가장 존경하는 코타스 공작 정도라면 이길 가능성도 있다고 생각했기에, 거기에 대해서 반론을 펴는 대신 딴 것으로 물고 늘어졌다.

"그렇다면 타이탄은? 지금 가지고 있는 군사력으로 봤을 때 크라레스가 여기저기에 파견된 타이탄까지 불러들였다면 아마 1백 대가 넘을 텐데, 그 1백 대나 되는 타이탄과 혼자 싸울 수 있는 마법사가 있어? 그러고도 안심이 안 되어 황제가 직접 나가서 사죄해야 할 상대는?"

물론 없었다. 하지만 전혀 가능성이 없는 것도 아니었다. 평상시에는 있는 듯 없는 듯 지내지만 일단 화가 나면 국가 하나쯤 잿더미로 만드는 것은 간단하게 생각하는 악마 같은 존재. 힘과 공포의 상징. 그것이라면 타이탄 1백 대쯤은 간단하게 해치울 수도 있을 것이다.

"설마, 드래곤?"

"그 설마가 맞을 거야. 그것도 웬만한 국가쯤은 겁내지도 않는 강력한 녀석이겠지. 그렇다면 자연스럽게 그 소녀에 대한 궁금증

헤즐링은 아닐 거야 245

도 풀리게 되지."

"헤즐링(어린 드래곤)?"

"헤즐링은 아닐 거야. 전에 드래곤 사냥하는 것 못 봤어? 헤즐링은 결코 그녀 정도의 힘을 낼 수 없어. 아마도 헤즐링은 벗어난 드래곤일테지. 그것도 마법보다는 검술 익히는 것을 좋아하는 변종 드래곤."

"호오, 그래서 아들이 되었다 딸이 되었다가 하는 거로군."

"그렇지. 드래곤은 양성체(兩性體)니까 말이야. 또 그녀가 드래곤이라면, 그것도 1천 년 넘게 살아온 드래곤이라면, 그 아버지란 존재에 대한 의문도 풀리지. 연구 결과에 따르면 보통 드래곤은 3천 살을 전후해서 새끼를 낳는다고 하니까 아마도 그 드래곤은 3천5백 살은 넘었겠지? 그 정도의 드래곤이라면 코린티아시에 나타나서 대 학살극을 벌여도 막는다는 것은 불가능해."

"놀라운 사실이군. 빨리 쟈크렌 요새로 돌아가자. 공작 전하께 이 놀라운 사실을 보고해야지."

오랜 시간 의자에 앉아서 기다리고 있던 다크는 방문이 열리며 약간 마른 듯한 사내가 들어서는 것을 빤히 바라보고 있었다. 아마도 키는 180센티미터는 조금 넘는 것처럼 보였는데, 금갈색 머리카락을 길게 기른 상당한 멋쟁이였다. 그는 노련한 눈으로 자신을 기다리고 있는 크라레스에서 새로이 파견된 사신을 슬쩍 바라봤다. 소녀와 청년, 둘 다 흔히 볼 수 없는 미인이고 미남이었다. 그는 아무래도 점잔을 빼고 앉아 있는 붉은 머리카락의 청년이 대사고, 예쁘게 차려입은 금발의 미소녀는 시녀쯤 된다고 생각하고는 자리에 턱 앉았다.

가레신 후작은 이곳 별궁(別宮)에 마련된 화려하면서도 거대한 응접실에 이들을 놔두고 일부러 상당히 오랜 시간 기다리게 한 후 나타났다. 당연히 구원을 청하기 위해 나타난 인물들은 심리적으로 초조한 법이다. 그렇기에 그는 그들을 좀 더 초조하게 만든 후 만날 작정을 했었다. 한껏 시간을 끈 후 응접실에 들어와 보니 사신으로 새로운 인물들이 도착해 있었다.

풍보가 올 줄 알았는데 새로운 인물이 도착한 것을 보면 아마도 그 풍보는 크라레스 황제의 노여움을 사서 목이 날아간 모양이었다. 가레신 후작은 불쌍한 풍보를 생각하며 하마터면 미소를 지을 뻔했지만, 간신히 표정을 근엄하게 잡는 데 성공했다. 그런 다음 장중한 어조로 입을 열었다. 일단 상대의 기를 죽이는 것이 먼저였으니까.

"반갑소. 머나먼 크라레스에서 이곳까지 오시느라 수고가 많으셨소. 본인은 가레신 후작이라고 하오. 와리스 백작이 올 줄 알았는데 그대들은 누구신가요?"

"네놈이 가레신 후작이냐?"

도저히 사신들이 뱉을 수 없는 천박한 말을 내뱉는 소녀를 가레신 후작은 황당하다는 표정으로 바라봤다. 도대체 그 얼굴에서 나온 소리라고 생각할 수 없을 정도로 투박한 말이었기 때문이다.

"크흐흐흐…, 안 그래도 네놈을 찾았었는데……."

소녀가 손을 앞으로 쭉 뻗었을 뿐이었는데, 넓은 탁자 반대편에 앉아 있던 가레신 후작의 몸뚱이가 자석에 끌리 듯 쭉 끌려 나왔다. 가레신 후작은 있는 힘을 다 해서 자신의 몸이 움직이는 것을 저지하려 했지만 소녀에게 끌려가는 것을 어찌할 수 없었다. 순식간에 자신의 손아귀에 멱살이 잡힌 가레신 후작을 바라보며 소녀가 싸늘한 어조로 말을 이었다.
"잘되었군."
갑자기 후작의 몸이 날아가서 소녀의 손아귀에 멱살이 잡히는 희한한 구경을 한 가레신 후작의 뒤편에 서 있던 두 명의 경비병들은 검을 뽑아 들었다. 하지만 그들의 행동은 가레신 후작에 의해 저지되었다. 가레신 후작은 처음에는 깨닫지 못했지만, 이 희한한 경험을 통해 미네르바가 말했던 '그녀'가 떠올랐던 것이다.
"멈춰라."
그런 후 가레신 후작은 앞의 소녀를 보면서 조심스럽게 말했다.
"로니에르 공작 전하십니까?"
상대가 고개를 끄덕여 인정하자, 가레신 후작은 맹렬하게 두뇌를 회전시키기 시작했다. 바로 자신의 멱살을 쥐고 있는 상대는 키에리 드 발렌시아드를 패배시킨 이 시대 최강의 검객이었기 때문이다.
"저, 로니에르 공작 전하. 이번에 파병한 본국의 병력 때문에 약간의 오해가 생긴 모양이온데, 귀국의 어려움을 이해하기는 하지만, 본국의 어려움도 생각해 주십시오. 헤헤, 저희들은 국경의 긴장 상태만 풀리면 최소한 10개 사단쯤 파병해 드릴 겁니다. 아직도 코린트의 주력 부대가 회군하지 않고 쟈크렌 요새에서 호시탐탐 이쪽을 노리고 있는 관계로, 국경에서 병력을 뺄 수가 없었습니다. 제발 그 점을 이해해 주십시오."
하지만 상대의 눈은 이해하는 눈빛이 아니었다. 더욱 싸늘하게 자신을 노려보고 있는 것이다.

"지금 본국의 주력 기사단은 쟈크렌 요새 전방에 배치 중입니다. 물론 레디아 근위 기사단은 수도로 복귀했지만, 나머지 2개의 기사단은 전방을 지키고 있습니다요. 그리고 최전선에는 20개 보병 사단과 7개 용병 사단, 10개 기병 연대가 깔려 있습니다. 코린트의 주력 부대를 경계하기 위해서는 그 정도는 있어야 합니다. 만약 귀국에서 요청하신 대로 10개 보병 사단을 빼낸다면 전선에 큰 구멍이 생길수도 있습니다. 이쪽도 새롭게 입수한 쟉센 평원을 장악하고, 또 확실한 본국의 영토로 만들기 위해서는 그 정도의 병력이 꼭 필요합니다. 쟉센 평원은 이번에 전공을 세운 많은 귀족들에게 새로운 영지로 하사되었고, 또 새로운 영주들이 자신의 영지를 장악하려면 시간이 걸립니다. 시간을 좀 주십시오."

자신이 내뿜는 살기에 질려서 주저리주저리 떠들어 대고 있는 가레신 후작을 노려보고 있던 다크는 슬쩍 힘을 주면서 털어 버렸다. 살짝 힘을 쓴 것처럼 보였지만 가레신 후작은 붕 날아가서는 한쪽 벽에 철퍼덕 처박힌 후 완전히 뻗어 버렸다. 경악한 표정으로 바라보는 경비병을 향해 다크는 이 정도는 아무것도 아니라는 듯 말했다.

"저 녀석은 회담을 할 정도로 건강이 좋지 못한 것 같아. 봐, 벌써 뻗어 버렸잖아. 너 빨리 가서 의사를 불러오고, 그리고 나하고 회담할 좀 더 튼튼한 녀석도 불러와."

지적당한 경비병은 그녀가 여태껏 뿜어내고 있던 살기에 부들부들 떨고 있다가 기회는 이때라는 듯 재빨리 밖으로 튀어나가 버렸다.

다크는 이제 혼자 남아서 한껏 겁에 질린 표정으로 자신을 바라보고 있는 경비병을 보고 부드럽게 말했다.

"이봐, 크루마의 예절은 어떤지 모르겠지만, 목이 좀 마르니까 음료수, 아니 술을 좀 가져와. 아버지는 뭐 드실래요?"

"나? 차 한 잔하고 뭐 맛있는 음식 좀 가져오라고 해. 이 몸뚱이를 유지하려면 열심히 밥을 먹어 둬야 하거든."

"들었지? 음식하고 술, 차 한 잔이야. 술은 독한 것일수록 좋아. 알았어?"

"예."

그 경비병도 재빨리 사라져 버렸다. 첫 번째 경비병이 사라진 후 조금 지나서 다크가 앉아 있는 방 사방에는 근위 기사들이 깔리기 시작했다. 모두들 궁전 내에서 싸우는 것이었기에 중무장을 갖추고 있었고, 만약을 대비해서 정원에도 세 명의 기사가 타이탄을 꺼낼 준비까지 하고 있었다.

한참을 기다리자 시녀들이 들어와서 음식과 술, 차를 놔두고 재빨리 사라졌다. 다크는 술잔 가득 술을 부은 후 한 모금을 음미하면서 마신 다음 아르티어스를 바라봤다. 아르티어스는 김이 무럭무럭 오르는 맛있어 보이는 음식을 앞에 두고 입맛을 다시며 우선, 차부터 한 모금 마시고 있는 중이었다. 그걸 보고 다크는 농담이라도 하듯 생글거리며 말했다.

"독약이 들어 있을 거예요."

"푸악! 쿨룩, 콜록! 뭐라고?"

아르티어스는 기껏 한 모금 마셨던 차를 브레스 토하듯 뿜어낸 후 기침을 해 댔다. 다크는 그걸 보고 방글거리며 말했다.

"독약이요. 한 방울이면 큼직한 말(馬)도 죽일 수 있는 독약이 아주 많죠. 아마 그걸 넣었을 걸요?"

아르티어스는 음식들을 향해 재빨리 용언으로 해독 마법을 펼쳤다.

"너는 어떻게 그런 말을 그런 표정으로 할 수가 있는 거냐? 에잇 제기랄! 밥맛 떨어지게 하는군. 해독(解毒)!"

다시 차를 마시기 시작하는 아르티어스를 바라보며 다크가 말했다.

"그걸로 해독이 끝난 거예요?"

"물론이지. 용언의 힘은 위대한 것이란다."

"그러고도 해독 안 되면 어쩌려구요."

"그러고도 안 되면 본체로 돌아가면 그따위 독쯤이야, 나한테 아무런 해도 끼칠 수 없지. 그런 다음 나한테 독을 먹인 놈들을 완전히 가루로 만들어 버릴 거야."

"쯧쯧, 그런 결과가 안 생기기를 빌어야겠군요. 그런데 인간 세상에 간섭하는 것은 잘못이라고 안 그랬어요?"

"물론 그랬지. 하지만 그것은 나한테 피해를 안 줬을 때 얘기지. 호비트 따위가 감히 나한테……."

인간들은 자신들을 인간이라고 불렀지만, 인간 외의 것들, 그러니까 엘프나 드워프, 오크, 오우거, 트롤 따위는 인간을 호비트라고 부르고 있었다. 그것은 인간이 그들을 몬스터라고 싸잡아 낮춰서 부르는 것과 같은 맥락일 것이다. 다크는 아르티어스의 말을 생각하며 술을 한 모금 마신 후 말했다.

"그러고 보니 나도 호비트잖아요."

아르티어스는 말도 안 된다는 듯 말했다.

"아아, 호비트와 아들은 분명히 다른 거지. 암, 다르고말고. 호비트는 호비트고 아들은 아들이야. 그건 그렇고 이거 참 맛있구나. 쩝쩝……."

한참 아르티어스가 맛나게 먹고 있을 때 미네르바가 달려 들어왔다. 그녀는 쟉센 평원에 설치된 사령부에 있다가, 이 불청객에 대한 보고를 받고 즉시 달려온 것이었다. 그리고 미네르바를 따라서 매우 날카로운 눈매를 한 기사 세 명이 함께 들어와 그녀의 뒤에 섰다. 미네르바는 방 안을 쓱 둘러본 다음 말했다.

"반갑군."

미네르바는 의자에 앉으면서 저 구석에 처박혀서 뻗어 있는 가레신 후작을 가리키며 말했다.

"옮겨서 치료해 줘라."

"옛!"

한 기사가 가레신 후작을 들고 밖으로 나가는 것은 보지도 않고, 미네르바는 시선을 다크에게로 고정시키며 말했다.

"오랜만에 만나서 하는 인사치고는 상당히 거칠군. 그래 무슨 일로 왔지?"

다크는 답변은 하지도 않고 술을 쭉 들이켠 후 말했다.

"몰라서 물어?"

"모르니까 묻지."

"그쪽에서 벌어진 전쟁에는 이쪽에서 열성을 다해서 도와줬는데, 이쪽 전쟁에는 그쪽에서 영 성의 없게 도와주는 것에 화가 났을 뿐이야. 다급하게 구원병을 청하는데 고작 5천 명이라니. 너라면 기분이 어떨 것 같아?"

상대의 말에 미네르바는 노련하게 대답했다.

"글쎄…, 우리는 5천 명이라도 충분할 것이라고 생각했는데? 그쪽의 기사단은 엄청나게 강하잖아. 그런데 뭣 때문에 원군을 청하는 것이지? 그리고 이쪽에 여유가 있다면 도와주겠지만, 이쪽도 급하다구."

"호오, 그래서?"

다크는 미네르바를 한참 노려보다가 말을 이었다.

"진짜 급한 게 뭔지 가르쳐 줄까?"

"좋을 대로."

"후회하지는 마."

미네르바는 상대의 위협 따위에는 눈 하나 깜짝 않는다는 듯 고개를 가로 저으며 당당하게 말했다.

"절대로 후회는 안 해."

그 말이 떨어짐과 동시에 다크의 검이 날았다. 도대체 언제 뽑았는지 알 수 없을 정도로 빠른 발검이었고, 일단 금빛 검광이 휙 지나간 후에야 미네르바는 황급히 검을 뽑아 들 수 있었다. 황급히 회피하면서 검을 뽑기는 했지만 미네르바는 일단 자신에게 피해가 없었기에, 상대가 첫 번째 공격을 위협용으로 한 것으로 이해했다. 그런데 뒤에서 철퍼덩하는 쇳소리가 울려 퍼지는 것을 들었다. 그것은 절대로 뒤에 서 있는 그녀의 호위 기사들이 그녀를 돕기 위해 검을 뽑는 소리는 아니었다.

"어, 어느새?"

뒤에 서 있던 기사들이 쓰러지는 소리라는 것을 파악한 미네르바가 경악하는 사이, 다크는 그녀를 향해 이죽거렸다.

"그다음은 네 목이야. 그리고 이 주위를 둘러싸고 있는 기사 녀석들을 다 죽일 거야. 그다음이 이 황궁을 박살 내는 것이지. 이 정도가 되었을 때 비로소 위급하다는 말을 할 수 있는 거야."

그 말을 끝으로 다크는 검을 휘둘렀다.

챙!

검과 검이 부딪치며 엄청난 불꽃이 번쩍였다. 미네르바는 검끼리 부딪치는 충격에 뒤로 밀려나면서도 간신히 막아 냈지만 그녀의 손은 충격 때문에 반쯤은 감각을 잃은 상태였다. 상대는 겨우 한 손으로 휘둘렀을 뿐인데 그 충격은 양손 검의 충격 이상이었던 것이다.

"제법이군. 내 공격을 막아 내다니. 그 검 꽤 좋은 것인 모양이지?"

둘이서 검을 뽑아 들고 싸우고 있는데도 아르티어스는 열심히 음식을 먹으며 구경하고 있었다. 둘의 격돌은 엄청났다. 안에서 칼 부딪치는 소리가 들려오자 응접실 밖에서 대기하고 있던 기사들이 뛰어들었다. 그리고 정원에서 대기하고 있던 기사들은 타이탄을 불러내고 있었고, 아직 응접실 안으로 들어오지 못한 인물들도 별궁 내에서 타이탄을 꺼내고 있었다. 별궁이라고 하지만 크루마의 재력을 과시하듯 엄청나게 크게 지어져 있었기에 그 안에서 타이탄을 끄집어내도 머리가 부딪치지는 않았다. 하지만 평상시처럼 과시용으로 꺼내 놓는 것과는 달리 이 안에서 전투를 벌인다면 완전히 이 별궁도 박살이 날 것이 분명했다.

금빛 검광이 대기를 가를 때마다 미네르바를 도우려고 달려들었던 기사들의 몸에서 피가 튀었다. 이때 벽을 뚫고 타이탄 한 대가 모습을 드러내기는 했지만 워낙 좁은 장소에 아군들과 적이 뒤섞여 있는 상태라서 섣불리 손을 못 쓰고 있었다. 미네르바는 세 명의 기사를 간단하게 해치우고 자신을 향해 달려 들어오는 다크를 향해 외쳤다.

"잠깐! 구원군을 주겠어."

다크는 또 다른 기사를 베려고 하다가 순간적으로 멈춘 후 뒤로 빠졌다. 미네르바의 '잠깐'이라는 말 때문에 기사들도 분노의 눈빛을 뿜어내고는 있었지만 미네르바의 뒤편으로 슬슬 자리를 옮기기 시작했다. 그리고 벽에 구멍을 뚫고 들어왔던 타이탄도 천천히 물러서기 시작했다.

"얼마나 줄 수 있어?"

미네르바는 잠시 숨을 가다듬은 후 물어왔다.

"얼마나 필요해?"

"5개 사단. 아마 그 정도면 아쉬운 대로 될 거라고 토지에르가 그러더군."

"겨우 5개 사단을 빌려 달라고 여기서 목숨을 건 모험을 한거야?"

"호오…, 이제야 겨우라는 말이 나오는군. 사람이 5만 명인데 말이야. 그리고 나는 절대로 목숨을 걸지는 않아."

미네르바는 뒤를 돌아보며 외쳤다.

"여기를 빨리 치워라. 그리고 부상자들을 빨리 신관에게로 보내."

그제야 기사들은 검을 검집에 집어넣고 신속하게 움직이기 시작

헤즐링은 아닐 거야

했다. 여기저기에 쓰러져 있는 피투성이의 동료들을 업고 신관에게 달려가기 시작했다. 어느 정도 정리가 대충 끝나자 그녀는 기사들을 향해 말했다.

"모두들 물러가라."

부하들이 주춤주춤 자리를 피하고 나자 미네르바는 자신이 앉았던 피 묻은 의자를 치워 버린 후 옆에 있던 의자에 앉으면서 말했다.

"일단 내 부하들을 죽이지 않은 것에 대해서는 감사하게 생각해. 내일부터 시작해서 하루에 1만 명씩, 5일에 걸쳐 보내 주지. 하지만 더 이상은 안 돼. 이쪽도 여유가 그렇게 많지는 않으니까."

"처음부터 그렇게 나왔어야지. 아이, 아버지. 내 술 마시지 말아요. 독약이 들어있다니까요!"

모처럼 멋진 식사를 끝낸 아르티어스는 이제 찻잔에다가 다크가 마시던 술을 한 잔 가득 부은 후 마시다가 뿜어낸 후 투덜거렸다.

"푸읍! 또 독약이냐? 그런데 너는 왜 멀쩡한 거야?"

아르티어스가 뿜어낸 술은 미네르바의 옆으로 지나갔다. 그것을 바라보며 다크는 미네르바가 조금 더 옆쪽에 있었으면 좋았을 뻔했다는 생각을 했다. 하지만 일단 지나간 일이고 자신은 아버지에게 질문을 받고 있었다.

"나야 이따위 독약에 어떻게 될 정도는 아니죠. 하지만 아버지는 다르잖아요."

"제기랄, 그래 잘난 아들 둬서 오늘 하루에 두 번이나 독약을 먹을 뻔하는군."

아르티어스는 투덜거리면서 이번에는 미네르바의 눈을 의식한 때문인지 용언 마법을 사용하지 않고, 재빨리 주문을 외운 후 시동어를 외쳤다.

"카운터액팅 포이즌(Counteracting Poison)!"

마법의 대상이었던 찻잔과 술병에서 희뿌연 푸른빛이 나타났다가 사라졌다. 일단 해독이 끝났다고 생각한 아르티어스는 방금 전의 그 예의에 벗어난 행동을 만회하려는 듯 찻잔을 들고 우아하게 천천히 마시기 시작했다. 그걸 보고 다크는 생긋이 웃으면서 말했다.

"거짓말이었어요."

아르티어스의 표정이 확 일그러지는 것을 보며 미네르바도 키득거렸다. 아르티어스가 노려보고 있음에도 불구하고 다크는 뻔뻔스레 그걸 무시하며 미네르바를 향해 말했다.

"고마워. 하지만 보답은 바라지 마. 5만 명의 증원군은 여기 황궁을 박살 내는 대신 받은 것뿐이니까."

"훗! 그게 가능했을까? 여기에 모인 기사만 몇 명인 줄 알아?"

"물론 알고 있지. 일단 일은 잘되었으니 이제 돌아가는 것이 좋겠지."

"뭐야? 벌써 가는 거야?"

아직 찻잔의 술을 반도 못 마신 아르티어스가 재빨리 그것을 입 속에 털어 넣으며 투덜거리자, 다크는 이 철없는 아버지를 향해 말했다.

"그럼 여기에 얼마나 더 있다가 갈 생각이었어요? 덕분에 맛있는 밥을 먹었잖아요. 빨리 가자구요."

검술을 배운 드래곤

　다크가 크루마의 황궁을 뒤집어 놓고 있을 때, 까뮤 드 로체스터 공작의 머릿속도 까미유의 보고에 의해 뒤집어지는 중이었다.
　"뭐라고? 어떻게 그럴 수가 있지?"
　지레느가 까미유의 옆에서 지원해 줬다. 까미유와 달리 지레느는 로체스터 공작 가문과 약간의 혈연이 있었기 때문에 공작에게 의견을 말하는 데 좀 더 편했기 때문이다.
　"가능성은 충분합니다, 아저씨. 만약 그 상대가 드래곤이 아니라면 크라레스의 근위 기사들이 가만히 있지 않았겠지요. 그리고 드래곤이 한 국가를 뒤집어엎는 것을 상관하지 않고 찾아다니는 아들이라면 그 역시 드래곤일 것입니다. 원래가 드래곤이란 것들은 인간들의 일에 관여하지 않는 것을 원칙으로 하니까 말입니다."
　로체스터 공작은 고개를 절레절레 흔들면서 말했다.

"하지만 말이 이상하지 않느냐? 그녀가 만약 헤즐링이라면 그 드래곤의 행동은 충분히 이해할 수 있다. 하지만 그녀의 힘은 도저히 이해할 수가 없어. 그 엄청난 검술…, 그건 하루아침에 배울 수 있는 것이 아니야. 그리고 만약 그 아이가 헤즐링이 아니라면 그 드래곤의 행동을 이해할 수가 없지. 드래곤은 새끼가 5백 살이 되어 분가시킨 후에는 인간에 의해 죽임을 당하더라도 상관하지 않는 종족이니까 말이다."

"좋아요. 그렇다면, 이런 가정은 어떨까요? 그녀가 헤즐링이라고 하고, 그녀는 오래전부터 검술을 익혔다고 가정하는 거예요. 사실 드래곤의 유아기는 인간에 비해서 엄청나게 길죠. 헤즐링이 검술을 익혔다고 생각한다면 어떨까요? 발렌시아드 공작 전하께서도 95년 만에 완성하셨잖아요? 헤즐링이 한 3백 살쯤에 검술을 배우기 시작해서 450살쯤에 그 정도 경지에 들어갈 수도 있잖아요."

"그건 말도 안 돼. 드래곤은 원래 검술을 배우지 않아. 여태껏 검술을 배운 드래곤이 있다는 소리는 들어 보지 못했다."

로체스터 공작의 부인에도 불구하고 지레느는 악착같이 자신의 의견을 펼쳤다.

"하지만 드래곤이 절대로 검술을 배우지 않는다는 법도 없잖아요. 누가 알아요? 검술 익히는 것을 좋아하는 특이한 드래곤일 수도 있죠."

두 사람의 대화가 약간씩 언성이 높아지고 있는 것을 감지한 까미유가 그들 사이에 재빨리 끼어들었다.

"공작 전하, 어떻게 되었건 그녀와 드래곤 간에는 상당히 밀접한 관계가 있는 것은 분명한 것 같사옵니다. 그에 대한 대비도 좀 해

두시는 편이 좋을 듯하옵니다."

"도대체 무엇을 어떻게 대비한단 말이냐? 그녀가 속한 크라레스가 우리나라를 박살 내려 하고 있는데, 그녀와 충돌하지 않기 위해서 그냥 항복하고 끝내라는 것이냐?"

"그런 뜻은 아니었사옵니다. 어쨌건 그녀를 상대하는 데 있어서 좀 더 조심할 필요는 있다는 것이 저의 생각이옵니다."

"제기랄, 요즘 왜 이렇게 계속 문제만 터지는 거냐? 곧이어 유성이 떨어지는데 그것도 대비를 해야 하고……. 또, 이번에는 드래곤이라고? 도대체 이 일을 어떻게 하면 되지?"

"전하, 유성은 어떻게 처리할 생각이시옵니까?"

"어떻게 하긴 뭘 어떻게 해? 시민을 대피시키는 방법밖에 없지."

"어디에 떨어지는 것이옵니까?"

"흐음, 너희들은 그걸 못 들었냐?"

"예."

"참, 조사하러 다닌다고 들을 시간이 없었겠구나. 유성은 다섯 곳에 집중된다."

"예?"

"수도에 여섯 개, 쟈코니아의 쟈크렌 요새에 하나, 크로나사의 중심 도시 크라레인시에 하나, 스웨인의 군사 도시 스위트에 하나, 발렌시아드 공국의 수도 발렌시아시에 하나. 그렇게 해서 열 개다. 녀석들은 수도를 제외한 모든 공격 목표를 방어 마법진이 없거나 있더라도 그것을 막기 힘든 도시에 한정시켜 놨다. 대신 수도에는 강력한 마법진이 있으니까 여섯 개를 집중시켜 놓은 거겠지."

"피신시켜야 하지 않을까요?"

"지금 조용히 추진하고 있는 중이다. 만일의 사태에 대비하여 수도에서도 모든 사람들을 철수시키고 있는 중이지. 물론 아직 시민들에게까지는 그 사실이 발표되지 않았다. 귀족들과 황족들, 그리고 도서관이나 박물관, 뭐 그런 것들의 책들이나 기타 유물들의 철수가 완료되는 2, 3일 후에나 발표할 계획이야."

"그렇다면 대 혼란이……."

"그 정도는 각오해야겠지. 대신 군대와 기사단에는 거의 마지막까지 자리를 지키면서 혼란을 막도록 지시해 뒀다. 그리고 너희들은 도착한 지 얼마 안 되었는데 무리한 부탁이지만 다시 짐을 꾸려 두도록 해라. 유성이 떨어질 때쯤 되면 여기에서 철수해서 바얀 요새로 사령부를 옮길 거다. 여기에도 하나 떨어질 거니까 말이야."

"옛, 전하."

이렇듯 총사령관이 여기저기서 터져 나오는 굵직한 문제들 때문에 정신이 없을 때, 그런 것에는 전혀 신경을 쓰지 않고 자신의 계획대로 하나하나 일을 처리해 나가고 있는 인물도 있었다. 그로체스 공작의 심복인 다리엔 후작은 처음부터 전쟁을 빨리 끝낼 생각은 없었다. 그가 해야 할 일은 완벽한 승리였다. 그리고 될 수 있다면 현재 막강한 권력을 지닌 로체스터나 그와 관련된 기사단의 도움 없이 그 계획을 이뤄 내는 것이 필요했다. 그리고 다리엔 후작은 그로체스 공작의 믿음직스러운 심복답게 그 계획을 잘 이뤄 내고 있는 중이었다.

지금 전세는 다리엔 후작의 계획대로 코린트군이 사실상 크라레스군을 거의 궁지에 몰아넣는 데 성공해 가고 있었다. 다리엔 후작의 지시를 통신 마법을 통해 직접 받고 있는 마법사를 거느릴 정도로 세력이 큰 몇몇 귀족들이 효율적으로 통제되고 있었다. 그들에 의해 전방의 상황은 세세하게 다리엔 후작에게 전달되고 있었고, 다리엔 후작은 이제 크라레스군이 붕괴되기만을 기다리고 있었던 것이다.

아마도 크라레스군 붕괴의 시작은 녀석들의 기사단 투입으로부터 시작될 것이다. 게릴라들의 출몰에 도저히 대응책이 나오지 않으면 크라레스는 기사단을 분산해서 게릴라 토벌에 사용할 것이다. 그것은 바로 다리엔 후작이 바라는 상황이었다. 놈들의 소단위 부대들은 10개 부대 내외로 구성된 은십자 기사단을 투입해서 부숴 나가면 된다. 이렇게 한두 개 부대가 전멸당하고 나면 그다음부터 녀석들은 소단위 기사단의 규모를 늘릴 게 분명했다. 하지만 기사단의 수는 반대로 줄어들 수밖에 없을 것이다.

처음에 다섯 명 단위로 10개 부대를 편성했다가 그중 몇 개가 부서지고 나면 그다음부터는 열 명 단위로 5개 부대로 줄어들 것이고 나중에는 25명 단위의 2개 부대가 될 것이다. 그렇게 기사단의 규모가 대형화되면 수많은 게릴라를 막기 힘들뿐더러, 이쪽에서는 30명 단위의 1개 부대만 운영해도 별 피해 없이 놈들을 제압할 수 있게 된다.

그런 상황에 이르게 되면 크라레스의 기사단이 아무리 강하다고 해도 뿔뿔이 흩어진 채 박살 날 것이고, 겨울이 되면 사기가 저하된 크라레스의 군대는 게릴라들의 좋은 먹잇감이 될 것이 분명했다.

"적들이 보급로로 사용하고 있는 길은 여기 보이는 열 가닥이 전부입니다. 지금 전체 전선에서 본국의 여러 귀족들의 분투로 말미

암아 놈들은 상당히 어려움을 겪고 있는 것으로 조사되고 있습니다."

부하의 보고에 다리엔 후작은 흐뭇한 미소를 지었다. 자신의 계획대로 되어가는 것에 매우 기분이 좋았던 것이다. 크라레스는 보기와 달리 대단히 강력한 기사단을 가지고 있다는 것을 그는 잘 알고 있었다. 하지만 전쟁이라는 것을 꼭 기사들을 가지고 하라는 법은 없었다.

"좋아. 그래, 언제쯤 보급로를 완전히 끊어 버릴 수 있겠나?"

"몇 가지 문제점만 없다면 아마도 오래지 않아 끊어 버릴 수 있을 것입니다, 사령관 각하."

"몇 가지 문제라니?"

"새로운 증원군이 도착하고 있는데, 그에 대한 대비책이 있어야 할 것이옵니다."

다리엔 후작이 조사한 바에 의하면 크라레스는 벌써부터 증원군을 파병할 정도로 여력이 많지 않았다. 얼마 전에 본국의 군대를 모조리 다 긁어모아서 동원한 5개 사단 이후로 증원군이 파병되려면 새로이 용병을 모집하는 길밖에 없으므로, 최소한 한 달은 걸려야 1개 사단이 들어올 것으로 다리엔 후작은 예상하고 있었던 것이다. 그런데 벌써 증원군이 도착했다는 것은 의외의 사건이었다.

"증원군이라고?"

"예, 오늘 거의 1개 사단급의 보병이 새로이 전선에 투입되었습니다. 그리고 크라레스 본국에서는 연일 용병을 모집한다고 난리고 말입니다. 이런 식으로 증원군이 계속 도착한다면 적의 보급로를 완전히 끊는 것은 힘듭니다."

"그런가? 그렇다면 수도에 연락해서 그 증원군에 대해서 철저히 조사해 보라고 해. 내 생각에는 아무래도 크라레스의 군대 같지는 않으니까 말이야. 설혹 크라레스의 군대라고 해도 용병들로 모집된 증원군을 최전선에 투입할 수는 없을 거야. 그러니 그렇게 심각하게 생각할 필요는 없을 거라고 생각하네."

다리엔 후작의 말이 끝나자 이번에는 다른 장교가 입을 열었다.

"또 하나 문제가 있습니다."

"뭔가?"

"전체적인 작전 지휘는 불가능하지만, 그래도 몇몇 중요한 귀족들과는 연락이 되고 있었습니다. 그런데 요 며칠 사이에 그들 중 일부와 갑자기 연락이 두절되었습니다."

"갑자기 두절되었다고?"

다리엔 후작의 되물음에 장교는 재빨리 손가락으로 지도를 짚으며 상세히 설명했다.

"예, 바로 이 일대를 담당하고 있던 마그레인 백작, 이쪽을 담당하던 쟈코 백작, 이쪽을 담당하던 뮤카 자작입니다. 그들에게 연락을 하면 즉시 부근의 귀족들에게 연락을 넣는 형식으로 작전이 진행되었습니다. 그들은 그 일대 지방에 포진하고 있는 게릴라 전력의 핵심이 되는 귀족들이라고 할 수 있죠. 그런데 그들에게서 연락이 끊겼다는 것은 아마도 살해당했을 가능성도 있다고 봐야 합니다."

다리엔 후작은 고개를 주억거리며 말했다.

"아마도 그렇겠지."

"예?"

"그럴 가능성은 충분하다는 말이다. 녀석들이 슬슬 기사들을 투입할 시점이 되었다는 거지. 그 일대의 지리를 잘 알고 있으면서 기습전을 펼친다고 하더라도, 상대가 군대라면 몰라도 기사라면 얘기가 완전히 달라지지. 50명의 병사가 그래듀에이트 한 명을 당할 수 없다고 하지. 평지에서도 그런데, 저런 숨을 곳이 많은 황무지라면 1백 명을 보내도 그래듀에이트 한 명을 죽일 수 없어."

"그렇다면 어떻게 하실 생각이시옵니까? 빨리 대비책을 세워야만 합니다. 아무리 게릴라전을 펼친다고 하더라도 그 핵은 귀족들입니다. 귀족들이 무너지고 나면, 게릴라전을 펼칠 수가 없습니다."

"투르넨 후작!"

다리엔 후작의 지명에 여태껏 묵묵히 앉아 있던 투르넨 후작이 간단히 답했다.

"왜 그러시오?"

"일단 이쪽에서도 기사들을 풀어야 할 것 같소. 전의 실패를 되풀이 하지 않으려면 여러 명의 오너들을 함께 투입하는 것이 좋겠지요. 요 며칠 사이에 그 정도로 많은 귀족들이 당했다면, 녀석들도 기사들을 꽤 많이 투입했다고 생각하는 것이 맞겠지요."

그런 후 다리엔 후작은 잠시 시간을 끌었다가 다시 입을 열었다.

"좀 과하더라도 열 명 정도의 오너를 한 조로 투입하면 어떨까 싶소만, 준비해 주시겠소?"

다리엔 후작의 의견에 투르넨 후작은 불쾌하다는 듯이 답했다.

"은십자 기사단을 뭐로 보는 거요? 은십자 기사단 열 명이면, 웬만한 국가의 기사단 전체 전력과 맞먹는 힘을 가지고 있소."

"그래도 상대는 철십자 기사단의 타이탄들을 간단히 막아 낸 놈들이오. 간단히 해치울 수 있을 거라고는 생각하지 않소. 크루마 전선에서도 대단히 뛰어난 무훈을 세웠다고 들었는데 내가 잘못 들었소?"

"아니, 그 말은 맞소. 좋소, 당신 말대로 열 명을 준비하리다. 마음에 안 들지만 그대가 사령관이니까."

"좋소, 내 지시가 있을 때 당장 출동시키시오."

"알겠소."

투르넨 후작이 불편한 심기를 감추지 않고 찌푸린 얼굴로 앉아 있자, 그것을 보고 더욱 기분이 좋아진 다리엔 후작은 탁자에 쭉 둘러앉아 있는 사람들을 향해 큼직한 목소리로 당당하게 말했다.

"자, 제군들! 이제 녀석들이 본국의 공격에 도저히 견디지 못하고 기사단을 투입해 왔다. 분명히 놈들의 기사단은 게릴라를 제압하기 위해서 매우 소규모로 분산되어 있을 것이다. 사실상 그래듀에이트 한 명이면 게릴라 1개 부대쯤 전멸시키는 것은 쉬울 테니까 말이다. 이제부터는 기사들끼리의 전투가 시작된다. 투르넨 후작의 부대를 지원하기 위해 동십자 기사단 제8전대의 그래듀에이트들, 그리고 마법사 전부를 다 투입해라. 상대가 적으면 그 즉시 공격을 가하고 상대가 많다면 투르넨 후작에게 연락한다. 그러면 은십자 기사단의 정예 기사들이 적을 무찌를 것이다. 이런 식으로 놈들의 기사단 전력을 각개 격파해 나간다면 이번 겨울이 오기 전에 놈들은 크로나사 평원에서 후퇴하게 될 것이다. 만약 후퇴하지 않는다면 녀석들에게 크로나사의 겨울이 얼마나 혹독한지를 가르쳐 줘라."

황무지 위의 썩은 시체들

넓은 황무지 여기저기에 시체들이 널려 있었다. 죽어 있는 그들의 손에는 활, 검 같은 무기들이 쥐어져 있었다. 하지만 제대로 반항도 못 하고 몰살을 당했는지, 아니면 이들을 해치운 자들이 동료들의 시체를 치워 버렸는지 시체들은 모두 비슷한 복장을 하고 있었다. 시체들이 모두 제법 고급인 듯한 청색으로 물들인 면으로 만든 옷으로 복장을 통일하고 있는 것을 보면 산적 패거리는 절대로 아니었다. 바로 이 시체들이 크라레스를 괴롭히고 있던 코린트의 게릴라들이었다.

여기저기에 피워져 있는 불 위에는 큼직한 청동으로 만든 솥이 걸려 있고 그 안에는 음식들이 끓고 있었다. 그리고 상당수의 시체들이 그 불 주위에 쓰러져 있는 것을 보면 여기서 식사 준비를 하다가 기습을 당했다는 것을 대충 알 수 있었다.

"으으으윽!"

"헤헤헤…, 이 녀석 제법 입이 질긴 놈이군."

"저, 그러지 마시고 마법을 쓰시는 편이……."

체구가 왜소해 보이는 사람이 주춤주춤 입을 열었지만, 그 의견은 묵살되었다. 젊은 마법사가 그 잔인한 장면에 안색이 하얗게 되어 사정하는 것을 보다 못한 한 기사가 말했다.

"이봐, 그냥 놔두고 이쪽으로 와서 음식이나 먹어. 그 녀석은 포로들 족치는 게 유일한 재미니까 말이야."

동료들이 인정했을 정도로 바로 이 센티그라는 기사는 자신을 이 황무지에서 헤매게 만든 게릴라들에게 대한 개인적인 감정을 지금 고문이란 형태로 풀고 있었다. 절대로 정보의 획득을 위해서 하는 것이 아니었다. 정보란 것은 복수에 대한 부가적인 산물일 뿐이었다. 하지만 그 젊은 마법사는 비위가 어지간히도 약했던지 이 시체 구덩이에서 음식을 먹을 엄두도 내지 못하고 멀찌감치 떨어진 후 웩웩거리며 토하기 시작했다.

"야야, 센티그! 대충하고 죽여. 밥맛 떨어지게……."

한쪽에 모여서 음식을 먹고 있던 사람들 중의 한 명이 투덜거리자, 그 사내는 간단하게 그 말을 받아친 후 다시금 하던 일에 열중했다.

"히야, 밥맛 떨어진다는 사람이 이런 시체 구덩이에서 녀석들이 만들어 둔 음식을 먹고 있냐? 제기랄, 빨리 말해. 편안하게 죽고 싶으면 빨리 말하라구."

비명을 질러 대는 포로는 한때 상당히 높은 직위에 있었던 인물인 듯, 아주 고급스러운 천으로 만든 옷을 입고 있었지만 지금은 걸레가 다 되다시피 한 옷을 걸치고 있을 뿐이었다. 상대가 무작스럽게 발로 차서 뼈를 부수고 그것을 툭툭 건드리고 있자 그는 거의 이성을 상실할 정도로 심한 두려움에 비명을 질러 대고 있었다.

"으으아아악!"

상대가 자신의 무력함에서 오는 두려움과 자포자기, 그리고 공포, 고통에서 거의 발광 상태의 비명을 질러 대는 데도 기사는 매우 무표정하게 고문을 계속하고 있었다. 오히려 그런 그를 바라보고 있는 동료들의 표정이 찌푸려들 정도였고, 마법사는 이제 더 이상 토할 것도 없는지 쭈그리고 앉아서 귀를 틀어막고 있었다.

"안 그러면 죽지도 살지도 못하게 만들어 주지. 흐흐흐……."

한참의 괴롭힘을 더 당한 상대는 끝내는 입을 열었다.

"알코인… 알코인시에서 동남쪽으로 30킬로미터쯤 떠… 떨어진 곳에 듀, 듀란 남작이 사병을 거느리고……."

"호오, 봐, 족치면 다 불게 되어 있다니까. 그래, 병력은 어느 정도야?"

"2, 2백 명 정도……."

"2백 명이라 이거지. 흐흐흐."

그 기사는 상대방의 가느다란 목소리를 듣기 위해 쭈그리고 앉아 있다가 일어서며, 고문에 의해 거의 걸레가 되어 있는 상대방의 목을 밟아 버렸다. 우두두둑하는 끔찍한 소리가 들린 후 꿈틀거리던 상대의 움직임은 완전히 멈췄다. 그는 적을 처치해 버린 다음 역시 음식을 먹고 있던 몇 명의 동료들에게 유유히 다가가며 말했다.

"대장, 알아냈습니다. 알코인시에서 동남쪽 30킬로미터에 듀란이라는 놈이 있다는데요? 병력은 2백 명 정도."

기사는 의기양양하게 말했지만, 음식을 먹고 있던 대장은 씁쓰레한 표정으로 퉁명스레 대답했다.

"수고했다. 뭐 좀 먹어 둬라. 그리로 가면 아마도 저녁은 늦게 먹게 될 테니까."

"예."

부하에게 지시한 후에도 뭐가 마음에 안 드는지 무표정한 얼굴로 입속에 음식을 떠 넣고 기계적으로 씹고 있던 대장이 갑자기 고개를 쳐들고 시선을 집중했다. 그가 뭔가를 봤는지 그릇을 땅바닥에 내던지며 재빨리 말했다.

"모두들 타이탄을 꺼내라. 엄청난 마나가 느껴진다. 한두 놈이 아니야. 빨리."

타이탄 세 대가 공간을 열고 나오는 것에는 눈길도 주지 않고 대장은 마법사를 향해 외쳤다.

"될 수 있는 한 멀리, 안정권으로 이동해서 본국에 도움을 청해라. 그리고 너희들은 니키가 통신을 끝마칠 때까지 목숨을 다 바쳐서 보호해라. 센티그! 서둘러!"

"옛, 대장."

그와 동시에 대장은 자신의 뒤편에 나타난 거대한 붉은색과 푸른색이 칠해진 타이탄에 올라탔다. 그리고 대장이 올라타는 것에는 눈길도 주지 않고 센티그를 포함한 두 명의 그래듀에이트가 마법사의 양쪽 팔을 잡아들고는 엄청난 속도로 달려가기 시작했다. 그들은 니키가 통신을 할 만한 안전한 장소까지 그를 보내 주고, 또 지켜야 할 의무가 있었던 것이다. 그들의 뒤를 기사들은 헐떡거리며 전력으로 따라갔다.

저 멀리에서 먼지를 뿜어 올리며 다가오는 타이탄은 모두 여섯 대나 되었다. 5미터는 됨직한 거대한 체구에, 은색의 십자가가 그려져 있는 모서리가 둥근 사각형의 방패. 바로 은십자 기사단의 미네르였다.

"적당히 흩어져라. 포위당하면 끝장이야!"

물론 타이탄의 등급에서는 크라레스 쪽이 훨씬 위였다. 겨우 정규 출력(1.0)을 내는 미네르에 비했을 때 이쪽은 1.3이나 되는 근위 타이탄급이었던 것이다. 하지만 코린트가 여태껏 세계를 제패했던 이유가 알카사스처럼 고성능 타이탄을 등에 업은 것이 아니라는 점이 문제였다. 그들은 엄청나게 두터운 기사층을 확보하고 있었고, 그들 중에서도 최고의 실력자들만이 타이탄을 지급받았다. 그러니까 기사들의 등급에 있어서 세계 최고라는 말이었다.

그런데 거기에도 한 가지 문제점이 있었다. 일단 오너급이 될 정도로 뛰어난 실력을 지닌 인물들은 뭔가 하나씩의 직책을 맡게 되어 있었고, 또 그런 직책에 필연적으로 따라 다니는 각종 연회라든지 뭐 그런 행사에 참가해야 했다. 그 때문에 그들은 수련할 시간이 매우 부족했는데 그에 비해서 크라레스의 유령 기사단 소속의 기사들은 정반대의 길을 갔다.

크라레스의 기사들은 당연히 코린트보다는 훨씬 얇은 기사층을 가지고 있었다. 그것은 인구가 적으니 어쩔 수 없는 결과였다. 크라레스도 검술 실력을 인정받으면 기사가 될 수 있었다. 하지만 그들이 기사가 된 후 다른 나라들과는 달리 두 부류로 나뉘게 된다. 실력이 매우 뛰어나다고 인정받으면 유령 기사단으로, 그렇지 못하면 콜렌 기사단으로 보내지는 것이다. 그렇게 되기에 좀 더 우수하다고 뽑혀졌던 그들은 직위도, 명예도, 직책도 내세우지 못하고 숨어 지내게 된다. 유령 기사단에 소속되었다는 그것 하나만으로 그들은 역사의 전면에 등장할 수 없게 되어 버리는 것이다. 그들이 할 수 있는 것은 자신들의 선배들처럼 언젠가 자신들도 역사의 전면에 등장할 수 있을 것이라는 믿음을 가지고 끝없이 무예를 수련하는 것밖에 없었다.

검과 검이 대기를 가르고 굉음을 내며 부딪쳤다. 모두들 두터운 철판을 두르고 있었기에 웬만한 검의 타격으로는 상대방 타이탄을 박살 낼 수 없었다. 그런 면에서 무게가 10톤 정도 더 무거운 테세우스가 월등하게 유리했지만, 숫자 면에서는 압도적으로 불리했다. 넓게 산개해서 압박을 가해 오는 미네르들을 상대해서 테세우스들은 방어에 전념하면서 뒤로 후퇴하고 있는 중이었다. 조금 있다가 모습을 드러낼 구원군을 기다리면서 말이다.

센티그와 그의 동료는 마법사를 들고(?) 죽자고 달린 후, 어느 정도 안전하다고 생각되는 위치에 그를 내려놓고, 저쪽에서 자신들을 향해 꽁지가 빠지게 달려오는 부하들을 흘끗 쳐다본 후 센티그는 젊은 마법사를 향해 냉정하게 말했다.

"빨리 통신을 보내."

"예, 예."

니키가 마법진을 한참 그리고 있을 무렵 부하들이 가쁜 숨을 몰아쉬며 도착했다. 그 무거운 할프 플레이트 아머에다가 방패까지 어깨에 지고 뛰었으니 힘들 것은 당연했다. 모두들 어깨를 들썩거리며 거친 숨을 몰아쉬고 있었지만, 센티그는 그들이 도착하자마자 명령했다.

"자 자, 모두들 주위에 퍼져서 매복한다. 자, 빨리 서둘러! 흔적을 지우라고."

센티그의 명령에 따라 우선 자신들의 흔적을 대충 지웠다. 어느 정도 흔적을 없앴다고 생각하자 이번에는 등에 지고 있던 사각형의 방패를 꺼내어 왼팔에 장착하고, 허리에 달고 있던 자그마한 석궁을 꺼내 들고는 각자 니키를 중심으로 여기저기에 몸을 감추기 시작했다.

기사들이 부산하게 움직이는 가운데 니키는 열심히 주문을 외웠다. 니키의 경우 이제 겨우 4사이클급 마법 몇 개를 배웠을 뿐인 수련 마법사였다. 그런 그가 이곳 전장에서 기사들과 함께 돌아다니는 이유는 아주 간단했다. 크라레스에 있는 모든 마법사와 4사이클급 수련 마법사들은 거의 다 타이탄 제작에 투입되었기 때문이다. 전방에서 전쟁 수행을 도와야 할 마법사들을 거의 대부분 후방으로 철수시켰을 정도로 크라레스의 사정은 급박했던 것이다. 그렇기에 니키가 주문을 외우는 시간은 보통 마법사들보다 월등하게 많이 걸렸을 것은 당연했다.

마나가 모이고 희뿌연 빛이 일어나며 상대가 나타났을 때, 니키는 다급하게 외쳤다.

"적 타이탄이 나타났……."

하지만 니키의 말은 더 이상 이어지지 않았다. 그를 향해 엄청난 불꽃 덩어리가 공중으로 날아오는 것을 느꼈던 것이다. 아마도 상대방 기사단에 소속되어 있는 마법사가 이쪽에서 연락을 취하는 녀석이 있는지 알아 보려 마법을 이용해서 날아다니다가 니키를

황무지 위의 썩은 시체들

발견한 모양이었다. 마법사들이란 존재는 뷰 마나 포스나 뷰 매직 포스의 주문만으로도 상대를 찾아내는 것이 가능하니까 말이다. 바로 이때 숨어 있던 기사 한 명이 숲 속에서 뛰쳐나와 그 불꽃 덩어리를 자신이 가진 방패로 틀어막았다.

쿠쾅!

엄청난 폭발음과 함께 그 충격으로 방패를 가진 그 기사는 시커멓게 그을린 채 뒤로 튕겨 나더니 니키의 근처에 자빠져 버렸다. 그 사내의 방패는 거의 박살이 나 버렸고, 남아 있는 부분도 군데군데 녹아내린 흔적이 보일 정도였다. 그 기사가 쓰러졌을 때쯤, 그의 동료들은 마법사를 향해 석궁을 날릴 수 있었다. 날카로운 소리를 울리면서 석궁에서 발사된 작은 화살이 대기를 가르며 공중에 떠 있는 마법사를 향해 날아갔다. 하지만 그 화살들은 마법사의 몸 주변에 이르러 뭔가 벽이라도 만난 듯 튕겨 나갔다.

상대방 마법사는 비행 마법과 방어 마법, 그리고 공격 마법의 이 세 가지를 동시에 쓸 수 있을 정도로 엄청난 실력의 '진짜' 마법사였던 것이다. 마법사에게 화살이 통하지 않는 것을 알고 숨어 있던 그래듀에이트 한 명이 재빨리 몸을 날렸다. 그는 묵직한 갑옷을 입고 있음에도 불구하고 날렵한 움직임으로 나뭇가지들을 밟고 도약하기 시작하여 공중에 떠 있는 마법사를 향해 몸을 날렸다. 기사가 엄청난 속도로 자신을 향해 달려들자 상대 마법사는 혼비백산하여 위쪽으로 고도를 올리려고 했다. 하지만 바로 눈앞에서 무시무시한 상대가 검을 뽑아 들고 달려드는 상황에서 정신을 집중한다는 것이 결코 쉬운 일은 아니었기에 그의 회피 속도는 빠르지 못했다.

바로 이때 날아오르는 기사를 향해 또 다른 인물이 공중으로 몸을 날려 왔다.
챙!
검과 검이 부딪치는 충격으로 뒤로 튕겨 버린 그래듀에이트는 재빨리 시선을 아래로 돌려 뭔가 착지할 안전한 물건이 있는지 살펴본 후 다시 앞쪽으로 시선을 돌렸다. 바로 그곳에는 자신을 향해 몸을 날렸던 상대편 기사가 자신과 같이 아래로 떨어지고 있었다.
상대편도 그래듀에이트였다. 그것도 자신보다 늦게 도약한 후에도 자신의 검을 막을 수 있을 정도로 높은 실력을 지닌 인물이었다. 일단 마음이 안정되자 떨어지는 그 순간에 등에 지고 있던 방패를 끌러 왼손에 들었다. 그리고 그들은 땅에 착지하자마자 상대방을 향해 달려들었다.
니키는 같은 편의 기사가 몸을 날려서 자신을 지켜 줬다는 것을 알고 있었다. 하지만 검게 타서 죽어 있는 기사의 시체를 봤을 때, 머릿속이 하얗게 탈색되는 것을 느꼈다. 그는 자신이 지금 뭘 해야 할지, 뭘 하지 말아야 할지 아무것도 생각나지 않았다. 그에게는 이제 더 이상 통신이고 뭐고 할 정신이 남아있지 않았다. 사방에서 검이 부딪치는 소리가 자신을 중심으로 들려오고 있다는 것을 대충 느끼며 몸을 떨고 있을 뿐이었다.
퍽!
"크윽!"
어디선가 비명이 들리더니 자신의 주위에 잘려진 팔과 함께 검이 떨어졌다. 그 손은 주인의 몸체에서 잘려진 상태에서도 끝까지 검을 잡고 있었다. 그것을 보고 니키는 비명을 질러 대기 시작했다.

"으아아아악!"

아카데미 마법 학부를 졸업하고 겨우 어떤 마법사의 수련생으로 뽑혀서 방구석에 박혀 마법 실험이나 하고 있던 니키로서는 지금의 이 피 튀기는 격투를, 그것도 동료들이 죽어 가는 것을 견뎌 낼 만한 정신력이 없었던 것이다.

퓨욱!

갑옷과 함께 살이 잘리는 특이한 소리를 끝으로 사방이 조용해졌다. 저벅저벅하는 낮은 소리가 들리더니 부들부들 떨고 있는 니키의 옆에서 비웃음 소리가 들려왔다.

"하하하, 이봐, 한스. 이 꼴을 보라구. 혹시나 통신을 보낼까 봐서 죽자고 싸웠는데 이 마법사 녀석 아예 오줌을 싸고 있었어."

그러자 조금 떨어진 곳에서 말을 하는지 약간 나지막한 한스라는 사람의 목소리가 답해 왔다.

"이봐, 빨리 없애 버리고 돌아가자. 저 소리 안 들려? 아직도 싸우고 있는 모양이야. 녀석들의 기사들은 상당한 실력인데, 마법사는 왜 이렇게 덜 떨어진 거지? 빨리 죽이라고!"

한스가 채근하자 그 기사는 피 묻은 검을 들었다가 천천히 아래로 내렸다. 그때까지도 니키는 자신을 두고 말하고 있는 그 두 사람의 대화가 뭘 뜻하고 있는지 이해하지 못하고 있는 상태였다. 이때 그에게 갑자기 등에서부터 시작해서 엄청난 통증이 몰려들었다.

"으아아아악!"

니키가 발악을 하듯 비명을 지르자 검을 쑤셔 넣은 그 기사는 얼굴 가득 비웃음을 담고 이죽거렸다.

"비명은 지를 줄 아는군. 병신자식!"

그 기사는 검을 충분히 찔러 넣었다고 생각했는지 이제 옆으로 반 바퀴 정도 돌렸다. 그에 따라 우드득 하는 둔탁한 뼈 부러지는 소리가 났다. 그는 그제야 검을 뽑아 낸 후 쓰러져 있는 마법사의 옷자락에 슥슥 닦으면서 말했다.

"기사들의 실력은 대단했어. 만약 우리가 네 명이나 되지 않았다면 이렇게 빨리 해치우기는 힘들었을 거야. 마법사만 제대로 된 녀석을 가지고 있었다면……."

"헛소리하지 말고 빨리 가자. 은십자 기사단이 겨우 이따위 3류 기사단과 수적 우세에도 불구하고 이 정도로 시간을 끌다가 이겼다는 소문이 퍼지면 얼굴을 들고 다니기 힘들어."

"알았어."

그들은 그 자리에서 타이탄을 불러낸 후, 아직도 타이탄 전투가 벌어지고 있는 곳을 향해 달려갔다.

한참 격투를 진행 중이던 대장은 자신들의 동료들이 모습을 감췄던 그 방향에서 네 대의 타이탄이 새롭게 모습을 드러내자 곧바로 상대 타이탄들을 향해 맹공을 퍼부어 대기 시작했다. 그의 부하들도 상관의 의도를 대충 짐작하고는 각자가 맡은 타이탄들을 압박했다.

덩치와 파워에서 월등하게 유리한 상대편이 여태까지의 수세에서 전환하여 공세로 나오자 은십자 기사단원들은 당황하여 뒤로 조금 후퇴했다. 바로 그때를 이용해서 세 대의 타이탄은 마치 약속이나 한 듯 뒤로 반전하여 전속력으로 도망치기 시작했다.

그들과 싸우고 있던 여섯 대의 타이탄들은 그제야 자신들이 속았다는 것을 깨닫고 최대한 빨리 따라잡으려고 했지만, 덩치와 무게가 월등함에도 불구하고 상대방 타이탄의 출력은 미네르보다 뛰어났다. 서로 간의 거리가 점점 멀어지기 시작하는 것을 보고 뒤쫓던 두 대의 타이탄이 검을 얄미운 상대의 등판을 향해 던졌지만, 그것은 별로 큰 타격을 주지 못했다.
"제기랄! 도망치는 것 하나는 아주 도가 튼 놈들이군."

전쟁과 창녀의 관계

"공작 전하, 제5유격 전대에서 적 기사단과 조우한 모양이옵니다."

"뭣이?"

부하의 다급한 보고를 받고 크로아 공작은 튕기듯이 일어났다. 적 기사단과의 접전 소식은 그가 정말이지 기다리고 기다리던 소식이었다. 놈들도 이제 이 끝도 없을 것 같은 전투를 슬슬 결말지을 생각이 든 모양이었으니까 말이다. 크로아 공작은 통신실로 달려가며 물었다.

"적의 규모는?"

공작의 물음에 상대는 난처한 듯 대답했다.

"그게…, 정확히 알 수가 없사옵니다. 지금 예상으로는 최소한 3대 이상이라는 것밖에는……. 그리고 통신을 방해할 수 있을 정도의 여유 전력이 있는 것이 확실하옵니다."

"통신의 내용이 뭐였기에 그러느냐?"

"적 타이탄이 나타났다는 한마디뿐이었사옵니다. 그리고 통신이 두절되었사온데, 아마도 마법사가 살해당했을 가능성이 높다고 봐야겠지요. 유격 기사단의 경우 타이탄전이 시작되면 그래듀에이트 두 명을 포함한 기사 여섯 명이 마법사를 보호할 수 있사옵니다. 아마도 마법사가 당했다는 것은 그들도 모두 죽었다는……."

"가능성은 있지."

통신실에 도착한 공작은 마법사를 향해 물었다.

"제5유격 기사단이 활동하던 영역은 어디냐?"

"텔라크 지역이옵니다. 전하."

"최후에 들어온 통신은?"

"안티온 마을 부근에 나타나던 게릴라의 본거지를 포착했다는 것과, 그들이 가고자 하는 좌표였사옵니다."

공작은 고개를 끄덕이며 말했다.

"좋아, 마법진을 준비해라. 내가 직접 가겠다."

"예? 전하께서 직접 가시는 것은 위험하옵니다."

"무슨 소리냐? 너는 내 실력이 모자란다고 생각하는 거냐? 군소리 말고 빨리 준비해라."

"예, 전하."

곧 상대의 유격 기사들을 상대하기 위해 대기하고 있던 열 명의 기사들이 집합했다. 공작은 그들과 함께 마법진이 완성되기를 초조하게 기다렸다. 이번 작전의 생명은 시간이었다. 놈들이 이쪽의 기사단을 전멸시킨 후 돌아간 다음에는 그곳에 도착해 봐야 아무런 의미가 없는 것이다. 그런데도 저 젊은 마법사의 마법진 그리는 속도는 도저히 공작의 마음에 들지 않았다.

이윽고 젊은 마법사가 모든 것이 준비되었다는 신호를 하자, 공작 일행은 재빨리 마법진 위에 올라갔다. 마법사는 일행들을 향해 주의 사항을 말했다.

"지도에 의하면 전하께서 가시고자 하는 곳은 숲이옵니다. 하지만 숲에는 나무들이 어느 정도 높이인지 알 수 없어서 위험하니 그곳은 안 되고, 좀 더 적합한 지형으로 가야합니다. 마침 1킬로미터쯤 떨어진 곳에 바위들이 있는데 그곳으로 이동하겠습니다. 그리고 만약을 대비하여 상공 5미터 정도 높이를 목표로 공간 이동할 것이니 모두들 충격에 대비하십시오. 그리고 누구 한 분은 제가 안전하게 밑으로 내려갈 수 있도록 도와주시기를 부탁드립니다."

그 말을 끝으로 마법사는 시동어를 외쳤다. 그와 동시에 주위가 뿌옇게 변하기 시작했고, 곧이어 마법진으로 공간 이동을 할 때의 전형적인 증상이 나타나기 시작했다. 주위가 핑핑 도는 것 같고, 뭔가 어지러운 느낌이 잠시 들었다. 그리고 곧이어 몸은 공간 이동을 완료했다.

모두들 눈앞이 확 밝아짐과 동시에 몸이 아래로 떨어져 내리자, 침착하게 충격에 대비했다. 크로아 공작은 직접 밑으로 떨어져 내리는 마법사를 붙잡고 아래로 떨어졌다. 그들이 공간 이동한 장소는 돌과 바위들이 많아서 그런지 키가 작은 잡목들과 잡초들이 군데군데 솟아 있었다.

마법사는 해를 보고 방향을 가늠해 본 후, 한 방향을 손으로 가리키면서 말했다.

"목표로 하시는 장소는 저쪽으로 1킬로미터 정도 지점이옵니다."

공작이 앞장서자 기사들 중의 한 명이 마법사를 껴안고 달렸다. 이윽고 목표 지점에 도착했지만, 아무것도 보이지 않자 마법사는 이리저리 둘러보며 변명을 늘어놓았다.

"어? 이상하네, 전하께서 오고자 하신 곳은 이곳이 틀림없사옵니다."

그러나 경험이 부족한 젊은 마법사의 말은 무시한 채, 공작은 주위를 빙 둘러봤다.

"자, 모두들 흩어져서 찾아라. 아마도 이 근처에 있을 것이다."

"옛, 전하."

공작이 거느리고 온 열 명의 그래듀에이트들은 모두들 오너급이었기에 공작 앞에서 자신들의 실력을 과시하듯 최대한 빨리 사방으로 흩어졌다.

"자네는 마법으로 찾아보게나. 혹시 뭔가 흔적이라도 있는지……"

"옛, 전하."

공작이 거느리고 온 마법사도 고작 4사이클급의 수련 마법사였기에, 진짜 마법사라면 비행 마법(Aviation)이라도 사용하면서 찾았겠지만, 그러지는 못했다. 그는 마법을 이용해서 나무로 올라가는 그 마나도 아끼기 위해서 나무를 하나 택한 후 낑낑거리며 올라갔다. 그런 젊은 마법사의 행동을 보면서 공작은 고개를 절레절레 흔들었다. 마법사도, 기사도, 병사도, 모든 게 너무나 부족하다는 것이 절실하게 느껴지고 있었기 때문이다.

마법사가 나무 꼭대기에서 이리저리 한참을 둘러보고 있는 사이, 기사 한 명이 재빨리 돌아와서 공작에게 보고했다.

"저쪽에 건물들이 있사옵니다, 전하."

"그래? 그곳으로 이동한다. 나머지를 빨리 불러 모아라."

"옛!"

공작이 그쪽을 향해 달려갈 때 뒤쪽에서 마나를 실은 날카로운 휘파람 소리가 퍼져 나갔다.

공작이 목표지에서 본 것은 시체들뿐이었다. 공작은 시체들의 상처를 주의 깊게 살펴보고 여기저기를 둘러보기 시작했다. 그때쯤 나머지 기사들이 마법사를 데리고 나타났다. 그들도 거의 1백여 구에 달하는 시체들을 보고는 재빨리 조사를 시작했는데, 마법사만이 이 처참한 장면에 놀랐는지 하얗게 질린 채 뒷걸음질을 치고 있었다.

"시체들의 상태로 봤을 때 죽은 지 약 세 시간 정도 흐른 것 같사옵니다."

"흐음, 그렇군."

공작은 여기저기서 흔적이 될 만한 것을 필사적으로 찾기 시작했다. 그러다가 한 곳에 시선을 멈췄다.

"저것은 여자 시체가 아닌가?"

"예?"

공작이 가리킨 곳을 향해 기사 한 명이 몸을 날렸다. 그 기사는 시체들을 쭉 둘러본 다음 공작을 향해 말했다.

"창녀들의 시체이옵니다. 전쟁터에는 어디를 가도 창녀들이 있사옵니다. 아마도……."

공작은 한 손을 살짝 들어 상대의 말을 막으며 자상하게 말했다.
"아, 너무 심하게 학살했다는 것을 질책하는 것은 아니니 변명할 필요는 없네. 사냥꾼의 오두막을 중심으로 대충 얼기설기 건물들을 급조해서 지어 놨기는 하지만, 내가 말하는 것은 창녀들이 있는 곳이라면 여기는 본진일 거라는 것이지."
공작의 말대로 전쟁터와 창녀들은 뗄래야 뗄 수 없는 관계였다. 대부분의 경우 창녀들은 포주를 중심으로 마차를 타고 돌아다니며 병사들에게 몸을 팔았다. 이런 식으로 전쟁터를 전전하는 창녀들이라면 당연히 싸구려 창녀들이 대부분이었고, 아주 저질인 여자들인 경우가 많았지만 상관들은 그녀들이 군대를 따라 이동해 오는 것을 묵인해 주었다. 병사들이 욕구를 해결할 만한 최소한의 방법마저 막는다면, 근처 인가의 여자들을 겁탈하는 경우도 생길 수 있었기 때문이다. 그렇게 해서 상관들의 묵인 하에 창녀들이 군대의 뒤를 졸졸 따라다닌다고는 하지만 그녀들은 될 수 있는 한 며칠 단위로 작전을 나가는 패거리를 따라다니지는 않는다. 왜냐하면 그들은 작전을 수행한 후 본진으로 돌아올 것이 분명하기 때문이다.
"그렇습지요."
"그렇다면 아마도 이 녀석들은 여기서 몇 명 생포해서 고문을 했겠지. 그런 다음 공격 조를 따라갔을 가능성이 커. 만약 이곳처럼 고정적인 목표라면 여기를 전멸시킨 후에 전과에 대한 보고와 함께 그 다음 예정지를 알려 왔었겠지."
공작의 세밀한 추리에 부하들은 고개를 끄덕거렸다.
"그런 것 같사옵니다, 전하."

"문제는 그 녀석들이 어디로 갔느냐 하는 것인데……. 여기서 가장 가까운 본국의 보급 루트가 어디냐?"

공작의 질문에 기사는 황급하게 지도를 꺼내어 보면서 말했다.

"예, 여기서 주도로까지는 42킬로미터 정도 떨어져 있사옵니다."

"좋아, 그쪽으로 가자. 그리로 가다 보면 뭔가 단서가 있을지도 모르지."

"옛, 전하."

중간 중간에 서서 주위를 관찰하는 것을 제외하고 공작 일행은 최대한 빨리 이동하기 시작했다. 말은 처음부터 가져오지도 않았기에, 그들은 그냥 달릴 수밖에 없었다. 하지만 모두 그래듀에이트를 상회하는 인물들이었기에 큰 문제가 없었다. 물론 마법사를 제외하고. 마법사는 꼭 필요한 존재였기 때문에 누군가 한 사람은 마법사를 안고 뛰어야 했다.

한참 달리고 있던 공작은 갑자기 한쪽 방향을 가리키며 부하들에게 말했다.

"저쪽으로 가자."

상관의 돌연한 행동에 부하들은 의아해하며 물었다.

"예? 왜 그러시옵니까?"

"저쪽에서 연기가 보이는데 자네들은 안 보이나?"

"예? 저희들의 눈에는……."

"어쨌건 저쪽으로 간다."

그들은 공작의 지시에 따라 오른쪽으로 꺾어져서 달리기 시작했다. 한참을 더 달리자 몇몇 기사들의 눈에도 미세하게 연기가 피어

오르는 것이 보이기 시작했다. 그들이 목적지에 도착했을 때, 그곳은 정말이지 난장판이었다. 수많은 시체들이 널브러져 있었고, 곳곳에 솥이 걸려 있었다. 이들을 이곳까지 안내한 연기는 솥 밑에 피워져 있는 불에서 나는 것이었다. 아마도 이들은 식사 준비를 하다가 제5유격 기사전대에 걸려서 전멸당한 모양이었다.

이리저리 둘러보던 기사가 한쪽을 가리키며 공작을 향해 말했다.

"저쪽에 타이탄 발자국이 보이옵니다."

일단 이곳이 목표 지점이라는 것을 확인한 공작은 재빨리 부하들에게 지시했다. 이런 게릴라들 죽이는 데 구태여 타이탄을 꺼냈을 리는 만무하기 때문이었다.

"너희 넷은 타이탄을 꺼낸 후 만약에 있을지도 모를 적의 공격에 대비해라. 그리고 자네들 여섯은 풀숲을 조사해라. 혹시 생존자가 있는지······."

"옛, 전하."

모두들 자신들에게 주어진 임무를 수행하고 있는 동안, 공작은 타이탄들의 발자국이 있는 곳으로 다가갔다.

"호오···, 여섯 대군. 3대 6으로 싸운 것인가? 상당한 실력자들이군. 그리고 타이탄의 발자국 모양을 보아하니 미네르로군. 미노바는 형태는 같지만 이것보다 조금 더 크니까 말이지. 은십자 기사단 녀석들인가?"

쭉 발자국을 따라가던 공작은 자신의 부하들이 적을 따돌리고 탈출에 성공했다는 것을 알 수 있었다.

"제법이로군."

미소를 지으며 그 수법을 칭찬하고 있는데, 숲 속으로 들어갔던 부하들 중의 한 명이 다가와서 보고했다.

"공작 전하, 숲 속에서 시체들을 발견했사옵니다."

공작의 미간에 잠시 그늘이 스쳤다. 오너들은 어떻게 해서든 탈출한 모양이지만 그 외의 부하들은 적들에게 당했을 가능성이 크다고 생각했던 것이다. 그만큼 크라레스는 기사 한 명이 아쉬운 때였다.

"그래?"

"예, 마법사 이하 일곱 명 모두 전사했사옵니다."

"흐음, 역시……. 가 보자."

"옛, 전하."

공작이 숲 속에 도착했을 때, 여기저기 쓰러진 시체들이 보였다. 그중에서 시커멓게 탄 시체는 아무래도 적의 마법에 격중된 듯 보였다. 시체들을 검사하고 있던 기사들 중의 한 명이 공작이 다가오는 것을 보고 그에게 다가가서 보고했다.

"20분쯤 전에 죽은 것으로 추정되옵니다. 아직 온기가 식지 않았사옵니다."

"그런가?"

공작은 대충 시체들의 쓰러진 모양새를 바라보더니 말했다.

"아마도 저쪽에서 상대편 마법사가 나타난 모양이군. 거기서 이쪽 마법사를 공격했겠지. 그걸 저기 쓰러져 있는 기사가 마법의 강도를 채 가늠하지도 않고 마법사를 구하기 위해 뛰어든 거고 말이야. 모두들 훌륭하게 싸웠구나."

공작의 말이 끝나자 그는 자신이 조사한 바를 설명했다.

"아마도 적은 기사 네 명과 마법사 한 명 이상인 듯하옵니다. 시체들에 남겨진 검상(劍傷)으로 봤을 때 모두들 그래듀에이트급을 상회하는 실력자들임이 확실하옵니다."

"그렇겠지……."

공작은 마법진을 앞에 두고 단정하게 죽어 있는 마법사의 시체를 중심으로 사방에 흩어져 있는 시체들을 자세히 바라봤다. 대충 어떻게 싸웠기에 이런 모양새가 만들어졌는지 이해한 공작은 천천히 입을 열었다.

"모두들 통신 마법을 시도하는 마법사를 목숨을 아끼지 않고 훌륭하게 지켰다. 이들이 임무를 완수하지 못한 것은 적이 너무 강했기 때문이지, 이들이 무능하기 때문은 절대로 아니다. 이들의 시체를 정중하게 거둬들여라. 크리프!"

호명당한 기사가 재빨리 대답했다.

"옛, 전하."

"이렇듯 임무를 충실하게 수행하려다가 전사한 이들의 유가족들에게 조의를 표하는 것은 수도에 남아 있는 될 수 있다면 높은 직위에 있는 인물이 직접 하라고 지시해라. 그렇게 하면 병사들의 사기도 높아질 것이다. 아마도…, 레이폴트 후작 정도라면 좋겠지."

"옛!"

"그리고, 이들 모두를 국상(國喪)으로 처리하고, 각기 작위를 한 단계씩 높여 줘라. 그리고……"

크로아 공작은 언뜻 마음속에 떠오른 금액을 말하려다가 그게 너무 많은 것 같은 생각이 들자 그 액수를 반으로 줄인 다음 말했다.

"그리고 유가족들에게 연금으로 그래듀에이트는 40골드, 기사는 20골드, 수련 마법사는 10골드씩 매월 지급하도록!"

"옛, 전하."

"이제 돌아갈 준비를 하도록 해라!"

"옛!"

공작은 부하들이 시체들을 거두고 있는 것을 바라보다가 갑자기 생각났다는 듯 마법사를 향해 말했다.

"나하고 저 시체들을 크로돈으로 보낼 수 있겠나? 크로돈에 가 보는 게 좋을 것 같다는 생각이 드는군. 그리고 거기에 가는 길에 시체는 내가 가지고 가지."

"예, 가능하옵니다, 공작 전하."

"좋아, 그렇다면 우선 크로돈으로 가는 마법진을 그려라. 그리고 내가 공간 이동한 후에 좀 쉬었다가 본진으로 돌아가도록!"

"옛, 공작 전하."

마법사는 즉시 거대한 마법진을 그리기 시작했다.

바람과 같은 여자

 갑자기 크로아 공작이 시체 일곱 구와 함께 황궁의 마법진에 모습을 드러냈다는 소식을 듣고 토지에르가 달려왔을 때, 공작은 한참 술잔을 기울이고 있다가 그를 맞이했다.
 "어서 오게."
 공작의 앞에 놓인 '레드 드래곤'이 거의 반 이상 없어졌고, 그 옆에는 또 다른 빈 병이 놓여 있다는 것을 재빨리 알아챈 토지에르는 무슨 일인가 있다는 것을 직감적으로 깨달았다. 그가 알고 있는 크로아 공작은 이렇듯 대낮에 과음을 하는 인물이 아니었기 때문이다.
 "오랜만이옵니다, 공작 전하. 그런데 어찌하여 대낮부터 술을……."
 공작은 손짓으로 토지에르에게 의자를 권했지만 별로 유쾌한 듯한 표정은 아니었다.

"이제야 나타났군. 나는 지금 별로 기분이 좋지 못하다네. 그 이유를 아는가?"

"예? 그, 글쎄요."

"오늘 있었던 일은 들었나?"

무슨 일이 있었는지는 보고를 들어 알고 있었기에 토지에르는 재빨리 대답했다. 하지만, 그가 알고 있기로 공작이 저렇듯 술을 과하게 마실 정도로 나쁜 일이 벌어진 것은 아니었다.

"예, 이리로 달려오기 전에 통신실에서 온 전갈을 받았사옵니다. 타이탄들끼리 전투가 있었다구요."

"그래. 전사(戰死) 일곱 명, 아니 여섯 명! 웃기는 일이지."

토지에르는 도저히 공작의 말을 이해하지 못하겠다는 듯 고개를 갸우뚱하고 있었다. 이번 전투에서 일곱 명의 전사자를 내긴 했지만, 사실상 타이탄의 손실은 한 대도 없었기에 그렇게 큰 피해를 당한 것은 아니었다. 더군다나 친히 일곱 구의 시신들을 가지고 온 공작이 왜 여섯 명이라고 하는 것인지 이해를 할 수가 없었다.

"오늘 내가 아끼던 부하들이 여섯 명이나 죽었네. 그건 들었겠지?"

"예, 들었사옵니다."

"부하들에게 말은 안 했지만, 그놈들은 쓸데없는 짓을 했어. 쓸데없는 전투를 벌였단 말일세."

크로아 공작이 술주정을 하는 것인가? 하는 생각을 하며 토지에르는 떨떠름한 표정으로 대답했다.

"그, 그런가요?"

"놈들은 애송이 마법사를 지키기 위해, 그 빌어먹을 놈이 통신할 수 있는 시간을 벌기 위해 필사적으로 싸우다가 죽은 거지. 그동안 그 지옥에 떨어질 마법사 녀석은 뭐 하고 있었는지 아나?"

토지에르야 그곳에 가 보지 않았으니 알 수가 없는 노릇이었다. 토지에르가 묵묵히 자신을 바라보고 있자, 공작은 술을 한 잔 따라서 입속에 털어 넣은 후 분노에 찬 음성으로 말을 이었다.

"그 개자식은 겁에 질려서 벌벌 떨고 있었어. 그 정도라면 통신 마법 따위는 시도할 생각도 못하고 있었겠지. 물론, 부하들에게는 그 사실을 말하지 않았네. 그따위 것 말해 봐야 별 소용없는 거니까. 도망칠 생각도 못하고 겁에 질려서 벌벌 떨면서 쭈그리고 앉아 있다가 뒤에서 찌르는 칼에 맞아서 뒈진 거였지. 그런데 내가 아끼던 부하들은 그 쓰레기를 구하겠다고 목숨을 던진 거야. 무슨 말인지 이해하겠어?"

이제야 공작이 왜 술을 마시고 있었는지 이해한 토지에르가 재빨리 대답했다.

"예, 전하."

일단 토지에르가 알았다고 대답하자, 공작은 단호한 어조로 말했다.

"당장 유격 기사단에 5사이클급 마법사들을 배치해라."

"전하 그것은……."

"물론 새로운 타이탄을 좀 더 많이 생산하는 것이 중요하다는 것은 알고 있어. 하지만, 그것 때문에 뛰어난 부하들과 타이탄들을 잃어야 한다면 나는 아예 타이탄 생산을 못하는 한이 있더라도 모든 마법사를 전장으로 돌릴 거야. 통신 마법으로 좌표 한마디만 말했어도 이번 전투는 이길 수 있었어. 그리고 쓸데없이 부하들이 죽을 필요도 없었고 말이야. 이제 내 말을 이해하겠나?"

"알겠사옵니다, 전하."

토지에르가 수긍하고 나오자 공작도 조금 누그러져서 말했다.

"5사이클이 힘들다면 4사이클이라도 좋으니까 새파란 애송이들 말고 좀 더 경험 있는 마법사를 보내 줘. 크로나사 평원은 너무 넓어. 그 넓은 면적을 커버하려면 통신이 잘되어야 해. 이런 식으로 지역적인 전투에서 병력의 열세가 계속된다면 나는 폐하께 크로나사를 포기해야 한다고 상소를 올릴 수밖에 없다네. 이길 수도 없는 전쟁을 계속 해 봐야 나중에는 본국까지 위태로워져. 내 마음을 이해해 주겠나?"

"예, 전하."

"방금 내가 했던 말은 자네만 알고 있게. 우리 크라레스 군대에 겁쟁이가 있어서도 안 되고 나와서도 안 되네. 알겠나?"

"예, 명심하겠사옵니다. 전하."

"될 수 있으면 빨리 마법사들을 전선에 보내 줘."

"예, 전하."

"좋았어, 마법진을 준비해 주게. 전선으로 돌아갈 거야."

"전하, 오늘은 여기서 쉬시고 내일 돌아가시옵소서. 그리고 기쁜 소식이 도착해 있사옵니다."

"뭔가?"

"로니에르 전하께서 크루마로부터 5개 사단을 받아 내셨사옵니다. 조금 전에 크루마로부터 제1진 1만 명이 도착했사옵니다."

"그래? 좋은 소식이군. 그 녀석들 모두 전방으로 보내 버려. 전방에서 며칠 시달려 보면 우리들의 고충을 이해하게 되겠지. 그렇다면 로니에르 공작은?"

공작의 물음에 토지에르는 난처하다는 듯 어물쩡 대답했다.

"예? 저, 그게……. 그들의 말로는 어제 이쪽을 향해 떠나셨다고 하온데, 행방이 묘연하옵니다."

토지에르의 말에 공작은 슬며시 미소를 지었다. 그녀는 정말 바람 같은 존재라고 느꼈던 것이다. 어디에도 얽매이지 않고, 또 어디에도 구속 받기를 거부하는 바람.

"훗, 또 어디 가서 놀고 있겠지. 정말이지 바람과 같이 자유로운 아가씨니까 말이야. 하기야 이 세계에서 벌어지고 있는 모든 일들이 그녀와는 아무런 관계가 없으니 그건 당연한 것인지도 몰라. 아마 며칠 있으면 올 테니 걱정하지 말게. 지금 전선에서 벌어지고 있는 전쟁도 그녀가 나설 만한 것은 아니니까 지금은 그녀가 필요 없어."

"예, 전하."

그 말을 끝으로 공작은 비틀거리는 걸음걸이로 방을 나섰다. 그것을 보고 토지에르가 황급히 공작을 부축하며 밖을 보고 외쳤다.

"경비병!"

"예, 각하!"

"공작 전하를 방까지 모셔라. 많이 취하신 듯하다."

"예, 각하."

토지에르는 공작이 떠난 후 공작이 마시던 빈 술잔에다가 술을 채워 넣고는 냄새를 쓱 맡아 본 후에 입속에 털어 넣었다. 화끈한 액체가 식도를 타고 밑으로 넘어가는 것이 느껴졌다.

"전하께서는 바람이라고 하셨지만, 사실은 그렇지 않지요. 그녀는 자신의 고향에 돌아가기 위해서 어쩔 수 없이 우리들을 도와야 할 겁니다. 그녀를 제어하기 위한 모든 것은 이미 준비가 끝난 상태. 만약 이 사실을 안다면 그녀가 나를 죽이려고 들겠지만……. 흐흐흐, 그녀는 절대로 이 사실을 알 수가 없지요. 자, 그녀를 위해서 건배!"

『〈묵향10 : 외전-다크 레이디〉에서 계속』

마법과 타이탄 그리고
타이탄 전후 제국들의 체제

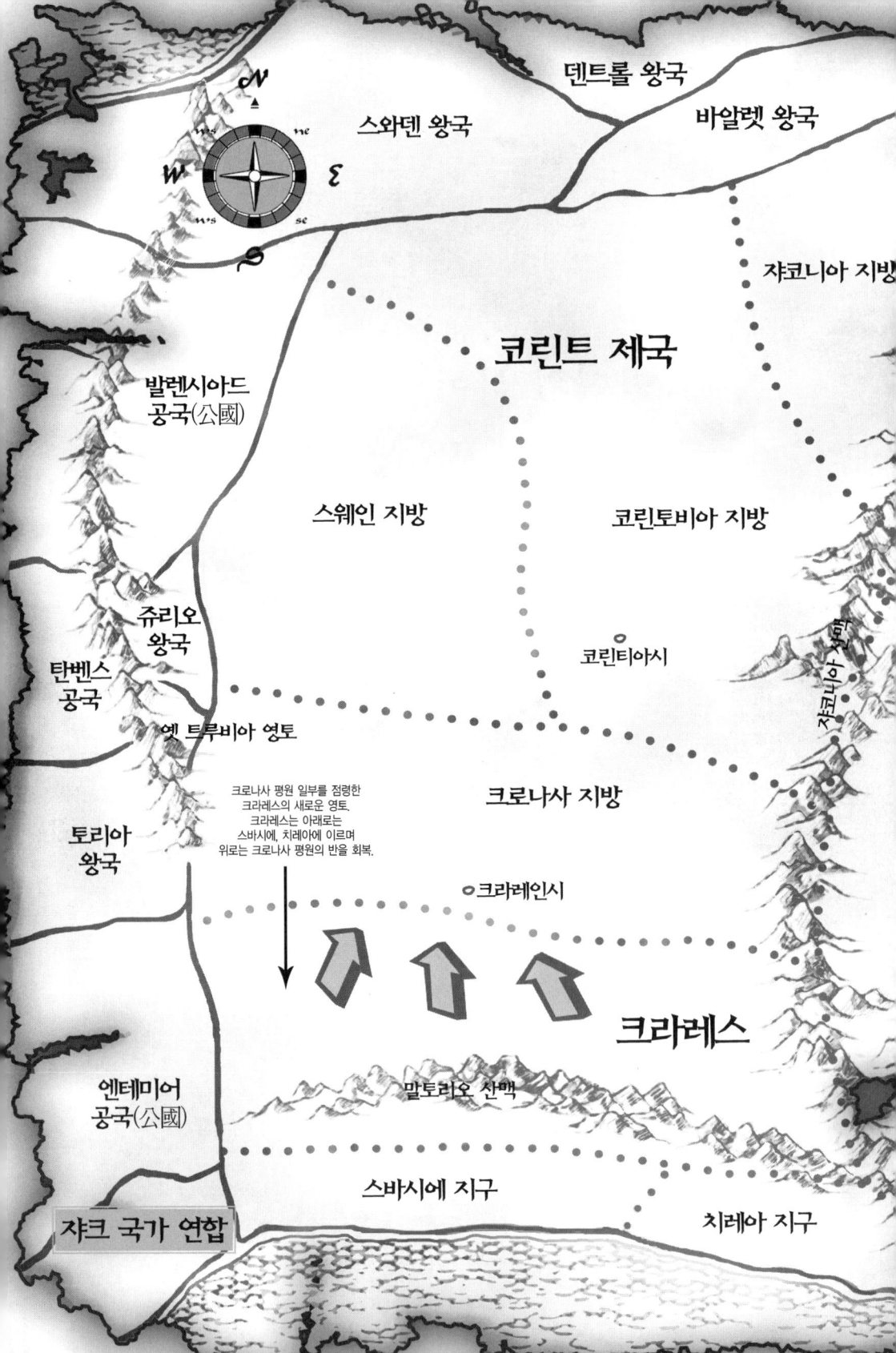

✠ 마법, 마법사, 마법도구 ✠

마법과 마법사

마법이란 것은 룬어로 된 주문에 따라 마나를 움직여 만들어 내는 강력한 힘을 말한다. 이때 움직이는 마나의 고리가 몇 개냐에 따라 각 사이클급의 주문으로 구분된다. 가장 강력한 것은 9사이클급 마법이다.

1사이클급은 1~9기간트라급의 마력을 발휘한다.
2사이클급은 10~99기간트라급의 마력을 발휘한다.
3사이클급은 100~999기간트라급의 마력을 발휘한다.

그렇기에 각 사이클급의 하급 마법과 상급 마법의 위력 차이는 상당히 심한 편이다. 그리고 사이클이 올라갈수록 거의 열 배의 마력이 증가하기에 9사이클급에 다다르면 최소 1억 기간트라급의 마력이 발휘된다.

❖ 마법사들

마법사의 경우 아래와 같이 그 실력에 따라 명칭이 주어진다.

사이클급	명칭
견습 마법사(見習魔法師, Magic User)	1~2사이클
수련 마법사(修練魔法師, Mage)	3~4사이클
마법사(魔法師, Magician)	5~6사이클
대마법사(大魔法師, Wizard)	7사이클 이상

❖ **마법의 한계**

인간이 죽자고 수련하여 올라설 수 있는 한계는 6사이클이다. 하지만 인간보다 더 지능이 우수한 엘프의 경우 7사이클까지 수련할 수 있다. 그리고 마법을 만들어 낸 시조(始祖)라고 볼 수 있는 드래곤의 경우 9사이클을 완전히 마스터할 수 있다.

아직까지도 수많은 마법 아카데미나, 운둔한 마법사들에 의해 새로운 마법들이 만들어지고 있다. 대부분의 국가들이 타이탄의 강대함으로 인해 마법은 상대적으로 보조 정도의 직위에 머무르고 있어 마법을 가르치는 것에 대한 제한이 별로 없으며, 그래서 누구든지 고급 마법이 기록된 책자도 손쉽게 접할 수 있다. 하지만 그 책자만 본다고 해서 마법을 익힐 수 있는 것은 아니므로 매우 까다로운 마법의 경우 제자들에게 가르치지 못하고 사장되는 경우도 있다. 하지만 책자로는 남아 있기에 언젠가는 그것을 깨닫는 사람이 나올지도 모른다.

❖ **대마법사와 엑스시온**

대부분의 경우 한 번씩 모습을 드러내는 대마법사들은 인간이 아닌 변신한 드래곤이다. 하지만 그들이 인간의 모습으로 돌아다니기에 아직까지 인간이 익힐 수 있는 한계가 몇 사이클까지인지 밝혀지지는 못한 실정이다. 웬만한 국가들의 경우 궁정 마법사라고 하면 5 또는 6사이클의 마스터이며, 7사이클급 대마법사를 거느리고 있는 국가들도 몇 군데 있다.

대부분의 마법사들의 꿈이 새로운 마법을 만드는 것이 아닌 강력한 엑스시온을 제작하는 데에 있다는 것은 상당히 특이한 사실이다. 엑스시온 제작은 부적 마법의 한 갈래인 골렘 제작과 마법진이 뭉친 것으로 매우 고난이도의 마법을 필요로 한다. 거기에다가 그 엑스시온을 심장으로 가지는 타이탄의 경우 모든 마법을 거의 무로 돌리는 강력한 존재. 그 때문에 모든 마법사들이 그것을 제작하고 싶어 하는지도 모른다.

> ### 마법 종류
>
> 마법에는 여러 종류가 있다. 백마법, 흑마법, 신성 마법, 정령 마법, 부적 마법, 마법진 등이 있다. 백마법만을 익힌 인물을 마법사, 신성 마법을 익힌 인물을 신관, 정령 마법을 익힌 인물을 정령술사라고 부른다. 부적 마법이나 마법진은 대부분의 마법사들이 교양으로 알고 있으며, 그 외의 다른 마법을 두 가지 이상 익힌 경우 마법사라고 부르지 않고 마도사라고 부른다.

❖ **백마법**

통상의 모든 마법사들이 사용하는 마법. 공격 마법과 치료 마법 등 여러 갈래로 나뉜다. 하지만 공격 마법의 위력에서는 흑마법보다 약간 파워가 떨어지고 치료 마법에서는 신성 마법보다 그 위력이 조금 떨어진다.

❖ **흑마법**

마왕과 계약을 맺어 자신의 영혼을 팔아서 얻게 되는 마법. 대단한 위력을 가진다. 흑마법의 경우 백마법과 달리 미세한 마나의 컨트롤 따위가 필요 없다. 주문을 외울 때 집중할 필요가 없고, 그 주문이 발동할 때 백마법을 가동시킨 것과 유사한 정도의 피로도가 밀려온다. 마왕이 직접 그 마법사의 마법에 관여하여 발동되는 마법이기에 모든 컨트롤은 마왕이 하게 되고, 마법사 자신은 마왕에게 그 마법의 컨트롤에 필요한 정신력과 체력만 넘겨주면 되는 것이다.

매우 강력하면서도 뛰어난 마법이지만, 몇 가지 문제가 있다. 신들과 달리 마왕의 경우 그 상하 관계가 명확하게 구분되어 있기에 하위 마왕과 관계를 맺어 발동한 흑마법으로 상급 마왕과 관계를 맺은 인물을 아무리 공격해 봐야 거의 피해를 입힐 수 없다. 또 자신이 맺은 마왕의 흑마법밖에 쓸 수 없다는 약점도 있다.

영혼을 팔기 위해 마왕을 불러들일 때, 마법사 자신의 파워에 따라 어느 정도 등급의 마왕을 불러들일 수 있느냐가 결정되기에 하급의 백마법사가 고위의 마왕과 관계를 맺기는 불가능하다. 일단 마왕을 불러내려면 상당 수준의 백마법을 알고 있어야 하므로, 순수한 흑마법사는 존재하지 않으며, 이들은 모두들 흑마도사라고 불린다. 그리고 흑마법의 가장 치명적인 단점으로 꼽히는 것은, 영혼을 팔았기 때문에 짧게는 10년, 길게는 40년 사이에 완전히 마왕에게 자아(自我)를 빼앗기게 된다는 것이다. 이때 그 기간이 가변적인 것은 마법사 자신의 능력에 따라 생기는 것이 아니라, 얼마나 흑마법을 많이 사용했느냐에 따라 결정된다.

❖ 신성 마법
신과 관계를 맺음으로써 그 믿음에 따라 발휘할 수 있는 마법. 대부분의 경우 공격계 마법보다는 치료계 마법이 발전해 있다. 하지만 일부 신들을 모시는 신관들의 경우 상당 수준의 공격계 마법을 익히고 있는 경우도 있다. 신의 힘을 현세에 발현시키는 것이므로 마법을 사용할 때 정신력과 체력 손실이 있다.

❖ 정령 마법
정령 마법은 정령과의 친화력에 의해 그 위력이 달라진다. 매우 강력한 친화력을 가진 경우에는 정령왕도 불러낼 수 있다. 하지만 정령왕과 소통을 하려면 웜급 드래곤 정도의 친화력이 있어야 한다.
정령 마법은 주문이 존재하지 않고, 그냥 정령에게 부탁하는 형식으로 이루어진다. 또 정령 마법에서 정령을 직접 불러서 부탁하는 경우와 정령의 힘만을 빌려서 자신이 직접 발휘하는 경우가 있는데 뒤쪽이 훨씬 더 고난도의 정령 마법이다. 주문 없이 마법이 날아가기에 정령 마법을 익힌 자들은 매우 위험한 존재들이다. 하지만 정령왕급과 소통해서 파워를 발휘한다고 해도 7사이클급 정도의 위력이기에 최강의 백마법보다는 그 위력에서 많이 떨어진다. 이때 정령에게 어느 정도 부탁을 하느냐에 따라 정령이 아닌 현실 세계에 존재하기 위한 파워를 제공해야 하므로 여기에서 또한 정신력과 체력 손실이 생긴다.

❖ 부적 마법

어떤 대상 물질에 주문을 새긴 것, 즉 부적을 이용해서 마법을 발휘하는 것을 말한다. 부적 마법의 대표적인 것이 마력도구다. 마력도구는 수많은 주문을 새겨서 마법을 발현할 수 있도록 만들어졌다. 또 부적에 의해 골렘 같은 마법 생물을 만들어 내는 경우도 있다. 하지만 대부분의 경우 마법사들이 부적 마법을 배우는 이유는 마력도구 제작과 엑스시온 제작 때문이다.

❖ 마법진

마법진은 크게 영구 마법진과 비영구 마법진으로 나눈다. 영구 마법진은 일단 그 마법진이 생명을 얻는 과정이 힘들지만, 일단 만들기만 하면 마법진이 파괴되는 그때까지 목적한 작업에 써먹을 수 있다. 영구 마법진의 대표적인 것이, 도시를 둘러싸고 있는 방어 마법진과 몇몇 주요 도시에 건설되어 있는 이동용 마법진이다. 또 대기 중에 떠도는 마나를 끌어 모으는 흡입 마법진, 또는 그때그때 만들어졌다가 없어지는 이동 마법진, 통신 마법진 등 수없이 많은 마법진들이 있다. 아마도 가장 많은 사람들이 혜택을 보고 있는 것이 이 마법진일 것이다. 그리고 마법진을 만드는 데 있어 최고의 기술을 가진 인물들이 만들어 내는 것이 바로 타이탄의 심장인 엑스시온이다.

마법도구(魔法道具, Magic Implement)

마법사가 아니더라도 마법을 사용할 수 있게 해 주는 물건들의 총칭. 마법도구는 크게 마력 도구, 봉인 도구의 두 가지로 나눈다.

❖ 마력도구(魔力道具 : Magical Power Implement)

마력도구는 마법 주문을 대상 물건에 새겨 놓은 후에 고위급 마법사가 그 도구의 마법진을 구동시키면 만들어지게 된다. 그 때문에 마력도구는 희미할지라도 마력을 띠고 있기 때문에 뷰 마나 포스의 주문으로 알아낼 수 있다.

일단 이렇게 마력도구가 만들어지게 되면, 그 마력도구의 주인은 그것에 자신의 마나를 불어넣어, 마법사가 아니라도 마법을 사용할 수 있게 된다. 이때는 새겨진 주문 외의 마법은 사용이 불가능하다.

또 얼마나 능숙한 마법사가 제작했느냐에 따라 효율 면에서 상당한 차이가 생긴다. 즉, 똑같은 마법을 구사했다고 하더라도 투입하는 마나의 양에 따라 차이가 나는 것이다.

마력도구 중에서 효율이 가장 좋은 것은 드래곤들이 심심풀이 삼아 제작한 것들로 그 효율은 1백 퍼센트에 이른다. 통상의 경우 엘프들이 제작한 것이 그다음으로 효율이 좋고, 인간 마법사들이 제작한 것이 가장 효율이 떨어진다. 아주 심한 경우 효율이 5퍼센트 이하인 저질들도 있다. 즉, 드래곤이 제작한 마법도구와 똑같은 마법을 구사하려면 20배의 마나를 쏟아 부어야 한다는 결론이 나온다.

마력 검, 마력 반지, 마력 목걸이, 마력 장갑 등등의 형태가 있는데, 어느 마법도구를 막론하고 어느 한쪽에는 그 도구가 목적으로 하는 마법 주문이 빽빽이 새겨져 있다.

❖ **봉인도구(封印道具 : Seal Implement)**

정령술사가 자신이 완벽하게 컨트롤할 수 있는 정령을 불러내 계약을 맺는다.

"이 물건을 통해 언제, 어디서든지 당신의 힘을 빌려 주시오. 허락합니까?"

"좋다."

이렇게 해서 제작되는 게 봉인도구다. 그렇기에 마법사가 아닌 정령술사만이 제작할 수 있다. 정령 마법을 사용할 수 있게 해 주며, 아무리 낮은 정령술사가 제작한 것이라도 효율이 1백 퍼센트이다. 그러나 정령술사의 정령 친화력이 높다고 하더라도 그 이상의 효율을 지닌 봉인도구를 제작할 수는 없다.

봉인도구라고 해서 그 대상 물건에 정령을 봉인하는 것은 아니다. 다만 정령술사 자신이 불러내어 컨트롤 가능한 정령과 약속을 맺어 놓은 도구일 뿐이다. 즉, '이 물건을 통해서 당신의 힘을 사용할 수 있게 해 달라' 하는 약속의 증표일 분이기에 주문이 기록되어 있지도 않다. 그렇기에 불의 상급 정령 살라만더와 약속을 맺어 놓은 봉인도구라면 상급까지의 여러 가지 불의 정령 마법을 사용할 수 있다.

❖ **정령왕 계약의 조건**

봉인도구도 상급 정령과 하급 정령 두 가지로 나누는데, 그 이유는 상급 이하까지의 정령은 이성(理性)을 지니고 있지 못하고 오직 정령왕만이 이성을 지니고 있다는 점에서 발생하게 된다.

예를 든다면 A와 B는 절친한 친구 사이라서 부자인 A가 가난한 B에게 반지를 주면서 약속을 했다고 하자.

"이 반지를 가지고 와서 나에게 부탁한다면 언제든지 내 재산을 빌려 주겠다."

그걸 어떻게 알아낸 나쁜 놈인 C가 B를 죽여 버리고는 그 반지를 A에게 가져와서는 얼마를 달라고 했다고 하자. 그렇다면 A는 돈을 C에게 줄 것인가 하는 문제가 발생하게 된다. 이렇게 된다면 부자인 A의 지능이 어느 정도냐에 따라 그 문제가 해결되게 된다.

상위 정령 이하의 이성이 없는 것들은 그 즉시 자신의 약속을 지킨다. 왜냐하면 그들은 B와 C를 구별할 수 없기 때문이다. 하지만 이성이 존재하는 정령왕의 경우는 약간 다르다. 그는 반지를 가져온 C가 A와 어떤 관계인지 철저하게 따지고 든다. 만약 A의 아들이라든지 또는 제자라든지 또는 받았다든지 해서 뭔가 합법적으로 그 물건을 취득했다고 여겨져야만 약속을 지킨다. 하지만 그렇지 못할 때는 약속을 지키기는커녕 C를 없애 버리는 것으로 끝내 버린다. 즉, 정령왕을 봉인한 도구인 경우 주인을 선택한다는 말이다.

❖ **정령 계약의 한계**

봉인도구를 제작하는 데 가장 문제점으로 거론되는 것은, 정령이 그런 계약을 행하지 않으려고 한다는 데 있다. 그렇기에 상급 정령을 부릴 수 있는 인물이라고 하더라도 그가 제작할 수 있는 봉인도구의 범위는 자신이 완벽하게 컨트롤 가능한 하급 정령에 국한된다. 그 때문에 웬만한 고위급 정령술사라고 해도 하급 정령을 봉인한 것만 만들 수 있는 정도이고, 상급 정령을 봉인한 것을 제작할 수 있다고 한다면 그는 거의 정령왕급과 통할 수 있는 인물일 것이다. 그 때문에 정령왕을 봉인한 다섯 개의 봉인도구를 제작한 것은 최고로 정령 친화력이 좋은 존재인 드래곤, 그것도 에인션트 드래곤(노룡)들이다. 봉인도구는 주문이 새겨져 있지도 않고, 또 마력도구처럼 마법을 띠지도 않기에 뷰 마나 포스로도 알아낼 수 없다. 그렇기에 오직 인연이 있는 인물만이 그 진가를 알 수 있게 된다.

❖ 정령왕과의 약속 증표인 최강의 봉인도구

정령왕의 힘을 빌려 쓸 수 있다는 최강의 봉인도구는 다섯 개다. 그 모두 다 각각의 드래곤들이 심심풀이 삼아 제작한 것들이다. 일반 봉인도구들처럼 곧장 힘을 빌려 주는 것이 아니라 정령왕의 심의를 거쳐야만 힘이 발휘된다는 제약이 가해진다. 봉인도구는 그의 주인과 정령왕을 중간에 연결하는 심부름꾼 역할을 해야 하기에 각 도구들마다 정령이 하나씩 살고 있다.

또 최강의 봉인도구에서 어떤 정령이 어느 정도 강하다 하는 것은 그렇게 중요한 요소가 아니다. 원래 정령은 정령계에서 살며, 그곳에서 그들은 거의 신에 필적할 정도의 힘을 지니고 있다. 하지만 완전히 차원이 다른 이곳으로 불려 왔을 때는 자신이 지닌 힘의 10퍼센트도 발휘할 수 없다. 그리고 정령왕은 드래곤처럼 직접 인간계의 일에 관여하지 않으려 들기에, 봉인도구는 사용자가 지닌 능력만큼의 힘만 발휘할 수 있다고 알려져 있다.

◇ 불의 검-플레임 스파우터(Flame Spouter : 화염을 내뿜는 자)
불의 정령왕 이프리트의 힘을 쓸 수 있는 바스터 소드이다. 매우 고색창연한 검으로 그 검신은 레드 드래곤의 뼈로 제작되어 있다. 모든 화염계 정령 마법을 다룰

수 있고, 또 검신에 새겨진 몇 가지 마법도 쓸 수 있다. 이프리트의 인정을 받지 못하면 플레임 스파우터가 아닌 그냥 마력검 정도의 위력밖에 내지 못한다.

◇ 물의 반지-아쿠아 룰러(Aqua Ruller : 물의 지배자)
물의 정령왕 나이아드의 힘을 쓸 수 있는 작은 반지이다. 푸른색의 작은 보석이 박혀 있을 뿐, 썩 값이 많이 나가는 것처럼 보이지도 않는다. 우수한 감정가라면 그게 드워프가 만든 것임을 알아볼 수 있을 것이다.

◇ 뇌전의 목걸이-썬더 로드(Thunder Load : 천둥의 지배자)
뇌전의 정령왕 카르스타의 힘을 쓸 수 있는 목걸이. 푸른색의 작은 보석이 박혀 있다. 이것 또한 드워프의 작품이지만 썩 값이 나가 보이지는 않게 제작되었다.

◇ 대지의 수정 지팡이-랜드 마스터(Land Master : 땅의 지배자)
대지의 정령왕 다오의 힘을 쓸 수 있는 지팡이. 직경 2센티미터 정도 크기의 자수정 구슬이 위에 붙어 있는 자그마한 지팡이다. 그 길이가 40센티미터 정도이기에 지팡이라고 하기에는 좀 무리가 있다.

◇ 바람의 반지-스톰 브링거(Storm Bringer : 폭풍을 부르는 자)
바람의 정령왕 아리엘의 힘을 쓸 수 있는 초록색의 보석이 박힌 작은 반지다.

✤ 타이탄 ✤

> 타이탄의 생김새는 일종의 걸어 다니며 생각하는 갑옷과 같다고 보면 될 것이다. 대신 타이탄의 몸속은 완전히 통짜 쇠이며 머리 부분은 주인이 탑승하기 편하게 하나의 해치(Hatch) 구조처럼 뒤로 여닫힌다. 주인은 타이탄의 가슴 부분과 머리 부분에 걸쳐서 탑승하게 되기에, 타이탄의 목은 없다. 머리의 모양은 여러 가지 타입이 있으며, 갑옷처럼 뿔 같은 구조물이 많이 붙어 있다.
>
> 그리고 상대의 칼에 목이 떨어지지 않도록 하기 위해, 머리 주변의 어깨 부분에 중세 갑옷처럼 두터운 강철 구조물이 튀어나와 있다. 이것이 상체 부분을 적의 칼로부터 보호한다. 타이탄의 관절은 한 곳에 하나가 아닌 두 개 이상. 그렇기에 매우 자연스러운 관절 운동이 가능하다. 두 개의 관절 사이에는 관절 보호대와 함께 강철침(Spike)을 달아 놓아서 공격에도 사용이 가능하다.

❖ 출력 1.0의 엑스시온

'출력 1.0의 엑스시온'이란 말은 그 엑스시온을 탑재한 무게 80톤, 높이 5미터인 표준 크기 타이탄이 갑옷으로 무장한 기사와 동급의 능력을 낼 수 있는 출력을 지녔다는 뜻이다. 예를 들어 탑승자(기사)가 100미터 달리기를 10초에 끝냈다면, 그 기사가 높이 5미터, 무게 80톤의 타이탄에 탔을 때 그 타이탄 또한 100미터를 10초에 달릴 수 있는 민첩성을 보일 수 있다. 물론 탑승자가 방패와 검을 들고 달린다면 속도는 당연히 떨어질 것이고, 그 속도는 타이탄에도 적용된다. 이렇게 되면 타이탄의 크기가 큰 만큼 속도가 매우 느려질 것같이 생각되지만, 무술을 고도로 익힌 기사의 속도는 시속 100~120킬로미터를 달릴 수 있다. 다시 말해 타이탄 또한 시속 100~120킬로미터를 달린다는 것이고 타이탄이 그 엄청난 덩치에도 불구하고 초속 33.3미터로 움직일 수 있다는 것이다(가속도가 약간 붙었을 때라고 가정할 경우).

그렇다면 그 엑스시온을 높이 5미터에 80톤인 표준 타이탄보다 더 큰 타이탄에 탑재하면 어떻게 될까? 당연히 속도가 늦어지는 것으로 답이 나온다. 자동차의 엔진을 예로 설명을 해 보면 쉽게 알 수 있다. 덩치 큰 차에 1백 마력(馬力) 엔진을 붙인 경우와 덩치 작은 차에 1백 마력 엔진을 붙인 경우가 같은 성능을 낼 수는 없다. 즉, 동일 타이탄에 출력 2.0짜리 엑스시온을 붙인다면 2배까지는 안 되겠지만 그에 준하는 민첩성을 보일 수 있다는 말이다. 그 때문에 최강의 타이탄들의 경우 무게에 비해 더욱 강력한 출력을 지니는 엑스시온을 탑재하기도 하고, 또 어떤 경우에는 반대로 타이탄의 크기를 조금 더 크고 무겁게 하여 집단 격투전에서 이점을 노리기도 한다. 물론 가볍고 빠른 게 좋을 때도 있지만 혼전에서는 주위의 타이탄들이 방해가 되어 별로 도움이 되지 않기 때문이다.

❖ 표준 출력

타이탄의 각 움직임에 소용되는 에너지는 매우 차이가 심해 구체적인 마력(魔力) 수치로 표시할 수는 없다. 그렇기에 표준 출력이란 개념이 생겨났다. 표준 타이탄(1.0, 80톤)으로 검강을 뿜을 때 1백만 기간트라에 달하는 마력이 필요하다. 물론 2.0의 출력에다 80톤의 똑같은 덩치라면 그 기사는 2분의 1의 마나 소모만으로도 1백만 기간트라의 마력을 낼 수 있을 정도의 검강을 뿜을 수 있다. 어쨌든 국가 간에 다수의 인원을 공간 이동시키는 데에 들어가는 마력이 1백만 기간트라 내외인 것을 생각하면, 1백만 기간트라의 에너지가 어느 정도로 엄청난지 짐작할 수 있다. 하지만 타이탄의 경우 타이탄 자체가 움직이는 데 필요한 마력도 있기에 그 엑스시온에서 증폭된 1백만 기간트라 전체가 검을 통해 뿜어져 날아가는 것은 아니다.

❖ 타이탄과 무장 장비

타이탄은 기본 무장 외에 추가 무장으로 10톤 정도 무게의 통짜 쇠로 만든 창이나 5~10톤 정도 무게의 전투 도끼, 1톤 정도 무게의 나무창(촉은 강철), 5~20톤 무게의 철퇴 등 매우 다양한 것들이 준비되어 있다. 대신 이것들은 타이탄이 자신의 몸으로 인식하는 것이 아니므로 녹이 슬고 부서지면 복구되지 않는다. 대신 다시 만들어서 사용할 수 있다.

※ 각 나라의 타이탄 정보는 8권 부록 '제국의 기사단과 타이탄'에 수록

✤ 타이탄 전후 제국(諸國)들의 체제 ✤

체제

타이탄이 개발된 이후의 국가 체제는 여전히 봉건제를 기반으로 하고 있지만, 국가 체제에는 상당한 변화를 가져왔다. 특히 제국(帝國)의 성립은 그 대표적인 변화의 결과다. 타이탄을 일찍 개발, 보유한 왕국들은 재래 무기에 의존하던 주변 국가들을 손쉽게 점령함으로써 속국을 거느리는 거대 제국을 건설하게 되었다. 판타지 제국의 전쟁은 대부분 거대 제국들 간에 발발하며 주변 속국들은 전쟁터로 황폐화되기 일쑤다.

❖ 제국(帝國)

황제가 다스리는 국가. 왕이 아닌 황제로 불리려면 일단 그 국가의 국력이 어마어마하게 커야 한다. 왕국과 제국은 거의 유사한 통치 체계로 구성되며 그 차이는 국력에 근거한다. 제국의 기본 통치 체계는 봉건제. 제국 내의 여러 귀족들이 보통 70퍼센트에 이르는 영지를 받아 다스리며, 거기서 나온 소득을 황제에게 바친다.

과거 봉건제 영주들의 힘은 매우 강력했다. 모두들 자신들의 군대를 거느리고 있었기에 각각의 소규모 국가들이 모인 체계라고까지 볼 수 있었다. 그러나 타이탄의 생산은 국가 체제를 완전히 변화시켰다. 아무리 사병을 수백 명, 아니면 수천 명씩 거느린다고 해도 타이탄을 가진 황제의 군대 앞에서는 무력할 수밖에 없게 된 것이다. 그렇기에 타이탄 이후의 판타지 제국은 기초 기반을 과거 봉건제로 하고 있되, 타이탄으로 인해 황제의 권력이 엄청나게 강대한 특이한 체계를 이루고 있다. 보통 황제의 경우 선황제의 혈족이 되는 경우가 많고, 아들이 되는 경우가 대부분이다. 코린트의 경우 아들이 되는 경우가 많지 않은 이유는, 황제는 꼭 그래듀에이트여야 한다는 항목이 법으로 정해져 있기 때문이다.

❖ 왕국(王國)
최고 우두머리의 명칭이 왕이라는 것 외에는 제국과 거의 다른 것이 없다. 왕국 또한 다음 왕은 현 왕의 아들이 된다. 일부 국가의 경우 왕의 동생 등 아들이 아닌 사람에게 넘어가는 경우도 있다.

❖ 공국(公國)
공작이 다스리는 국가. 큰 국가는 존재하지 않으며 어떤 제국의 속국 형식으로 존재하는 경우가 대부분이다. 물론 아리에스 공국의 경우 속국의 형태가 아닌, 완전한 독립 국가이다. 하지만 아리에스 공국의 경우도 그 주가 되던 제국이 멸망해 버렸기에 한 귀퉁이에 독립국으로 살아남은 것이다. 그렇지만 아리에스 공국의 경우는 아리에스 공작이 매우 뛰어난 정치적 수완을 발휘했기에 살아남을 수 있었다고 보아야 한다. 대부분의 공국들은 모국이 멸망하면서 함께 멸망하는 것이 정석이다.

❖ 공국(共國)
공국은 공왕(共王)이라는 특이한 형태의 왕이 다스리는 국가를 말한다. 공국은 여러 개의 부족들로 이루어진 국가가 택하는 과도기적 성격을 지닌 국가이다. 선왕이 죽으면 각 부족의 족장들이 모여 공왕을 선출하게 된다. 보통 공왕제가 지속되다가 어떤 한 부족의 권력이 매우 강대해지면 그 부족에서만 왕이 계속 나오는 형태로 발전한다. 그러다가 나중에는 왕국이 되는 경우가 허다하다. 왕정 체제에 비했을 대 공왕은 선출되는 형식이므로 그 권력이 조금 떨어진다.

❖ 신성 아르곤 제국

이곳은 매우 특이한 형태의 국가이다. 왕이나 황제가 아닌 교황(敎皇)이 다스리는 국가로서, 교황은 고위 성직자들에 의해 성기사(聖騎士)들 중에서 선택된다. 아르곤 제국의 경우 고위 성직자들의 집합체인 주교원(主敎院)이 최고의 권력 기관이며, 어떤 의미에서 교황의 권력은 상당량 제한된다. 성기사들의 경우 강력한 무력을 지닌 인물들이기에 순종을 강요받는 위치에 있다. 그런 자들 안에서 교황을 뽑은 만큼 교황은 주교원에 끌려가는 입장이 되어 버리는 것이다.

❖ 마도 왕국 알카사스

알카사스의 국왕은 세습이 원칙이다. 하지만 그 국왕 세습도 원로원의 동의를 받아야만 가능할 정도로 원로원의 힘이 강력한 국가다. 최고위의 마법사들로 이루어진 원로원의 힘은 말뿐만이 아니라 왕국 내의 모든 마법사들을 총괄하여 지휘할 정도이며, 네 개 중에서 두 개의 기사단을 자신들의 휘하에 두고 있을 정도로 엄청난 무력까지 가지고 있다.

❖ 도시 국가(都市國家)

매우 작은 국가다. 몇몇 도시 국가가 존재하는데, 이들은 보통 항만을 가지고 있으며, 무역을 통해 막대한 부를 쌓은 국가들이다. 그 주력 부대는 용병(傭兵)이고, 타이탄도 몇 대 가지고 있다. 보통의 경우 산맥을 등지고 있다든지, 사방이 물로 둘러싸인 섬이라든지 하여 타국의 침공을 받기 힘든 위치에 자리 잡고 있다. 이

천혜의 요새라는 장점이 밖으로 뻗어나가기 힘들다는 불리한 요소가 되어 버리기에 큰 국가로 발전하지 못한 경우가 생기게 된다.

❖ 국가 연합(國家聯合)
최소한 두 개 이상의 왕국이 연합하여 하나의 거대한 국가를 이루는 경우다. 대부분의 경우 의장으로 지목된 왕이 다스리게 되며 의장의 권력은 그렇게 크지 않다.

❖ 부족 연합(部族聯合)
동쪽 대륙과 서쪽 대륙의 경계점인 거대한 사막 주변에 발전한 국가 형태이다. 그 일대는 넓은 스텝 지역이기에 농경 대신 목축이 발전하게 된다. 그 때문에 국가들의 덩치는 매우 크지만 국력은 그렇게 강대하지 못하다. 마도 왕국 알카사스의 경우에도 부족 국가에서 발전해 온 경우로서 마도 왕국은 서쪽 대륙과의 통상과 각종 마법도구의 판매를 통한 수입으로 번성을 누리고 있다. 그리고 강력한 마법진을 이용하여 날씨를 조절하는 재주까지 부리면서 축적한 국력으로 계속 동쪽으로 영토를 넓힌 덕분에 부족 국가를 탈피하여 거대한 제국 수준으로 발전했다.

하지만 대부분의 사막 부근에 위치한 부족 국가들은 소득이 낮은 목축에 의존하고 있기에, 동쪽으로 진출할 만큼의 국력을 쌓기가 어렵고, 왕국으로 발전하기도 힘들다. 부족 연합의 경우 족장의 권력이 매우 약하다. 왜냐하면 각 부족들마다 소규모의 기사단을 거느리고 있는 형태로 되어 있기 때문이다. 드넓은 사막으로 덮여 있어, 동쪽의 국가 경계선은 매우 정확히 설정되어 있지만 사막인 서쪽의 국경선은 정해져 있지 않다. 사막은 아예 쓸모가 없는 땅이기 때문이다.

❖ 부족 국가(部族國家)
부족 연합이 여러 부족이 연합한 것이라면 이것은 하나의 부족으로 된 작은 국가다. 하지만 그만큼 힘이 약하기 때문에 좋은 영토를 차지하고 있지는 못하다. 이 또한 사막 지방에서 많이 볼 수 있는 국가 형태.

작위와 세금

모든 작위를 가진 사람에게는 경(Sir)이라는 존칭을 주고 있다. 만약 그보다 높은 작위, 또는 지위를 지닌 인물이라면 생략해도 상관없다. 그리고 후작에게는 '각하'라는 존칭을, 왕자와 동급에 놓이는 공작에게는 '전하'라는 칭호와 함께 극존칭을 쓰고 있다.

❖ 작위의 서열

서열	작위
1	공작(公爵) : Prince, Duke
2	후작(侯爵) : Marquis
3	백작(伯爵) : Count
4	자작(子爵) : Viscount
5	남작(男爵) : Baron
6	기사(騎士) : Knight

❖ 백작과 공작

백작 작위부터 독립된 왕국 같은 영지를 다스릴 권리가 생긴다. 그러나 영지에서 그들은 휘하에 자작, 남작 등을 거느리고 변방을 다스리면서 외적을 막는 역할을 주로 한다. 그의 휘하에 타이탄이 들어가지는 않기에 반란을 일으킨다고 해도 아무런 위협이 되지 못한다.

공작은 공국(公國)이라는 작은 국가를 다스릴 때는 대공(大公)으로 불린다. 공국의 경우 완전히 독립된 국가로서 인정되며, 휘하에 국왕으로부터 하사받은 타이탄을 거느린다. 또 타이탄들이 소속되는 소규모 기사단도 가지게 된다. 하지만 근위 기사단은 없다.

❖ 작위의 위력

무림의 세계와 달리 판타지 제국 세계에서는 작위라는 것이 큰 비중을 차지하지는 않는다. 그래서 작위 자체를 써먹는 경우도 거의 없다. 자신의 실력과 지위가 뒷받침되어야 빛이 나는 것이지, 작위만 가지고 있다고 대접을 받는 것은 아니다. 돈만 있는 귀족도 많고 돈도 없어 몰락한 귀족도 천지다. 그들은 나중에는 평민에 흡수되어 버린다. 작위란 것은 거의 훈장과 같아서 거의 쓸모가 없다고 보면 된다. 웬만한 국가에서는 그래듀에이트만 되어도 백작이나, 심한 경우에는 공작과 동일 지위에 놓이기도 하기 때문이다.

마법사도 마찬가지다. 마법사는 기사들보다는 한 단계 낮은 직위로 떨어지지만 6사이클급이라면 양상이 다르다. 그 정도의 마법사라면 웬만한 그래듀에이트들은 모두 다 자신의 밑이라고 본다. 그래서 '미끼' 역할의 대장 길레트 지오네가 8+2명의 그래듀에이트와 2명의 마법사, 1명의 신관을 거느리고 나타날 수 있었던 것이다.

❖ 작위의 승계

작위를 받는 대상은 거의가 남자다. 귀족 체계가 장자 위주(長子爲主), 남자 위주(男子爲主)로 짜여져 있기 때문이다. 공주(Princess)의 경우 후작과 공작 사이에 위치하게 되며, 그 권력은 말뿐으로 거의 없다고 보아도 무방하다. 무남독녀의 경우를 제외하고는 공주의 쓰임새는 보통 정략결혼용 아이템 정도라고 보면 된다.

❖ 승계 계통도(예)

백작(男)의 부인은 백작 부인, 딸은 백작 영애로 불린다. 백작의 아들은 어릴 때는 그냥 공자로 불리다가 성년이 되면 자작으로 불린다. 나중에 백작이 죽으면 그때까지 살아남은 아들 중 서열이 제일 높은 이가 백작의 칭호를 물려받게 된다.

예를 들어 백작이 세 명의 아들을 낳았다면, 그들은 모두 14세까지는 공자로 불리다가 15세가 되면 모두들 자작으로 불리게 된다. 그런데 첫째가 전쟁터에서 죽고 조금 더 지나서 그 아버지도 전쟁터에서 죽었다고 가정하자. 그러면 남아 있는 둘째와 셋째 아들 중에서 백작의 칭호는 둘째 아들에게 돌아간다. 여기서 둘째 아들이 방탕하게 살다가 결혼도 못 해 보고, 또는 결혼은 했는데 아들도 못 낳고 죽어 버렸다면, 그 작위는 셋째 아들이 물려받는다. 둘째 아들에게 사생아(서자)가 있다고 해도 혈통상 사생아에게 작위가 가지는 않는다.
백작의 딸에게는 아무런 작위도 상속되지 않는다. 대신 백작의 딸과 결혼하면 후한 지참금과 함께 든든한 처가를 얻게 되는 것이다.
하지만 예외인 경우가 있다. 백작이 딸만 낳았을 때다(아들이 있다고 해도 그가 서자 또는 양자인 경우 재산은 몰라도 작위 상속은 되지 않는다). 그때는 딸에게 작위가 돌아간다.

이때 작위를 물려받은 딸, 즉 ××백작(여성)이 나중에 결혼하게 된다면 그녀의 작위는 어떻게 될까? 이때는 여러 가지 경우가 생기게 된다.

① 남자가 그 여자보다 작위가 높을 때 : 여자의 작위가 없어지고 남자의 작위에 따라간다. 남자가 후작이라면 그 여자는 후작 부인이 된다. 그리고 그 여자의 작위는 가장 가까운 친척에게로 간다. 친척이 아예 없다면 그 작위는 소멸된다.
② 남자가 그 여자보다 직위가 낮을 때 : 이때는 그 여자의 작위가 인정되며 남편은 백작 부군(夫君)으로 불린다. 자식을 낳으면 작위가 승계된다. 만약 자식이 없다면 가장 가까운 친척에게로 가며 친척이 없다면 소멸된다.
③ ①인 상태에서 이혼한 경우 : 후작 부인이라는 칭호가 박탈된다. 그렇다고 다른 사람에게로 가 버린 작위가 자신에게로 되돌아오는 것도 아니다. 그녀는 모든 작위를 잃게 되는 것이다.
④ ②인 상태에서 이혼한 경우 : 남편에게 붙어 있던 백작 부군이라는 칭호가 박

탈된다. 그리고 나머지는 변함이 없다.

❖ **작위와 영지**

작위는 직계 혈통을 따질 때 매우 중요해진다. 작위와 함께 하사받은 성(城)이나 영지가 있다면 그것도 작위와 함께 상속된다. 그런 경우 하사받은 성(城)이나 영지의 이름이 그의 성(姓)이 된다. 예를 들어 지그발트 헬턴트 백작이라면 그가 헬턴트라는 영지 또는 성(헬턴트성)의 주인이라는 것을 알 수 있다. 그러나 성(城), 영지는 황제 또는 국왕의 것으로 매매, 증여의 대상이 될 수는 없다. 황제는 자신의 권력을 더욱 크게 유지하기 위해 광대한 영지와 성들을 가지고 있다. 그 영지의 관리인으로 귀족들이 들어가는 것이지, 그 영지를 귀족에게 준 것은 아니다. 그러니까 작위와 함께 영지 관리권이 따라다니는 것이다.

대신 자신이 긁어모은 재산은 상관없다. 첫째가 성과 영지, 작위를 함께 상속받는다면 둘째와 셋째는(아들이 셋인 경우) 돈밖에 상속받지 못한다. 그 아버지가 그 돈으로 어딘가 매매가 가능한 사유지를 샀다면 그것은 매매, 증여, 상속의 대상이 될 수 있다.

❖ **세금의 체계**

귀족은 원칙적으로 세금을 내지 않는다. 대신 영지를 하사받은 경우, 그 토지(국유지)를 관리하여 총생산량의 일정 부분(국가마다 세율이 다르지만 보통 30퍼센트 내외임)를 황제에게 납부하여야만 한다. 그러나 황제에게 소속되지 않은 땅덩어리들, 예를 들어 황무지였는데 어떤 귀족이나 평민들이 그걸 개척해서 만들어지는 땅은 사유지로서 상속, 증여, 매매 등이 인정된다.

사유지의 경우 귀족은 면세, 평민은 생산량의 30퍼센트를 황제에게 바쳐야 한다. 물론 황제를 직접 찾아갈 필요는 없고, 가까운 관청에 납부하면 된다.

국유지의 경우 세금 계산이 좀 더 복잡한데, 그 이유는 중간에 끼어 있는 귀족들의 존재 때문이다. 국유지는 모두 다 '영지'라는 형태로 귀족들에게 그 관리가 위임된다. 귀족들은 영지의 총생산량 중 30퍼센트를 거둬들여 황제에게로 보낸다. 물론 농노들에게서 30퍼센트를 거둬, 그걸 몽땅 다 황제에게 보내 버린다면 자신의 몫이 없다. 그렇기에 그들은 자신이 사용할 량을 일정 부분 더 거둬들이게 된다.

귀족들이 자신의 영지를 관리하기 위해서는 상당히 많은 돈이 필요하다. 치안 유지를 하거나, 황제가 군사력을 필요할 때를 대비하여 사병들도 키워야 하고, 영지 내의 성이나 요새도 관리해야 한다. 또 많은 고용인들에게 월급도 줘야 하며, 주변 귀족들을 초청하여 무도회도 열어야 하고, 그 귀족들에게 깔보이지 않도록 고가의 물품들을 구입해야만 하지 않겠는가.

그렇기에 국유지의 경우 보통 50퍼센트 내외의 세금이 책정되고, 일부 지독한 영주들의 경우 굶어 죽지 않을 정도를 제외한 나머지를 몽땅 다 긁어가기도 한다. 하지만 황제의 몫인 30퍼센트만 제대로 보낸다면 얼마나 많이 거둬들이건 그건 결코 불법적인 행동이 아니다.

그 때문에 폭정에 견디다 못한 농노들이 민란을 일으키기도 한다. 하지만 영주를 죽이는 경우는 드물고, 영지를 탈출하는 경우가 대부분이다. 영주를 죽여 봐야 나중에 토벌대가 오면 살아남기 힘들기 때문이다. 추격대에 잡히지 않고, 황무지를 떠도는 몬스터 따위에게 죽임을 당하지 않는다면 새로운 터전을 찾아 평민이 되는 경우도 간혹 있다.

하지만 모든 시민들에게는 신분증명서가 따라다니기에 탈출하여 다른 지역에 정착한다는 것이 결코 쉬운 일은 아니다.

❖ 평민의 구성

그 외에 각종 직업을 가진 인물들이 많지만 그들은 일반 평민들로서 주거 이전의 자유가 있다. 자유가 없는 농노가 전사가 되기는 매우 힘들다. 국가적으로 군사력이 급하게 필요하여 한 번씩 농노들의 지원을 받기도 하지만 대부분의 경우 농노는 평생 농노로 살다가 죽게 된다.

농민	사유지에서 살며 어느 정도 행동의 자유가 있다.
농노	국유지에 귀속되어 생산만을 담당하는 노예이다.
상인	보통 사유지에서 산다. 자유 무역 지대 같은 곳을 만들기 위해 의회 또는 황제에게 로비를 하기도 한다. 자유 무역 지대 같은 경우 세금이 20~40퍼센트 정도다.